벌거벗은 순례자

현길언

벌거벗은 순례자

초   판   제 1 쇄 인쇄 1999. 1. 20
초   판   제 1 쇄 발행 1999. 1. 25
지 은 이 **현 길 언**
펴 낸 이 **김 경 희**
펴 낸 곳 (주)지식산업사
등록번호 1-363
등록날자 1969. 5. 8
주   소   서울특별시 종로구 통의동 35-18
전   화   734-1978, 1958 : 735-1216
전   송   720-7900
천리안HD jisikco
책   값   7,000원

ISBN 89-423 -7011 -X   03810

이 책을 읽고 지은이에게 문의하고자 하는 이는
지식산업사 편집부로 연락바랍니다.

벌거벗은 순례자

작가의 말

　우리는 영웅들이 난무했던 시대를 살아 왔으면서도, 어떤 정황에서 앞뒤를 돌아보면, 내게 닥친 고통의 언어를 부담없이 나눌 상대 한 사람 없는 쓸쓸한 시대에 살고 있음을 문득 느끼게 된다. 많은 동지와 친구와 가치가 나를 에워싸 있지마는, 진정 고통스러울 때에는 그것들이 한점 위로도 되지 못한다는 사실도 확인하게 된다. 그래서 나는 지난 여름 이 소설을 쓰면서 '백치선'과 그 가족들을 만나게 되었다.
　사랑은 인간을 구원할 수 있는 힘을 가졌으면서도, 한편으로 그 이면에는 미움이 도사려 있어서 불화를 낳고 인간 관계를 파탄시키기도 한다. 이러한 정황에서 우리는 절대 고독을 생각하게 된다. 성(性)의 문제도 그렇다. 그것은 사랑을 낳아 아름다운 창조의 원천이 되지마는, 한편 욕망의 근원이 되어 인간을 몰락시키기도 한다. 어찌 그것만이겠는가? 돈이나 권력이나 명

예나, 인간들이 땅 위에 살면서 가장 아름다운 가치로 내세우는 것이 다 그렇다. 이러한 평범한 사실들은 이 소설의 주인공 백치선과 그 친구와 가족들을 만나면서 다시 생각하게 되었다.

모든 것이 너무 빨리 변하고 있고, 그렇게 변하기를 바라는 우리들에게 이 소설이 그 빨리 달리는 발걸음을 조금씩 늦출 수 있기를 기대한다. 빨리 변해서 어떻게 되겠다는 것인가. 빨리가 봐야 도착할 곳은 뻔하지 않은가.

이 책을 만들어준 지식산업사와 수고한 그곳 편집부 친구들에 감사한다.

1999. 1

저자

차 례

내 혼의 가벼운 깃털

1.

치선(致善)은 부옇게 트여 오는 통풍용 창으로 눈을 주는 순간 마음이 편안해졌다. 산행 계획을 그만두고 현훈 목사나 만나 볼까. 그렇게 생각하면서 입 안에 들어 있는 녹차를 혀로 굴리다가 삼켰다. 방금 이 나이 든 목사한테서 현 목사 소식을 들었던 때문만은 아니다. 이미 이쪽으로 행선지를 잡았을 때부터 그를 만나고 싶었을 것이다. 치선은 그렇게 자신의 마음을 헤아리는데, 그와 우연히 만났던 일이 떠올랐다.

완강한 청년들에게 이끌려 낯선 건물 지하실로 내려가는데, 계단을 올라오는 발자국 소리에 이어 잔 기침소리가 들렸다. 아래만 보고 내려가던 치선은 얼굴에 스치는 이상한 기운에 무심히 고개를 들었다. 그때 계단을 오르던 발걸음이 잠시 멈추었고 둘이 시선이 마주쳤다. 현훈 선배의 투명한 눈총에 치선은 정신을 수습했다. 이미 그는 두 계단을 더 올라간 후였다. 꼿꼿한 그의 뒷모습이 음산한 지하 계단 위에 우뚝 남아 있었다.

"더 하시겠습니까?"

목사는 토기로 된 녹차 다기를 들어 보였다.

"차 맛이 특이하군요."

치선은 빈 찻잔을 내밀면서, 지금 그가 바로 옆에 앉아 있는 듯한 착각에 잠시 빠졌다.

"급한 걸음이 아니시면, 여기서 잠시 눈을 붙이셨다가 아침을 드시고 떠나시죠. 퍽 피곤해 보이십니다."

목사는 치선의 빈 찻잔에 짙은 녹색의 차를 채우면서 상대의 얼굴을 뒤덮고 있는 복잡한 감정의 무늬들을 헤아려 보았다. 그는 이 나이 든 목사의 한마디가 고마웠다. 처음 만났는데도 삼촌처럼 정이 갔다. 찬 몸을 녹여 주던 질화로 불기처럼 그 정이 따스했다.

"감사합니다."

치선은 어젯밤에 월출산 가까운 동네에서 민박을 했다가, 새벽 닭소리에 잠이 깨었다. 엊저녁에 미리 아침 거리를 준비해 뒀던 터라, 산을 얼마쯤 오른 후에 요기를 하려고 일찍 숙소를 빠져 나왔다.

동네 골목길에서 큰길로 나오는데, 모퉁이에 있는 교회 지붕 꼭대기에 세워져 있는 십자가가 유달리 눈에 띄었다. 주위가 어두운 가운데도 붉은 벽돌로 울타리를 두른 작은 교회가 옛집처럼 아늑하게 느껴졌다. 어디를 가거나 흔한 교회여서 유달리 생각될 까닭도 없었다.

그때 등이 심하게 굽은 할머니가 교회로 들어서고 있었다. 그는 무심결에 그 노인 등으로 시선을 주다가 교회로 들어서고 말았다.

새벽기도 예배는 거의 끝나가고 있었다.

"자유롭게 기도하시다가 돌아가십시오."

두루마기 차림의 늙은 목사는 십여 명쯤 되는 교인들에게 그 말을 남기더니 강대상 뒤로 가서 엎디었다. 그는 잠시 교회당 안을 휘휘 둘러보았다. 실내 전등불이 꺼지자 주위가 조용해졌다. 그는 가슴이 두근거리기 시작했다. 애초부터 기도할 생각은 없었으나, 숙연한 분위기에 그만 압도되어 머리가 저절로 숙여졌다. 바로 앞자리에서 할머니의 기도소리가 들려왔다. 아까 만났던 그 등 굽은 할머니가 거기 앉아 있었다.

"주 하나님, 우리 죄를 용서해 주시옵소서. 주님이 이 나라를 사랑해서 이처럼 배고프지 않고, 전쟁이 일어나지 않게 돌봐 주신 것을 감사합니다. 그러나 우리 심령이 완악하고 욕심이 불과 같아서, 서로 사랑하지 못하고 미워만 하면서, 많이 가지려고 서로 다투고, 내 가진 것을 자랑하며 멋대로 쓰면서 살았기에, 이 사회가 극도로 혼란해졌습니다. 주 하나님이시여, 이 나라와 민족에게 긍휼을 베풀어 주옵소서. 죄를 용서해 주옵소서. 나라를 굽어 살피시자, 남북통일이 이루어지게 역사해 주시옵소서. 굶주림으로 허덕이는 북한 형제들에게 긍휼을 베푸시고, 남쪽에 사는 저희가 그들에게 사랑을 전할 수 있도록, 저희 굳은 마음들을 풀어지게 은혜를 주시옵소서……"

노인의 기도 소리가 격해지면서 치선은 가슴이 떨렸다. 그 기도 소리가 드디어 울음으로 변해 버렸다. 돌아가신 어머니 기도처럼 치선에게 들렸다. 나라와 민족을 위해 기도하러, 이 찬 새벽에 노쇠한 몸을 끌고 나왔구나. 순간 그의 가슴으로 묵직한 감동이 쿵쿵 내리쳤다. 가만히 숨죽여 듣던 그가 그 노인을 따라 중얼중얼 입을 열었다. 차츰 할머니 기도 소리는 들리지 않았다.

"주여, 이 시련을 어떻게 이겨야 하겠습니까. 그 동안 제가 너무 오만했습니다. 세상에서 깨끗한 사람이라고 자부했습니다. 제 힘과 노력으로 부끄러움 없이 살아갈 수 있다고 자신을 가졌습니다. 그러나 이제 생각하니, 자신을 너무 모르는 처사였습니다. 제가 얼마나 나약한가를 깨달았습니다. 긍휼을 베풀어 주시옵소서. 제 죄를 용서하여 주시옵소서. 독선과 오만으로 가득 차 있는 저를 용서해 주시옵소서. 용서해 주시옵소서. 용서……."

그는 할머니 기도 소리를 듣는 가운데 자신이 저지른 일들이 하나하나 떠올랐다. 그러나 막상 그것을 고백하려니 너무나 부끄러웠다. 만약 기도를 들으시는 여호와 하나님이 정말 계신다면 나는 어떻게 될 것인가. 그러저러한 생각 때문에 좀처럼 입이 열리지 않았다. 누구에게도 말하지 못하고 가슴 깊숙하게 숨겨 놓고 고통스러워했던 일인데, 막상 그 전능하다는 하나님께 아뢰려 하니 입이 쉽게 열리지 않았다. 얼굴이 따갑고 입술이 떨렸다. 이마에서 땀이 솟아났다. 그 땀방울이 얼굴을 스쳐 목덜미로 내려왔다. 안간힘을 썼으나 말이 되지 않았다. 처음에는 부끄러워서 말할 수 없었는데, 차츰 그 부끄러운 고백을 누가 들을까 겁이 났다. 결국 '주님 용서해 주십시오'만을 되풀이했다.

그는 땀으로 뒤범벅이 된 얼굴을 손수건으로 닦으면서 교회 뜰로 나왔다. 부끄러운 기도가 생각나서 급히 교회를 떠나고 싶었다.

"선생님."

뒤에서 묵직하고 푸근한 목소리가 들렸다. 그는 걸음을 멈추고 뒤돌아섰다. 아까 강대상에서 잠깐 보였던 그 목사가 어둑한 뜰 한편 구석에서 미소를 지으며 서 있었다. 바람에 그의 넓은 두루마기 자락이 약간 펄럭였다.

"산에 오르시려는 것 같으신데, 아직 시간이 일렀으니 제 방에서 차라도 한잔 하시고 가시죠……."

치선은 처음 대하는 노인인데도 그 말이 마치 거역할 수 없는 어른의 명령처럼 들렸다. 그는 뒤돌아서는 목사를 따라 교회당 뒤쪽으로 갔다. 두 칸짜리 기와집이 오두마니 앉아 있었다.

온통 책으로 가득 채워져 있는 방이 아늑하고 따스했다. 노인은 아무런 말도 없이 방석을 그에게 권하고는 전기 곤로에 주전자를 올려놓고 다기를 준비했다. 잠시 후에 물 끓는 소리가 꿈결처럼 들렸다. 그 동안 둘은 아무 이야기도 나누지 않았다.

"일정이 급하신가 보죠. 이른 새벽부터 산에 오르시기에……."

목사는 끓은 물을 다기에 부으면서 그윽한 눈길로 그를 넘겨다보았다.

"예. 오늘 월출산을 올랐다가 내려와서는 완도까지 가려고 합니다. 거기서 제주도까지 가서 한라산을 오르면……."

"그러시면 남쪽 명산은 두루 오르신 건가요?"

“예.”

“늦은 가을 벌거벗은 산들이 오히려 아름답지요?”

“예.”

이야기는 더 계속되지 않았다. 목사는 천하 명산을 찾아 주류하는 사내가 궁금했다. 땀과 먼지에 전 등산복 차림에 긴 수염과 볕에 그을린 얼굴을 처음 대했을 때에는 낯이 설었다. 그런데 모자를 벗고, 방안에 들어와 앉은 얼굴을 대면하니 어쩐지 낯이 익었다.

“산을 좋아하십니까?”

“아닙니다. 그저 그 동안 하도 바삐 살다 보니 산을 오르지 못했는데, 마침 시간이 나서 이렇게 나섰지요.”

목사는 치선의 목소리와 그 표정에서 즐거운 산행이 아니라는 것을 어렴풋이 느꼈다.

“산이 좋지요.”

“예.”

둘 사이에 선문답 같은 몇 마디가 오갔다. 치선은 자신의 모습을 목사에게 내보이는 것 같았다. 더 말을 하지 않고 차를 천천히 마시면서 10여 분 눌러앉았다. 목사는 그의 모습이 어딘지 익숙해서 한참이나 생각하다가 비로소 알았다. 사실협(사회윤리실천운동협의회)을 이끌어가는 백치선 변호사였다. 목사는 그가 쓴 신문 칼럼이나 방송 대담을 몇 번 접했다. 최근에 그에 대해 뜬소문 같은 이야기들이 나돈다는 것도 알고 있었으나 별 관심을 두지 않았다.

목사가 그에 대해 생각할 동안, 치선이도 고향이 이 근방인 현훈 목사가 떠올랐다. 대학이나 고시로도 대선배이다. 치선이 초임 판사로 부임했던 대전지법 시절에 현 목사는 부장판사였다. 법조계에서도 인정받던 그가 어느 날 돌연히 사표를 내고 신학을 공부한다고 해서 화제가 되었다. 그로부터 10여 년 후에 치선도 판사직을 그만두고 변호사 일을 보았다. 한동안 본의 아니게 민권변호사란 대우를 받으면서 뛰어다닐 때였다. 우연히 그를 기관 지하실로 내려가는 계단에서 만났다. 그때 현 목사는 대전 변두리 작은 교회에서 목회를 하고 있었는데, 용공관계 사건에 치선이와 같이 연루되어 조사를 받게 되었다. 그 어둑한 조사실 계단에서 서로 엇갈리다가 눈길을 잠시 주고 받았을 뿐이다. 그 사건은 유야무야로 끝났으나, 치선은 그때의 그 눈길을 종종 기억하고 있었다. 그 후 두어 번 만났는데, 서로 연락이 두절된 지도 10여 년이 되었다.

치선은 일이 많아지면서 그 동안 그때의 그 눈길을 잊어버리고 살았다. 그러다가 이번에 모든 것을 훌훌 털어버리고 빈 몸으로 산행을 작정하게 되었고, 집을 나올 때에 문득 현 목사를 만날 수 있었으면 생각했던 일이 떠올랐다.

치선은 어쩌면 이 노 목사는 현 목사를 알 것 같았다.

"혹시 고향이 이 근방이라고 알고 있는데요, 현훈 목사라고 아십니까?"

묻고 나자, 자신의 모습이 드러날까 공연히 마음이 캥겼다.

"알다마다요. 요즘도 서로 종종 만나지요. 전 이 시골에서 이렇게 묻혀 삽니다만, 그 친구는 늙을 줄 모르고 아주 열심히 일합니다."

목사는 치선의 빈 잔에 연초록의 차를 채우면서 마치 그 물음을 기다렸다는 듯이 그가 일하는 교회와 그 주소를 말해 주었다. 순간 그는 다시 어린아이처럼 가슴이 설레기 시작했다. 이미 목사가 자기 정체를 다 알고서 이 방으로 안내했고, 어쩌면 이미 현 목사에게 알렸는지도 모른다고 생각되었다.

"제 대학 선배이시면서, 제가 따르고 존경하던 분이었습니다. 한 동안 왕래가 없다가, 목사님을 뵈오니 갑자기 생각이 나서요."

치선은 웬지 그와의 관계를 말하는 것이 쑥스러웠다.

"지금 전화를 해 보시지요. 아마 새벽기도회를 마치고 지금쯤 차를 한잔 마시고 계실 겁니다."

목사는 한쪽 구석에 놓여 있는 까만 색 구식 전화기를 가리켰다.

"괜찮습니다. 제가 언제 찾아갈지도 모르는데, 주소를 알았으니 되었습니다."

치선은 그렇게 말하고는 얼른 자리에서 일어났다. 더 있으면 자기 본색이 드러날까 두려웠다. 목사는 갑자기 일어서는 그가 의아했다. 잠시 눈을 붙였다가 아침이라도 들고 가도록 권해 보았다. 부석부석한 얼굴에 피곤이 덕지덕지 끼었고 충혈된 눈이 보기에 안쓰러웠다. 어젯밤에도 잠을 설친 것이 분명했다. 무엇엔가 쫓기는 듯한 그가 궁금했다.

"그럼 안녕히 계십시오. 차를 잘 마시고 갑니다."

치선은 인사말을 남기고서 얼른 교회 뜰로 나섰다. 총총이 골목길로 나왔어도 뒤를 좇는 목사 눈길에 등이 서늘했다.

치선은 골목길을 막 빠져나오다가 교회로 되돌아갔다.

"목사님, 제가 실례를 범했습니다. 저는 서울에 사는 백치선이라는 사람입니다."

그는 자기에게 친절을 베푼 사람에게 제 이름 석 자도 알리지 않았다는 것이 부끄러웠다. 목사는 빙긋이 웃으면서 뭐라고 말하려는데, 치선은 얼른 등을 돌려버렸다.

그가 골목을 빠져나오다가 뒤돌아봤는데 목사가 골목길에 나와 서 있었다. 치선은 목사의 푸근한 미소에 가슴이 넓어지면서 현훈 목사의 얼굴이 선명하게 다가왔다. 큰길로 나온 그는 산과는 반대 방향으로 향했다. 해가 뜨는지 동편 하늘에 불그스름한 노을이 퍼져 있었다.

2.

경연이는 낮인데도 텅 빈 집안이 무덤처럼 무섭고 외로웠다. 내일쯤 군에 가 있는 경훈 오빠를 면회 갈까 생각하다가 고개를 흔들었다. 오빠는 지금 집안 사정을 전혀 모른다. 만약 알게 된다면 탈영을 할 것이다. 경연은 입술을 지그시 깨물면서 텔레비전 화면에 나타나는 아버지 모습으로 눈을 주었다.

"그럼 한 주일 동안 여러분의 삶이 아름답고 행복하게 되기를 소망하면서, '아름다운 가정, 행복한 삶'의 오늘 순서를 여기서 마치겠습니다. 저와 함께 즐겁고 유익한 대화를 나눠 주신 분은 변호사이시고 사실협의 공동의장이신 백치선 선생님, 그리고 저는……."

경연은 여자 진행자 우진아의 마지막 멘트가 나오자 얼른 리모컨 되감기 버튼을 눌러버렸다. 화면이 갈라지고 흔들거리면서 뒤돌아갔다. 혼란스럽게 움직이는 화면에서 사람들 모습이 뒷행동으로 어긋나게 연결되었다. 인생을 저 테이프처럼 되돌려놓을 수 없을까. 경연이는 아버지 백치선의 지난 날 방송테이프를 보면서 그렇게 생각해 보았다.

경연은 리모컨 스톱 버튼을 누른 다음 텔레비전 전원을 끄고서 아파트 베란다로 나왔다. 건너편 아파트 측면 벽 앞에 건물과 나란히 서서 하늘을 향해 치솟아 있는 엉성한 낙엽송 몸뚱이와 그 마른 잎들이 황갈색으로 곱게 물들어 있다. 이제 곧 그 바늘 같은 잎들이 모두 떨어져 나무 밑동에 수북하게 쌓일 것이다. 나무는 삭정이같이 말라버리겠지.

어느 한겨울 날, 베란다에서 문득 불길에 그을린 것 같은 낙엽송을 보면서 눈물이 날 뻔했던 적이 있다. 어머니! 저 나무들이 모두 불타 버렸네요. 딸의 흐트러진 목소리에 놀라서 베란다로 나온 주 여사는 빙긋이 웃으면서, 아니다. 새봄이 되면 다시 파란 잎이 돋아나기 위해 잠시 쉬는 거야. 어머니는 놀라는 딸을 안심시켰다. 그러나 경연이는 어머니 말을 믿을 수 없었다.

그런데 그 뒷해 봄이었다. 어느 날 학교 가는 길에 경연이는 아파트 곁을 지나면서 유난히 맑은 하늘로 고개를 쳐들고 심호흡을 하는데, 아, 정말 놀라운 정경을 보았다. 몇 주 전까지만 해도 앙상하게 죽어 있던 낙엽송 가지에 연초록 바늘 같은 잎들이 뾰쪽뾰쪽 솟아나고 있었다. 그리고 그 후 경연은 매일매일 푸름이 더해 가는 그 낙엽송 때문에 잔잔한 환희를 맛보았다. 마치 죽었던 나무가 다시 살아나 하루가 다르게 살이 오르는 것을 보듯이, 그녀는 아침마다 감격했다.

나무는 매년 봄을 다시 맞이하기 위해, 일부러 죽은 듯이 시들은 잎들을 떨어뜨려 버리고, 모든 욕망을 잠재운 채 한겨울을 쉰다. 그러다가 봄이 오기 벌써 전부터 새 잎을 틔울 준비를 한단다. 어머니로부터 낙엽송에 대한 설명을 들으면서 소녀처럼 고개를 끄덕였던 생각을 경연은 지금 다시 해본다. 인간도 그럴 수 없을까. 아버지와 어머니에게 닥친 이 혹독한 겨울을, 저 낙엽송처럼 모든 욕망과 근심과 아픔을 다 털어버리고 새로운 시작을 기다린다면, 다시 봄을 맞아 싱싱한 새 잎을 돋아나게 할 수도 있지 않을까.

거실로 다시 돌아온 경연은 아버지 인생이 새로 시작되기라도 바라는 심정으로 텔레비전 전원 버튼을 누른 다음, 좀 전에 보던 테이프를 다시 보기 위해 리모컨을 조작했다. 지난 날 백치선이 진행했던 그림이 나타났다.

"아름다운 가정, 행복한 가정을 위해 마련한 이 시간, 오늘도 변호사이시며 사회윤리 실천운동을 주도하시는 백치선 선생님을 모셨습니다."

남자 진행자가 백 변호사를 방청객들에게 소개했다. 중년 부인들이 '우우우' 환성을 지르면서 박수를 쳤다.

"백 선생님, 주부님들께 너무 인기시군요."

우진아가 약간 능청스럽게 백 변호사에게 인사하면서 분위기를 가라앉혔다.

"참, 우리 우진아 씨에게도 박수를 보내 주십시오. 영원히 변치 않을 남성들의 연인이십니다."

그도 지지 않겠다는 듯이 우진아를 치켜세우면서 부인네들에게 박수를 유도했다. 방청객으로 나온 부인들은 기다렸다는 듯이 즐겁게 웃으면서 박수를 쳤다.

"단골 초대손님이신 백치선 선생님을 간단히 소개하겠습니다. 전직 판사에 한때는 대학교수였고, 또 민권변호사로 어려운 민주화운동에도 앞장서시다가, 현재는 사회윤리실천운동협의회를 이끌어가시고 계십니다."

"요즈음은 그 일을 위해 본의 아니게 방송국 단골손님이 되신 겁니다."

남자 진행자가 우진아를 이어받아 그의 방송 출연을 변호하듯 말했다.

"오늘의 주제는 '돈과 가정의 행복'입니다. 누구나 돈을 가정의 행복 조건으로 생각합니다만, 그것이 정말 행복의 충분조건이 되는 것인지 선생님과 함께 이야기를 나눠보도록 하겠습니다."

우진아가 서두를 꺼내자 방청석 부인네들 얼굴 표정이 긴장되었다.

"사람들에게는 얼마큼 돈이 있어야 행복할지 우선 백 선생님께 여쭈어 보겠습니다."

남자 진행자가 그를 이야기 속으로 끌어들였다.

경연은 얼른 리모컨의 스톱 버튼을 눌러버렸다. 어쩌면 아버지 백치선의 대중적 인기가 우리 집안을 이 지경으로 몰아넣었는지도 모른다. 아버지의 도덕적 우월 의식, 인간에 대한 지나

친 신뢰, 아니 그것은 어쩌면 아버지 자신이 굳게 지켜온 유일
한 신념이었을 것이다. 이제 그것들이 모두 무너져 버렸으니 자
신을 주체하지 못하고……. 이제 모든 것은 끝났다. 경연은 중
얼거리다가 울먹이기 시작했다.

경연은 아버지가 출연하는 방송 프로그램을 빠짐없이 녹화해
두었는데, 이것도 그 가운데 한 편이다. 그 테이프를 다시 보
노라니, 오늘 아버지 처지를 기다리며 준비해 둔 것처럼 생각
되었다.

경연은 리모컨의 되감기 버튼을 누르면서 소파에서 일어났다.
아버지 백치선은 정말 멋진 남성이다. 중년여성들 인기를 한몸
에 받았다. 그래서 각 방송국에서는 그를 단골손님으로 모시기
기 위해 경쟁을 벌였다. 중년여성들만이 아니다. 그는 혼란한
이 시대 지성이었다. 그의 글은 젊은 청년들에게도 인기였다.
논조는 명쾌했고 내용은 신선했다. 그래서 치선은 모든 일에 당
당했고, 집안에서는 권위 있는 가장이면서 자상한 아버지요 남
편이었다. 그러나 이제 그것들은 한여름 밤의 꿈처럼 덧없는 것
이 되어버렸다. 이제 누구도 그에게 박수를 보내지 않았고, 그
의 글을 읽지도 않았다. 그 동안 그가 세상으로 내보냈던 모든
것은 허깨비였다고 사람들은 즐거운 듯이 그를 냉소했다.

아버지는 지금 집을 떠나버렸다. 튼튼하고 완벽한 가장이었던
아버지에게는 거처할 방 한 칸도 없다. 배낭 하나를 지고 정처
없이 떠돌고 있다. 벌써 네 주째 접어든다. 이따금 엽서를 보내
왔지만, 겨우 몇 줄로 무사하다는 소식뿐이다. 어머니에 대한
안부는 한마디도 없다. 아마 어머니를 미워하고 있을 것이다.

아버지의 당당함이 무너져버린 것은 모두 어머니 탓으로만 생각
하고 있을 것이다.

　경연은 방으로 들어와 책상 서랍에서 아버지가 보낸 엽서를
꺼내어 다시 읽어보았다.

　경연에게
　아버지가 집을 떠나온 지 벌써 네 주일째이다. 어제는 지리
산을 올랐다가 지금 하동 근처 작은 여관에서 이 글을 쓴다.
사시사철 산은 철 따라 변하지만, 자세히 들여다보면 아무 것
도 변하지 않았다는 것을 이번 산행에서 비로소 알게 되었다.
　아버지는 건강하게 산을 오르내릴 수 있으니 안심해라. 내
일은 전라도 쪽으로 가볼 생각이다. 총총.

　어제 받은 엽서이다. 경연은 엽서를 받을 때마다 혹시 어머니
에 대한 안부 말이 있을까 다시 읽어보았다. 그러나 어제까지
네 번째 받은 엽서에는 한 마디도 없다. 그것은 남성의 에고라
고 생각되었다. 그런 아버지가 섭섭했다. 영규도 아버지 같은
에고를 갖고 있을까. 한번 따져봐야지.
　전화기가 요란스럽게 울었다. 전화 신호음이 클수록 빈 집안
의 적막은 더욱 깊고 음울하게 전해왔다. 모든 가족의 부재를
널리 알리듯이 전화기의 신호음은 점점 커졌다.
　경연이는 전화기 앞에 멍청하게 서 있다. 불길한 예감 때문에
전화 받을 엄두가 나지 않았다. 어머니도 두 번째 기도원에 들
어간 지 벌써 두 주일째다. 산을 찾는 아버지와 기도원 좁은 방

안에서 기도하는 어머니 모습이 겹쳐서 나타났다.

전화가 계속 울렸다.

"여보세요. 과천입니다."

경연은 주저하다가 전화기를 들었다. 그 동안에 전화로 너무 시달림을 받았다. 어머니 고통도 전화로부터 시작되었다. 얼굴 없는 목소리의 폭력이 어머니를 완전히 무너뜨려 버렸던 것이다.

"왜 그리 전화를 늦게 받아."

경연은 영규 목소리에 목이 메어 얼른 입이 열리지 않았다.

"내 말 듣고 있어?"

"그래."

"왜 그래? 어디 아파? 아니면 무슨 일이 생겼어?"

"아냐. 아까 아빠가 출연한 테이프를 보았어. 녹화해 두었던 것인데, 마치 아빠의 오늘을 증거하려 했던 것처럼 생각되어서, 속이 상하고 너무 허무해서……."

"그게 세상살이다. 경연이까지 약해지면 큰일이다. 마음을 독하게 먹어."

경연은 영규의 걱정스러워하는 말투가 어른스러워 마음이 놓였다.

"영규 씨, 이거 하나 따져봐야겠는데, 영규 씨도 남성의 에고를 갖고 있는 거야?"

"남성의 에고라니?"

경연은 아버지 엽서에서 엄마에 대한 안부도 전혀 없다는 말을 했다.

"그건 개인의 문제야. 아빠께도 그럴 만한 사정이 있으시겠지.

너무 그런 일에 마음 쓰지 마. 어른들 일은 어른들이 해결하실 거야. 그럼 다시 전화 걸게.”

영규는 이편의 의사도 묻지 않고 통화를 끝내 버렸다. 경연은 서운했으나 참았다. 이렇게 어른이 되어가는 것인가 생각했다.

그때 다시 전화 신호음이 크게 울렸다.

누구일까. 경연은 긴장되었다. 영규가 아니고서는, 이 대낮에 전화를 걸 사람이 없다. 예전같이 장난 전화인가?

“경연이니?”

경연이가 떨리는 가슴을 진정하며 전화기를 들었는데, 저편에서 푸근한 여자 목소리가 들려왔다. 사촌올케였다.

“언니!”

그 동안 몇 번 전화를 주었던 큰할머니네 손자며느리, 촌수로 따지자면 사촌올케이다. 큰할머니는 할아버지의 첫째 부인이다. 경연은 큰할머니 추도예배 때마다 할아버지와 큰할머니 이야기를 종종 들어 알고 있다. 이미 결혼한 할아버지를 사랑해서 후처로 들어온 할머니 아픔이 지금도 아버지 의식에 남아 있는가? 불현듯이 경연은 그 점이 궁금했다.

“어머님이 기도원에서 내려오신다고, 아까 목사님께서 전화 주셨더라. 그러니 그리 알고, 경연이가 어른스럽게 어머니를 맞아야 한다. 그래야 어머님 마음이 편안하실 거다. 알았니?”

사촌올케의 음성은 퍽 가라앉아 있었다. 그 목소리에서 어머니의 안정을 듣는 것처럼 경연은 안심되었다.

1

바벨탑을 위하여

1.

주정애 여사는 아침 설거지를 끝내고 서둘러 거실을 대강 정리했다. 10시 15분부터 남편이 출연하는 방송 시간에 맞추느라 토요일 아침은 언제나 바빴다. 학교 수업이 없는 날이어서 딸 경연은 벌써 텔레비전 앞에 앉아 있다. 모녀는 이 프로를 세심하게 시청하고 모니터를 해야 한다.

딩동댕. 10시 시보에 주 여사는 가슴이 두근거렸다. 생활뉴스가 길게 느껴졌다. 그것이 끝나고 광고가 시작되었다. 모녀는 세탁기와 청소기 광고 화면을 들여다보았다. '아름다운 가정, 행복한 삶'의 시그널 음악이 흘러나왔다.

방송이 진행될 동안 모녀는 숨을 죽이고 텔레비전 화면에서 눈을 떼지 않았다. 초대손님 백치선 변호사의 표정이나 말 한마디를 모녀는 시청자의 입장에서 진지하게 시청했다. 회를 거듭

할 수록 프로는 인기를 더하고 있다. 거기에는 초대손님의 능숙하면서도 푸근한 대담이 큰 몫을 했다. 변호사 백치선보다는 방송인으로 그 이름이 널리 알려지게 되었다. 주 여사는 오늘 방송도 만족했다.

"오늘도 단골 초대손님으로 참석하셔서 좋은 말씀을 해 주신 백치선 선생님 감사합니다."

남자 진행자가 남편을 향해 미소를 지었다. 그제서야 주 여사는 자리를 고쳐 앉으면서 후유 한숨을 내쉬었다.

"여러분, 우리 모두 소망하는 행복한 가정을 위해 생활하는 나날이 되기를 바라면서 오늘 방송을 여기서 마치겠습니다. 백 선생의 말씀처럼 우리들의 꿈이 어서 이루어져서 밝고 풍요한 사회가……."

여자 진행자 우진아가 마지막 멘트를 던졌다. 카메라가 진행자들과 남편의 상체를 크게 잡았다가, 방청석에 앉아 있는 중년 부인네들이 박수 치는 장면을 붙잡아 보여주었다. 스태프들 이름이 지나가는 화면 저편에서 진행자들과 남편이 자리에서 일어나 서로 악수를 나누는 장면이 희미하게 이어졌다.

"엄마, 얼굴이 많이 상기되셨어요. 긴장하셨나 봐."

경연이가 주 여사 곁으로 다가 앉으면서 생글거렸다.

주 여사는 딸의 시선을 피하면서 이마로 내려온 머리카락을 쓸어 올리는데, 이마에 닿은 손끝에 끈적한 물기가 묻었다.

"엄마, 아빠의 애정을 다시 확인하게 되셨죠. 그래서 아빠께 처음 사랑을 고백 받던 그 시절로 돌아가신 거죠."

주 여사는 튕기는 듯한 딸의 목소리가 남의 말처럼 들렸다.

결혼 후 스물일곱 해 동안 단 한 번 말다툼도 없이 살아온 부부였다. 길지 않은 교제 기간에 조금 느꼈던 그 사랑의 감정은 결혼 후 존경과 신뢰감을 더하며 살아왔다.

주 여사는 화면에서 만난 남편 백치선이 대담자와 나눈 말들이 귓가에 쟁쟁했다.

"결혼 당시 사랑을 그대로 유지하고 살아갈 수 있는 비결은 무엇입니까?"

"존경과 신뢰와 사랑이지요."

"뭐 듣자 하니 결혼 후에 서로가 주고받은 편지만도 수백 통이 넘는다고 하던데, 왜 얼굴을 맞대고 생활하시면서 굳이 편지를 나누셨는지요?"

"우리는 중매로 서로 만나 잠시 사귀는 동안에 피차 사랑을 느끼게 되었는데요, 그 사랑을 편지를 통해 고백했고, 그 고백이 진실이라는 것도 피차 편지를 통해 확인했습니다. 편지는 서로 얼굴을 맞대고 이야기하는 것보다 훨씬 자신의 마음을 순수하게 표현할 수 있습니다."

"참, 이거 이상한 질문입니다만, 백 선생님께서는 여자의 정조처럼 남자의 그것도 소중하다고 주장하신다면서요."

"소중한 것이라면 남자나 여자나 매한가지겠지요."

주 여사는 진행자와 주고받던 남편의 음성에 가슴이 뭉클하면서 눈시울이 뜨거워졌다.

"엄마, 저는 이따금 아빠를 대하면 혼란스러울 때가 있어요. 너무 엄하시고, 또 어떤 때는 너무 다정하시고, 그런데 오늘 만난 아빠는 철저한 로맨티스트신데요. 뭐랄까, 인간도 신처럼 완전할 수 있다고 생각하시는 것 같아요. 엄마, 생각해 보세요. 수도자가 아닌 바에야, 어떻게 남자가 부인 외에 딴 여자에게 전혀 흑심을 품지 않을 수 있겠어요. 이상하지 않아요?"

주 여사는 딸의 말에 귓불이 따가웠다.

'너, 엄마를 질투하고 있구나.'

속으로만 생각하면서도 대놓고 말하지 못했다.

"따르르릉."

전화 신호음에 모녀의 대화가 중단되었다.

"아빠 거예요. 엄마가 받아보세요."

경연이는 통화를 엿듣고 싶지 않아서 제 방으로 들어가버렸다.

"백치선 선생님 부인 되십니까?"

전화기를 통해 들려오는 중년부인 목소리는 건조했다. 주 여사는 전화기를 잡은 손에 전류가 흐르듯이 긴장했다.

"텔레비전을 보고 전화하는 겁니다. 참, 부인께서는 행복하시겠습니다. 아무래도 훌륭하신 남편 뒤에는 더 훌륭하신 부인이 계시리라 믿고 실례를 무릅쓰고 전화하는데요, 그렇게 행복한 부부 관계를 유지할 수 있는 비결이 무엇인지 말씀해 주시죠."

부인의 목소리에 약간 비아냥기가 끼었다.

"부끄럽습니다. 전 그저 평범하게 살아왔습니다."

주 여사는 예기치 않은 전화에 당황해서는, 말끝을 제대로 맺지 못했다. 눈으로 딸을 찾았으나 보이지 않았다.

"다음에랑 두 분이 함께 텔레비전에 출연하셨으면 합니다. 한 번 얼굴을 직접 보고 싶어서요."

여자는 쌀쌀맞은 말을 팽개치듯이 하더니 통화를 끝내었다.

주 여사는 멍청했다.

"따르릉 따르릉."

다시 전화기가 울었다.

"우리집 전화 바빠지게 되었네요."

경연이가 제 방문을 열고 얼굴만 내민 채 눈을 찡긋했다. 주 여사의 사정을 모르고 있었다.

"거기가 아까 '행복한 가정 시간' 단골 초대 손님으로 나오신 백치선 변호사 댁 맞지요."

투박한 중년부인의 목소리였다.

"그렇습니다."

주 여사는 큰 빚쟁이한테 걸려온 전화처럼 기가 질렸다.

"아이구, 통화가 왜 그리 길어요. 이거 전화기 붙잡고 씨름한 지 한 시간이 넘어요. 참, 부인이세요. 반갑습니다. 행복하시겠어요. 그런데, 바깥양반을 꼼짝 못하게 만드는 비법이 뭐예요. 높은 양반일수록 자신은 여자 관계가 복잡하면서 부인의 부정을 용서하지 않는다는데, 당신 남편 말 믿어도 되는가 모르지만, 그 비결 좀 말해줘요. 내 톡톡히 사례하리다."

농담과 진담이 뒤섞여 부은 목소리가 천방지축 튀어나왔다.

"드릴 말씀이 뭐 있겠습니까."

주 여사는 무슨 큰 실수라도 한 것처럼 기어드는 소리로 상대했다.

"뭐, 그 정도 비결을 말해줄 수 없어요?"

상대방 여자 목소리에 힘이 실리면서 튕겨졌다.

"끝내 행복하는지 두고 보겠어. 비결이 있으면 나눠 갖는 것이 행복한 가정 만드는 데 기여하는 거 아냐. 건방 떨지 마."

여자가 갑자기 악담을 퍼붓더니 일방적으로 통화를 끝내 버렸다.

"엄마. 전화 받지 마세요."

경연이가 방에서 튀어나와서는 넋을 잃고 서 있는 주 여사의 손에서 송수화기를 빼앗았다.

"따르릉 따르릉."

다시 전화기가 요란스럽게 울었다.

"받지 마세요."

"아빠 전화인지도 몰라."

주 여사는 주춤거리다가 전화를 받았다.

"백 변호사댁이요? 백 변호사 좀 바꿔줘요."

거친 사내 목소리가 처음부터 시비조로 나왔다.

"안 계신데요."

주 여사는 겁에 질려서 딸의 눈치를 살피면서 기어드는 목소리로 겨우 응대했다. 온몸에 소름이 끼치면서 가슴이 콩콩 뛰었다.

"백 변호사 그 사내, 그런 병신이 육갑을 떨어서 남자들 위신을 망가뜨려 버렸으니, 세상 남자들이 손해배상 청구한다고 말해줘요. 사내가 오입 한번 못한 것을 무슨 자랑이라고 떠벌려. 혹시 부인이시죠. 내 묻겠는데, 거 당신 남편 고자 아니오?"

주 여사 얼굴이 파랗게 질리면서 들고 있던 송수화기를 떨어뜨렸다.

"엄마!"

경연이가 비틀거리는 주 여사를 부축하는데, '허허하하' 전화기에서 거친 사내 웃음소리가 새어나왔다.

모녀가 소파에 겨우 앉았는데, 다시 전화기가 다급하게 울었다.

"여보세요."

경연이가 입술을 비틀면서 고함을 질렀다.

"왜 그러니?"

"아니, 아빠세요, 장난 전화가 걸려와서요."

"애야, 아빠니? 아까 전화 이야기하지 말아라."

주 여사는 소파에서 퉁겨 일어서면서 딸한테서 송수화기를 빼앗았다.

"방송 잘 봤어요."

주 여사는 가쁜 숨을 억지로 진정하면서 방송 이야기부터 했다.

"내 당신께 미안하오. 사회자가 끈질기게 늘어붙는 바람에 결국 당했는데, 사실을 녹화 끝난 후에라도 당신께 사정을 말해야 하는 건데 쑥스럽기도 해서……. 나도 우리 이야기가 그런 장소에서 싱겁게 공개되어서는 안 된다고 알고 있어요."

주 여사는 푸근한 남편 목소리에, 좀 전에 전화로 시달렸던 일을 곧 잊어버렸다.

"오늘 방송 아주 좋았어요. 당신의 솔직한 모습이 시청자들에게 더 짙은 신뢰감을 주었을 것 같아요."

그녀는 시청자들한테서 걸려온 전화 이야기를 끝내 하지 않고 남편을 안심시켰다. 사실 그녀도 부부 사이에 일어난 일이 세상 사람들에게 알려지는 일이 쑥스러웠다. 그러나 그런 이야기가 백치선 변호사의 입을 통해 세상에 전해진다는 것은 괜찮을 것 같았다. 옆에서 듣고 있던 경연이가 고개를 갸웃거리면서, 아직도 긴장이 가시지 않는 어머니 옆 얼굴을 쳐다보았다.

2.

"띵동띵동."

엘리베이터 문이 스르르 열렸다. 치선은 트레이닝 바람으로 엘리베이터 앞으로 다가가는데, 성경책을 낀 주 여사가 엘리베이터에서 나왔다.

"바깥 공기가 서늘해요."

주 여사는 갑자기 싸늘해진 새벽 공기에 아침 산책을 나가는 남편을 걱정하면서 엘리베이터 문이 닫힐 때까지 서 있었다. 치선은 아내 얼굴이 유난히 발갛게 상기되어 있는 것을 알았다. 무슨 기원이 그렇게 많아서 새벽마다 교회를 찾을까.

그는 오늘 새벽에도 눈을 뜨자 옆자리부터 더듬었다. 빈손에 잡히는 이불 감촉에 가슴이 섬뜩했다. 최근 들어서 새벽마다 교회를 찾는 아내가 궁금했다. 군대 복무하는 아들 때문인가? 다 제 살아가는 몫인데. 내게 말 못 할 어려운 사정이 있는가? 치선은 고개를 내저었다. 내가 모르는 아내의 일이 있을 수 있나? 새벽마다 남편이 깰까 조심스럽게 일어나 옷을 갈아입고 도둑처럼 살며시 방을 나가는 아내의 거동을 상상하면서, 그는 천천히 일어나 주방으로 들어갔다. 식탁 위에 사기 찻잔이 놓여 있다.

인삼과 대추와 밤과 꿀과 그 밖에 무엇무엇을 넣어 달인 건강식이다. 아내는 언제나 새벽기도를 나가면서 뒤에 일어나 아침 산책을 나갈 남편을 위해 준비해 두었다. 치선은 그것을 마시고서 현관을 나왔다. 매일 새벽 되풀이하는 일이다.

그는 아파트 광장을 빠져나오자 약간 천천히 뛰기 시작했다. 새벽 산책객들이 몇몇 보였다. 엷은 안개 속에 관악산이 잠을 덜 깬 얼굴로 웅크려 앉아 있다. 성당 앞 횡단로를 건너 시내를 따라 등산로 입구를 향해 점점 속력을 내었다. 이따금 아내처럼 성경책을 낀 부인네들이 지나갔다. 등산로 입구가 가까워지는 오르막에서 속력을 줄였다.

약수터에서 물을 두 컵 마시고 공터로 나왔다. 심호흡을 할 때마다 냉수에 숨어 있던 미네랄과 신선한 산소가 온몸에 고루 퍼지는 것처럼 몸이 가벼워졌다. 그는 천천히 맨손체조로 몸을 풀었다.

체조를 마치고서 다시 약수터로 갔다. 서넛이 물을 마시러 줄서 있는 그 뒤에 섰다. 차례가 되자 그는 약수를 두 컵 마셨다. 살아 있는 물이 식도를 거쳐 위를 헹궈내고는 장으로 넘어가면서, 몸 속에 들어 있는 찌꺼기들이 천천히 씻겨 내려가는 것 같았다.

치선은 자신의 발자국 소리를 들으면서 산을 오르기 시작했다. 차츰 미명이 걷히면서 산의 모습이 제대로 잡혀 갔다. 여름의 풍성함이 온 산에 가득 차 있었다. 하루 다르게 녹음이 짙어가는 것을 눈으로 감지할 수 있을 정도로 선명했다.

여러 해 동안 이 산을 오르내리면서 계절마다, 어떤 때는 날마다 다르게 변화를 드러내는 산을 대해 왔다. 그는 그런 변화에도 산에 오르면 마음이 안정되는 것은 변화가 산을 위태롭게 하지 않기 때문이라고 생각했다. 언젠가는 침묵하는 산의 미덕을 아름답게 생각했다. 그러나 이제는 그것이 미덕이 아니라 산이 지니고 있는 하나의 질서라고 믿게 되었다.

십여 분쯤 등산로를 따라 오르다가 길을 벗어나 오른쪽 도토리나무 숲으로 들어섰다. 길이 끊어지면서, 부엽토에 운동화 자국이 깊게 패였다. 얕은 구릉 두 개를 넘자 편편한 바위가 나타났다. 그는 마른 이끼가 듬성듬성 끼어 있는 바위 위에 운동화를 벗고 가부좌해서 바로 앉았다. 그리고 고개를 들어 주위를 한번 휘 둘러보고는 눈을 감았다.

두 팔을 앞으로 뻗으면서 가슴이 바위에 닿도록 허리를 굽혔다. 그리고서 다시 뒤로 젖혔다. 앞뒤로, 몇 번 반복하고 나서 바위에 반듯하게 누웠다. 딱딱하고 찬 돌 감촉이 등을 자극했다. 눈을 떴다. 하늘이 얼굴 위로 천천히 내려앉았다. 머리가 차차 비어지기 시작하면 말갛게 되었다. 그 순간 바위가 둥둥 하늘로 떠올랐다.

얼마 동안 그렇게 있다가 일어나 하산하기 시작했다.

그는 산기슭에 버티어 있는 종합청사를 내려다보며 내려왔다. 너른 잔디 광장 건너 경찰서 건물 옆에 닭장차가 몇 대 세워져 있다. 며칠 전부터 광장 앞에 시민들이 모여들어 일을 벌였다.

그는 순간 욕망의 근원이 무엇인가 생각했다. 하늘 아래 버티어 선 갖가지 구조물들에서 그 그림자가 어렴풋이 보였다. 돈과 일과 법과 역사까지도 모두 욕망을 극대화하기 위한 수단과 과정이 아닌가. 그것에서 벗어나는 길은 무엇인가.

종교인가? 그는 고개를 저었다. 종교야말로 더 큰 욕망의 변형이다. 죄를 용서해 달라는 기도처럼 뻔뻔스러운 것이 다시 있을까. 더 많이 달라는 기도처럼 욕심을 내는 것도 없을 것이다. 참회 다음에 다시 범죄하고, 더 가진 다음에는 더 결핍을 느낄 텐데. 아내의 기도도 욕망 때문인가. 죄를 씻고도 완전해지려는 것처럼 큰 욕망도 없을 것이다. 많은 것을 추구할수록 더 부족함을 느끼고, 그래서 모든 것은 거의 허무로 돌아간다. 독재자의 말로나, 돈과 섹스의 뒤처리가 그렇지 않은가.

그는 다시 고개를 가로저었다. 욕망을 이기면 저절로 자유는 얻어진다. 그 길을 사랑에서 찾는다고 했다. 그러나 그것은 불가능하다. 그렇다면 욕망을 다스리며 살아가는 길밖에 없다. 욕망을 다스린다. 그것은 선한 욕망을 갖는 것으로 가능할까. 선한 욕망? 선한 욕망!

오늘 하루 일과를 생각하니 머리가 혼란스러워지기 시작했다. 그는 다시 속력을 내어 달리기 시작했다.

"정확하시군요, 아버지."

치선이 아침 산책을 마치고 현관으로 들어서자 주 여사를 도와 아침식사를 준비하던 경연이가 청량한 목소리로 그를 맞았다.

샤워를 마친 그는 기분이 개운했다. 벌써 모녀는 식탁에서 식사 기도를 드리고 있었다. 기도가 끝난 다음에야 그는 식탁에 앉았다. 치선은 기도로 하루를 시작하는 그들 마음을 곱게 생각하면서도, 그 자신은 늘 그 기도 자리에 끼지는 않았다.

“당신 얼굴이 많이 수척해졌소.”

치선은 첫 술을 들다가 새벽 엘리베이터 앞에서 만난 아내의 추운 얼굴이 생각났다.

“화장을 안 해서 그래요, 아버지.”

딸이 끼어들자 주 여사는 입술을 달싹이며 웃었다.

“당신 얼굴이야 화장과 상관 있소?”

“아빠, 언제부터 엄마께 아부하시기 시작하셨어요?”

딸이 수저를 든 채 웃었다.

“당신 몸이 고달프면 내 서재에서 기도해요. 왜 꼭 새벽마다 교회에 나가야 해요. 하나님은 아무 데나 계시지 않소.”

치선의 말에 모녀는 어이없는 표정을 지었다.

주 여사는 매일 새벽 네시 반이면 일어나 교회로 향한다. 그렇게 하루를 시작하면서도, 낮이라고 마음놓고 잠을 자는 성미가 아니라서 늘 잠이 모자랐다.

“엄마, 오늘은 무슨 기도를 드리셨어요?”

딸이 아버지 눈치를 슬쩍 살피면서 물었다.

“응, 우리 가족의 건강과, 오늘은 아버지 텔레비전 녹화를 하시고, 신문사 칼럼 쓰시는 날이니까. 주님께서 잘 지켜주시도록, 그리고 군에 가 있는 오빠를 위해서…….”

주 여사는 이야기가 아들에 이르자 목소리가 흐트러졌다. 식탁이 조용해졌다.

“아빠두 참, 왜 오빠를 방위로나 빼 주시지. 너무하셨어요.”

경연이가 아버지를 향해 항의하듯이 말했다.

“애는 또 그 소리니?”

주 여사가 정색하고 딸의 말을 가로막았다. 여러 번 있었던 이야기였다.

"우리 친구 오빠들 가운데 30개월 사는 사람 없어요. 방위가 아니면, 하다못해 서울 시내에서 근무해요. 오빠처럼 최전방에서 30개월 썩게 하는 부모 있는 줄 아세요."

"경연아, 너 똑똑히 들어둬. 난 30개월 군복무하지 않은 사내를 사위로 맞아들일 수 없어."

치선은 딸의 입을 막으려고 약간 정색을 하며 말했다.

"알았어요. 아빤 언제나 그 말씀을……."

경연은 영규가 석사학위를 받은 후에 좀 수월한 군복무를 생각하고 있다. 그런 점을 치선도 알고 있어서, 그 말에는 딸도 손을 들었다.

치선의 외아들 경수는 대학 2년을 수료하고 입대해서 지금 철원 근방 전방 부대에서 복무하고 있다. 당사자는 입대할 때부터 치선에게 불만을 털어놓았다. 졸업하고 가겠다는 것을 억지로 보내다시피 했다. 졸업하면 다른 길이 트일 것이라고 막연하게 기대하는 아들을 용납할 수 없었다. 그 일로 집안은 얼마 동안 약간 어수선했다. 그는 주위 친구들이나 변호사 아들 치고 사병으로 일선에서 30개월 복무하는 경우가 흔치 않다는 것을 알고 있다.

"오늘 방송 주제는 뭐예요?"

경연이는 침울한 분위기를 바꾸려 화제를 돌렸다.

"돈과 가정의 행복이라던가. 이번 새로 신설된 9월 프로 개편에서 처음 시작되는 프론데 기대들이 많아. 아빠야 진행자를 따라 하고 싶은 말을 할 뿐이지만."

치선은 텔레비전 출연 이야기가 식구들 화제에 오른 것이 어색했다. 그 동안 방송 출연을 종종 했지만, 이번에는 일주일에 월요일과 토요일 이틀 동안 고정 프로그램에 출연하게 되었다.

"주제가 사치스러운 감이 없지 않아요? 행복하기 위해서 돈이 필요한 것은 뻔한 이치인데, 그것을 의도적으로 부정하려고 억지 부리시지 마세요. 돈과 행복을 결부시키지 않는 사람들일수록 돈이 없으면 하루도 못 살 사람 아닐까요. 그런 주제는 자칫 호사가의 말장난이 될 수도 있어요."

경연의 말에 치선은 가슴이 뜨끔했다. 그렇다. 돈과 가정의 행복은 돈 많은 사람들의 사치스러운 소리일 수도 있다. 하루 세 끼 밥 먹기도 어려운 사람들에게는 무의미할 것이다. 그는 딸의 생각이 트여 있음에 새삼 놀랐다.

"철부지 어린아이가 아니로구나."

치선은 성숙한 딸이 대견하면서도 두려워졌다. 지금 딸의 말대로 자신이 혹 자기 논리에 갇혀 있지는 않는가.

"토요일 아침 텔레비전 앞에 앉아 있는 주부들이야 먹고살기에 바쁜 사람들 아닐 테니까."

치선은 딸의 불만이 두려워서 어중간하게 넘어가려 했다. 경연은 아버지가 방송국 단골손님으로 나선다는 말을 듣고는 만류했다. 이따금 사안에 따라 나가는 것은 모르지만, 고정 출연자가 된다는 것은 아버지 처지에 어울리지 않을 것 같았다. 방송국에 출연하면 자연 시청자들 구미에 맞는 말장난을 요령껏 해야 되는데, 그 자리에 아버지를 앉히고 싶지 않았다.

"왜 그렇게만 생각하니?"

주 여사는 남편과 맞서는 딸이 불만이었다.

"엄마는 아빠께 너무 맹목적이세요. 그렇다고 제가 아빠를 공격하려는 것이 아니라, 너무나 완벽을 추구하시는 아빠가 싫고 두려워서요. 완벽은 불가능한데, 그것을 생각하다 보면 형식논리에 빠지기 쉽거든요."

딸은 생각을 숨기지 않고 말했다.

"네 말이 맞아. 그러나 아빤 주어진 기회를 충분히 이용해서 사람들의 잘못된 의식을 바꿔 놓으려는 운동적 차원에서 방송에 출연하는 거야."

치선은 딸이 성숙된 생각을 존중해 주면서 자신의 입장을 말했다.

"그런데 사실은 그렇지 못해요. 아빠의 전략에 차질이 생길 수도 있어요. 조심하세요. 아빠가 방송의 구조 속에 빠지면 헤어나오지 못할 수도 있어요. 그리고 이건 다른 이야긴데, 전, 아빠 엄마를 대하면 늘 불안해요. 제가 어른이 되었을 때는 결코 두 분처럼 살아갈 자신이 없으니까요."

경연이는 장난스럽게 웃으면서도 언젠가 하려던 말을 털어놓았다.

"사람은 누구나 부족한 존재야. 그것을 알고 극복해 나가려고 노력하는 것이 중요하지."

치선은 심각해지는 식탁 분위기를 정리했다.

변호사 백치선은 이상한 연유로 텔레비전에 고정 출연자가 되었다. 친구의 요청으로 재벌그룹 사원 교양교육에 강사로 나가,

행복한 가정생활에 대해서 말한 적이 있었다. 별다른 이야기가 아니었다. 부부의 인연으로 서로 만나 자녀를 낳고 서로 사랑하고 협조하며 살아온 자신의 이야기였다. 그런데 그 이야기가 재미있었던지, 소문이 나서, 기업을 경영하는 대학 동창들이 얼굴이나 볼 겸 시간 내어서 이야기 좀 해달라고 주문하는 바람에 사양하지 못했다. 그렇게 몇몇 이름 있는 기업 사원교육장에 드나들었다.

그러는 동안 몇 번 예민한 사회 문제를 다루는 프로그램에 출연했는데, 이제는 본업인 변호사보다 강연 잘하는 사람으로 더 알려지게 되었다. 사실협(社實協)이 출범하던 시기여서, 시민들에게 이 운동을 홍보하는 차원에서도 그러한 기회가 오면 마다 하지 않고 거의 응했다. 그러다가 결국 텔레비전 출연 단골손님처럼 되어버렸다.

"다녀오겠습니다. 아빠, 오늘 녹화하실 때 너무 완벽하게 하시지 마세요. 흠이 좀 있어야 시청자들이 호감을 갖습니다."

경연이는 학교로 가면서 아버지에 대한 주문사항을 잊지 않았다.

"고마워."

그는 식사 후 차를 마시고 서재로 들어갔다. 출근 전까지 내일 넘길 신문사 칼럼 원고를 마무리해야 했다. 그는 C신문사의 객원 논설위원으로 두 주일에 한 번 정도 시론을 쓰고 있다. 어제 저녁 6장 정도 써놓고서 마지막 부분이 잘 정리되지 않아서 그냥 놔두었던 것을 다시 시작했다.

6년 전에 구입해서 고물이 된 286짜리 컴퓨터 앞에 앉았다. 전원을 켜고, 메뉴가 나오자 재생 키보드를 누른 다음 저장 디스켓을 집어넣어 엔터 키를 눌렀다.

"삐삐티티."

드라이브에서 양철 긁는 듯한 음향이 울리면서 디스켓 돌아가는 소리가 매끄럽지 못했다. 그런데 화면에 나타난 것은 이상한 문자와 부호들뿐이었다. 한 시간 넘게 머리 쓰면서 만든 글이 엉망이 되어버렸다. 지금까지 없던 일이다. 다시 쓰려니 생각이 열리지 않았다.

별 내용은 아니었다. 개별적인 가정 문화와 개인 나름의 독자적인 삶에 대한 인식이 취약해서 사회는 익명성만 난무하게 되었고, 그것이 곧 반문화적으로 나타나는 오늘의 세태를 가볍게 진단한 글이었다.

"출근 시간 다 되었어요."

아내 재촉에 서너 장 정도 진전된 원고를 디스켓에 저장하고는 전원을 껐다.

3.

9시 10분. 치선은 쏘나타를 몰고 아파트 광장을 나왔다. 후사경으로 광장 구석에서 자기를 눈으로 배웅하는 아내 얼굴이 들어왔다. 그는 왼손을 들면서 핸들을 오른쪽으로 돌렸다. 주여사는 차가 안 보일 때까지 지켜 섰다가 집안으로 들어왔다. 식탁에 앉은 채로 남편이 무사하기를 잠시 기도하고 나서 아침 설거지를 시작했다.

치선은 전에 없이 붐비는 찻길 때문에 긴장이 되었다. 이 시간은 서울로 진입하기에는 차가 붐빌 시간이 아니었다. 그런데 과천 입구 성당 앞에 이르자 차가 나가질 못하고 가다 서다를 반복했다. 서울랜드와 양재 쪽으로 갈라지는 네거리에서 신호등이 세 번이나 바뀌어도 교차로 안을 넘어서지 못했다. 치선은 초조했다. 11시부터 방송국 녹화가 시작된다.

남태령고개를 넘어서 군부대 앞에서 승용차와 트럭이 접촉 사고를 내고서 두 개 차선을 차지하는 바람에 차의 소통이 안 되고 있었다. 사고 당사자들은 허리춤에 팔짱을 끼고 서로가 잘했다고 목청만 돋우었다. 그 바람에 사당동 로터리가 보이는 데서도 차는 빠지지 못했다.

10시가 되어서야 사당동 로터리에 이르렀다. 서초동에 있는 사무실에 들릴 시간이 없어서 직접 방송국으로 향했다. 그런데 이수교를 못 미쳐서 다시 차가 움직이질 않았다. 반포대교 입구에서 자동차 추돌사고가 일어나 길이 막히자, 강북으로 진입하는 차들이 동작대교로 몰리면서 혼잡이 더해지고 있다고 교통방송이 알려주었다. 20여 분쯤 걸려서 겨우 이수교 부근까지 진입했으나, 동작대교 앞 로터리까지 들어찬 차들은 움직이지 않았다.

신호등이 세 번이나 바뀌어서야 겨우 네거리 안으로 진입하는데, 다시 신호가 바뀌었다. 그러나 차들이 막혀서 앞으로 빠져나가지 못했다. 양편에서 달려오는 차들이 다투어 클랙슨을 울렸다. 다시 신호가 바뀌었다. 차들이 서로 엉겨붙어서 움직이지 못했다.

치선은 당황하기 시작했다. 그는 신호와 차선을 철저히 지켰고, 지정된 속력에 10킬로 이상 과속하지 않았으며, 조금 손해 보더라도 양보하면서 15년 넘게 차를 몰아왔다. 자신을 엄격하게 관리하듯이 차를 몰았는데, 이 지경이 되고 보니, 지금까지 스스로 지켜왔던 그것들이 아무 쓸모 없었다. 치선은 자신을 잃으면서 불안했다.

이미 신호도 통제기능을 잃어버린 후였다. 사방에서 신호만 믿고 몰려온 차들을 신호가 통제할 수 없게 되자 대혼란이 일어났다. 오토바이를 탄 교통순경 두 사람이 합세해서 호루라기를 불었으나 힘을 쓰지 못했다. 치선은 머리가 무거워지면서 등에서부터 소름이 돋았다. 전혀 대책이 없는 혼란 앞에 그는 자신이 무력함을 깨달았다. 운전기사를 쓰지 않은 것이 후회되었다. 신념이나 스스로 마련해 놓은 삶의 규범들이 천천히 무너지고 있었다.

겨우 88도로에 진입해서 제 차선을 잡았고, 10시 40분이 넘어서야 63빌딩 옆길로 여의도로 들어갈 수 있었다.

치선은 녹화 시간이 임박해서야 가까스로 방송국에 도착했다.
"차가 밀리셨죠. 욕 보셨습니다."
방송국 면회실까지 나와서 기다리던 담당 송 피디가 굳어졌던 얼굴을 펴면서 그를 반겼다.
"말 마시오. 아홉 시에 집 떠나, 사무실에도 들르지 못하고 지금까지 헤매었는데……."
치선은 그래도 시간에 맞추어 왔다는 안도감이 다행스러웠다.

"아슬아슬하게 시간을 맞춰 주셨습니다. 요즘 여의도에 오려면 완전히 출전 태세를 갖춰야 합니다."

담당 피디는 전에 없이 흐트러진 그의 모습에서 정황을 짐작했다. 언제나 약속 시간 10분 전에 도착하는 그였다.

"정말 송형 말대로 여의도로 들어오려면 단단히 각오해야 하겠습니다. 이거 여기 땅기운이 세어서 그런가요."

치선은 심장 틈에 찐득하게 고여 있는 긴장의 찌꺼기들을 풀어버리려고 농담을 흘렸다. 그러나 여전히 가슴은 답답했다.

"오늘 녹화가 삐꺼덕거리는가 했습니다."

대기실에서 진행을 맡은 남자 아나운서와 마주 앉아 있던 우진아가 일어나며 손을 내밀었다. 그가 자리잡고 앉자, 구성작가가 오늘 진행될 내용이라면서 유인물을 건네주었다.

"백 선생님이야 원고 안 보셔도 되지요. 아주 반응이 좋습니다."

우진아가 마시던 커피 종이컵을 입에서 떼면서 그 특유의 눈웃음을 지었다.

"대스타이신 두 분과 방송을 같이 하면서 혹시나 실수하면 어떡허나 걱정을 하지요. 특히 우진아 씨에게 손상을 입힐까……."

치선은 진행 원고를 대략 훑어보고서 우진아를 정면으로 쳐다보면서 농담처럼 인사말을 전했다.

"남성들은 대개 여자들에게 손상을 입히기를 즐거워한다는데 백 선생님은 예외신가 봐요."

우진아가 즐거운 듯이 말을 받았다.

"그런 말씀 마십시오. 지난번 방송 보고는 어떤 짓궂은 사내가
……."

고자가 아니냐는 조롱을 들었다고 말하자 모두들 소리내어 웃
었다. 우진아는 짙은 입술이 침으로 얼룩질 정도로 입을 크게
벌리며 웃었다.

"그런 말 들을 만도 하지요."

그녀는 웃고 나자 가슴이 후련했다. 이 오만한 사내를 언제부
터 한번 콧대를 꺾으려고 노려왔다. 그런데 그게 여의치 않았
다. 모든 남자를 만만하게 대해 오면서도, 이 남자에게만은 그
럴 수 없어서 괜히 신경이 쓰였다. 도덕적 완벽성이나 미남이라
는 점보다도, 남을 포용하는 그 흡인력이 무섭도록 매력적이다.
이런 사람들이 갖는, 그 겉에 드러나지 않는 오만함 같은 것도
전혀 느낄 수 없이, 곁에 두고 이야기를 하면 그저 편안하기만
했다. 이거 내가 이 남자에게 빠지는 거 아닌가. 그렇게 생각될
정도로 그녀는 백치선에게 끌려가는 자신을 느꼈다.

"아마 그 사람 방송에서 선생님 말씀 듣고서 상당한 충격을 받
았을 겁니다. 여자 정조만을 강요하는 폭군으로, 자랑삼아 제
몸을 하찮게 처리해 버리면서 살아오다가 '아차' 했겠지요. 그래
서 그것을 보상하려고 심한 비난을 내뱉었을 겁니다."

우진아는 정색을 하며 치선을 옹호했다.

"아니, 여기서 다 팔아버리시면 정작 장판에 가서서 어떻게 하
시려고……."

송 피디가 끼어들어 이야기판을 정리했다.

스튜디오에는 벌써 방청객으로 중년부인 30여 명이 앉아 있

었다. 치선은 수군거리는 부인네들 눈총을 의식하면서 자리를
잡고 앉아 가슴을 폈다.

"싱그러운 가을의 문턱에서 우리는 모두들 아름다운 꿈을 꾸
면서 한 주간을 되돌아볼 때입니다. 오늘 '아름다운 가정 행복
한 삶'을 시작하겠습니다."

미리 약속한 것처럼 스튜디오에 대기해 있던 중년부인들이 박
수를 쳤다.

"이 시간에 우리와 더불어 아름다운 이야기를 나눠주실 이 프
로의 단골손님이신 백치선 변호사님 나와 주셨습니다."

남자 진행자의 소개에 이어, '우우우' 여자들이 더 크게 소리
를 지르면서 박수를 쳤다.

"참, 백 변호사님의 인기를 실감할 수 있네요. 그러면 이제부
터 이야기를 시작하겠습니다. 오늘 이야기 주제는 '돈과 가정의
행복'입니다. 여러 주부님들, 돈 좋아하시죠. 주부님들 장바구니
걱정을 하지 않아도 될 처지가 된다는 것이 가정의 행복의 첫
조건 아닙니까? 백 선생님은 변호사시니까, 사모님께 장바구니
걱정은 안 끼쳐 드리시겠지요?"

우진아가 치선에게 장난기 섞인 말투로 이야기 문을 열었다.

"제가 용돈을 타 쓰는 형편이니까요."

"그래요?"

우진아가 큰 눈을 껌벅거렸다. 부인들이 의외라는 표정이다.

"오늘은 용돈을 얼마 타 오셨습니까?"

남자 진행자가 웃으면서 물었다.

"글쎄요. 아내가 알아서 넣어주거든요."

치선은 안 호주머니에서 지갑을 꺼내었다. 우진아가 그것을 얼른 빼앗듯이 낚아채었다. 방청석에서 웃음이 번졌다.

"이거 실례지만, 잠깐 뒤져 봐도 되겠습니까? 백 선생님."

치선은 고개를 끄덕였다.

"여기 보십시요. 십만 원짜리 수표가 한 장, 만원권이 석 장이 네요. 그런데 카드가 없군요."

우진아는 지갑을 털어보이는 시늉을 하였다. 치선은 면구스러 운 표정을 지으면서 어색하게 웃었다.

"아니, 용돈이 이 정도입니까. 제 생각에는 십만 원은 비상금 일 것 같고, 그렇다면 겨우 삼만 원이네요."

우진아는 치선의 얼굴 표정이 재미있었다.

"사실은 오늘 방송국에서 출연료 받을 것을 고려해서 아마 아 내가 좀 덜 넣었을 겁니다."

치선은 만 원짜리 석 장이 마음에 걸렸다. 사실 그 자신도 지 갑에 돈이 얼마 들어 있는지 모른다. 아내가 그의 오늘 하루 스 케줄을 듣고서 알아서 채워 넣곤 했다.

"정말 사모님께 매어 사시나 봐요."

방청석에서 한 여자가 말했다.

방송은 처음부터 의외의 방향으로 진행되었다. 그래도 피디는 재미있는지 곁눈질로 상황을 파악하는 남자 진행자에게 그대로 진행하도록 손짓했다.

자식을 둘쯤 둔 40대 후반 가정에 한 달에 얼마쯤 생활비가 있으면 궁핍함을 느끼지 않고 살아갈 수 있느냐는 문제로 이야 기가 시작되었다.

"돈이야 있을수록 더 있어야 하고, 없으면 그저 하루 세 끼 먹는 것만으로도 행복할 수 있지 않겠습니까?"

치선의 논리는 처음부터 엉뚱했다. 그러면서 그는 자기 주위 몇몇 경우를 예로 들면서, 돈이 많은 사람일수록 더 많은 문제를 안고 살고 있다는 점을 말했다. 친구들 가운데 행복하게 사는 사람들은, 대그룹 부회장이나 사장도, 장관·국회의원이나 검사장도 아니고, 시골에서 초등학교 교장으로 있는 중학교 동창이라고 소개했다.

"그러면 백 변호사님, 댁에서는 한 달에 생활비가 얼마쯤 소요된다고 생각하십니까?"

방청석 질문 차례가 되자 50대 초쯤 되는 한 부인이 정확한 어조로 질문했다. 치선이 얼굴이 굳어졌다. 얼마쯤 될까. 사실 그는 쌀 한 말 값이나, 아이들 등록금 액수도 정확하게 모르고 살아왔다.

"우리 백 선생님은 사모님께서 모든 것을 알아서 처리하시니까, 한 달 생활비를 알 턱이 없지요. 본인의 용돈도 모르는 처지인데……."

우진아가 대답을 하지 못하는 치선의 처지를 대신해서 설명했다.

"그러시다면 사실, 돈과 가정의 행복에 대해서 말씀할 자격이 없겠지요."

질문을 했던 여자 눈길에 웃음기가 서렸다.

"잘 보셨습니다. 전 사실 자격이 없어요. 그러나 제가 드릴 수 있는 말은 가정의 행복이 생활비에 의해서 결정되지 않는다는 것뿐입니다."

치선은 추락한 위신을 만회해 보려고 약간 정색해서 말했다.

"배고프지는 않으시니까, 그런 말씀을 하시겠지요."

다른 부인이 뒤이어 그를 비난하는 어조로 말했다. 치선은 그 부인에게 웃음으로 응대하면서 다음 말을 준비했다. 이 이야기는 하고 싶지 않았으나, 지금 이 상황에서는 말해야 할 것 같았다.

"주부님들, 제가 지금까지 살아오는 동안에 가정적으로 제일 행복했던 때가 언제인 줄 아십니까. 저녁거리를 걱정하고 한 겨울 연탄 걱정을 하며 살았던 때였습니다."

"예? 백 선생님 가정에도 그런 일이 있었어요?"

남자 진행자가 다소 의외라는 투로 물었다. 피디도 흥미있다는 투로 눈을 껌벅거렸다.

"있었지요. 누구에게도 그런 시절은 한 번씩 있기 마련입니다."

백치선이 판사직을 그만두고 변호사를 하면서 모교에서 학위를 받자, 지방 국립대학에 조교수로 들어갔다. 그리고 2년 후에 해직을 당했다. 그 동안 모아 놓은 돈도 없었다. 서울도 아니고, 객지인 지방이었다. 우선 당장 살고 있던 교수 아파트를 비워야 했다. 서울로 올라올 형편도 못 되었다. 그렇다고 다른 일터를 잡을 상황도 아니었다. 그래서 쫓겨난 대학이나마 바라보면서 살 수밖에 없었다. 결국 그 해직 당한 대학이 있는 도시에 눌러앉았다. 있는 돈을 다 모아서, 보증금 삼백에 월 이십만 원하는 방 두 칸에 헛간 같은 부엌이 딸린 집으로 이사했다. 아이 둘이 초등학교 다닐 때여서 방 두 칸은 필요했다. 그렇게 가진 돈을 다 털어놓고 보니, 당장 생활비가 문제였다. 친구들이 도와주는 것도 몇 달이었다. 그렇다고 누구에게 아쉬운 소리를 할 처지도 아니었다. 그 즈음 정말 저녁거리와 연탄 걱정을 하며 살아야 했다. 그렇게 두 해를 견뎠다.

"그때 사회 상황이 제가 다시 변호사 일을 할 처지가 아니었습니다. 정보기관에서는 제게 아무런 일터도 주지 못하도록 은밀히 간섭하던 때였습니다. 그러기에 주위에서조차도 우리를 마음 놓고 도와주지 못했습니다. 제 아내가 제 몰래 이 자리에서 말하기 어려운 일을 하면서 겨우겨우 입에 풀칠을 했습니다. 그런데도 우리 부부는 그때가 가장 행복했습니다."

사람들 눈동자가 움직이질 않았다. 백치선에게도 그런 세월이 있었구나. 우진아 생각도 혼란스러웠다. 그것은 곧 표정으로 나타났다.

방송이 생각하지 않았던 방향으로 흘러갔다. 녹화가 끝나자, 방청석에 앉아 있던 부인네들이 우르르 치선에게 몰려와 인사했다. 뵙게 되어서 영광입니다. 부인들은 눈으로 그렇게 말하고 있었다. 치선은 두 진행자와 악수를 나누고서 부인네들 인사를 일일이 받아주었다.

"백 선생님이 스타가 되는 바람에 전 완전히 엑스트라가 되었네요."

우진아는 스튜디오를 나오면서 농담을 흘렸다. 방송을 오래 하면서도 출연한 인사들에게 마음이 끌려본 적이 없었다. 녹화가 끝나면, 수고하셨습니다, 안녕히 가십시오, 하고 의례적인 인사를 주고받고 헤어졌다. 그것으로 출연자와의 관계는 끝났다. 그런데 치선과는 만나는 횟수가 늘어갈수록 그에 대한 관심은 점점 짙어갔다. 언제나 녹화가 끝나면 혹 방청객으로 출연한 사람들이 있는 경우에 그들은 자기에게 관심을 주는데, 오늘은 영 사정이 달랐다. 그러나 기분은 불쾌하지 않았다.

"선생님 오늘 점심 사세요. 인기 값 내셔야지요. 이러다간 혹시 방송으로 전업하시는 거 아닙니까?"

우진아는 숨기지 않고 그에 대한 호감과 질투의 감정을 털어놓았다.

"그럽시다."

"오늘도 만 원 한도입니까?"

승강기로 따라 들어오면서 피디가 웃었다. 사실협 운영위원들은 만 원 이내로만 점심을 먹기로 했다는 말을 방송에서 한 적이 있었다.

"같이 가십시다. 오늘은 특별 손님이시니까, 만 원을 넘어도 됩니다."

치선은 우진아의 농담을 피하면서 피디와 남자 진행자를 쳐다보았다.

"두 분만 가세요. 우리가 눈치 없이 따라나서겠어요"

피디가 사양했다.

"두 시부터 다른 녹화가 있어서, 구내 식당에서 때우겠어요."

남자 진행자가 양해를 구했다.

방송국을 나오면서 우진아는 치선의 어깨 쪽으로 바싹 붙어 걸었다. 밖에는 초여름 햇살이 눈부시게 부서지고 있었다. 지나는 사람들이 이들을 흘끔거렸다. 우진아다. 그 다음 소리는 들리지 않았다. 아니, 저 남자 누구야, 우진아가 남자 생겼나. 그들도 그 속삭임을 들었다.

우진아는 이 거리를 걸을 때면 늘 고개를 25도 정도로 치켜세웠다. 동행하는 남자가 있더라도 눈길이 남자에게 치우치는 법이 없다. 그것은 남자로부터 자신을 세워보려는 습관된 몸짓이다. 미모로나 명성으로나 남에게 뒤질 것이 없었지만, 이혼녀라는 그 한 가지는 좀처럼 아물지 않았다. 그래서 그녀는 모든 남자에게 적당한 거리를 두고 관심을 유지함으로써 그 흠이 메워진다고 생각했다.

그런데 백치선에게 그 거리가 자꾸 좁혀져 갔다. 훤칠한 키와 탄탄한 몸에 선명하며 큰 눈, 거만한 듯하면서도 상대를 편하게 해주는 분위기, 아무리 편견을 갖고 대하려 해도 이 남자에게는 끌리지 않을 수 없었다. 그래서 묘한 질투가 일어났다. 이 남자가 간직하고 있는 멋이 바로 자신에게서 도둑질해 간 것으로 생각되었다.

길 건너 빌딩 라운지 레스토랑으로 갈 동안 그녀는 내내 그 생각에서 헤어나질 못했다. 혹 그에게서 겸손을 가장한 오만 같은 것이 숨어 있는 듯해서 그녀의 관심은 더욱 짙어졌다.

4.

치선이 잠실에 있는 조카네 집에 도착했을 때에는 이미 추도예배가 끝나 식구들이 식사를 마치고 차를 마시고 있었다.

"늦었네."

그는 거실에 있는 여러 얼굴들을 둘러보면서 두루두루 늦은 인사를 했다. 집안에서는 그가 제일 어른이다. 주방 문 앞에서 앉아 있던 주 여사가 민망스러운 남편의 표정을 안쓰럽게 생각했다. 밖에서 무슨 일이 있었던가 궁금했다. 추도예배를 시작하기 10여 분 전부터 나타나지 않자 마음이 조급했다. 예배가 끝나고 저녁식사를 시작할 때까지도 기다리면서 조카와 그 식구들에게 미안했다. 주 여사는 큰시어머니 추도예배 때마다 누구에게도 말할 수 없는 남편의 심사를 알고 있었다. 어쩌면 참석하는 것이 즐겁지 않을 남편이었다.

"기다리다가 방금 저녁을 마쳤습니다. 목사님께서 오래 기다리실 수 없어서."

조카 경근이는 삼촌 치선에게 자리를 권하면서 오기 전에 식사를 마친 것을 오히려 미안해했다. 거실에 모여 있던 사람들이 앉은 자리를 약간씩 움직이며 그에게 인사했다.

"사실협 회의랑 녹화가 있었다면서요."

중학교 교사인 조카며느리가 앞치마 두른 채 그에게 다가와 반가운 마음을 숨기지 못했다. 해맑은 조카며느리의 표정에서 그는 늦은 미안감이 좀 가셔졌다. 이 조카며느리는 치선이를 시아버지처럼 대했다. 그래서 치선은 이들 조카 내외를 만나면, 세상에서 시달렸던 감정들이 풀려지곤 했다.

"학교 일도 바쁜데 종갓집 며느리 일까지 하느라고 수고가 많구나."

그는 딸처럼 생각하는 조카며느리의 손을 잡으면서 진심으로 고마워했다.

"그런 말씀 마십시오. 저희는 숙부 숙모님을 제 집에 모셔 저녁이라도 한끼 같이하는 것이 여간 즐겁지 않습니다."

엉거주춤 아내의 흐뭇한 표정을 살피던 경근이가 한마디 거들었다. 그 말에 치선의 가슴이 잔잔하게 흔들거렸다.

"나 저녁 했어."

치선은 저녁상을 준비하러 주방으로 들어가는 조카네를 말렸다.

"여기 오셔서 저녁을 하시지 그랬어요."

주 여사는 혼잣말처럼 말했다. 치선은 아내의 아쉬운 얼굴을 대하니 조카네 식구들에게 더욱 미안했다. 사실은 우진아와 함께 점심을 했는데, 이 여자가 그 값으로 저녁을 사겠다고 우겼다. 다음에 하자고 사양해도, 여자는, 언제 사고 싶은 마음이 변할지 모르니 생각난 때 사겠다면서 고집을 세웠다. 앞으로 일주일에 두 번씩 만나야 할 사람이고, 큰 마음먹고 제안하는데 거절하지 못했다.

주 여사는 오후에 남편의 전화를 받고서, 큰어머니 추도예배 날에 밖에서 저녁 한다는 것이 예삿일이 아니기에, 불가피한 일이 생겼는가 은근히 걱정되었다.

오후 3시쯤에 남편한테 조카네 집으로 전화가 걸려왔다. 주 여사는 점심을 마치고 조카네 집으로 와서 음식 준비를 하고 있었다. 오전 수업을 마친 조카며느리도 조퇴를 해서 같이 거들었다. 일 년에 몇 번씩 장손인 조카네 집에서 조상 제사를 대신하는 추도예배를 드렸다. 그 가운데서도, 큰시어머니 추도예배를 겸한 친족들의 저녁식사 자리가 처음에는 부담스러웠다. 그런데 차츰 부담에서 벗어나게 되면서 세상을 새롭게 보게 되었다.

달력에 표시되어 있는 큰시어머니 기일이 가까워 오면, 주 여사는 시아버지 후처로 아픔을 숨기면서 일생을 살아오신 시어머니 모습부터 떠올랐다. 시어머니 나정윤은 한국 여성으로서는 모자랄 것 없는 여자였다. 명문가의 둘째딸로서 서울에서 전문학교를 나왔다. 학생 시절 대학생인 시아버지 백상익을 사랑했다. 결혼을 앞두고서야 숨겨진 시아버지 일을 알게 되었다. 고향에 이미 결혼한 아내가 있으며, 아들까지 두고 있다는 사실을 고백 받았다. 그때 시어머니 심경은 하늘이 내려앉는 것처럼 캄캄했다고 훗날 며느리 주 여사에게 술회했다. 그렇다고 사랑하는 남자와 헤어질 수는 없었다. 남자는 아주 쉽게 본처와 이혼하겠다면서, 결혼식만 올리면 모든 것이 해결된다고 말했다. 시어머니는 그 약속을 믿었다기보다는 사내를 너무 사랑했기에 후처라는 것도 생각하지 않고 결혼하고 말았다.

그런데 막상 결혼을 하려고 하자 더 어려운 사정들이 나타나기 시작했다. 우선 시댁에서 적극 반대했다. 소실로 들어와 사는 것은 두 사람의 일이니까 관여할 문제는 아니지만, 부모로서 그 결혼을 허락할 수 없다는 것이었다. 그러나 시어머니는 시아버지만을 믿었다. 사랑을 위해서 그만한 어려움은 참을 수 있었다. 집안에서는 둘의 결혼은 근본적으로 반대하는 것이 아니라, 암묵적으로 승인하는 것이라고 잘못 판단했다. 그런데 실제 사정은 전혀 달랐다. 서울에서 결혼식을 하였는데, 식장에 시댁에서 누구도 나타나지 않았다. 단지 외삼촌과 이종사촌 두 사람만 참석했다.

　그래도 결혼생활은 행복했다. 변호사 시험에 합격한 남편은 경제적으로 여유가 있었고, 그들이 부부된 것을 방해하거나 비난하는 사람도 없었다. 그런데 전혀 생각하지 못했던 일이 나타났다. 첫아들 치선을 낳자 호적에 올리는 데 문제가 생겼다. 시아버지는 직접 그 문제를 내놓지는 않았으나, 호적법상으로는, 치선이를 큰 부인이 낳은 자식으로 올리거나, 아니면 시어머니를 후처로 앉힌 다음에 그 후처가 낳은 서자로 올려야 할 형편이었다. 시어머니로서는 어느 것도 받아들일 수 없었다.

　그제서야 시어머니는 아직 혼인신고도 되어 있지 않았다는 것을 알았다. 그리고 자신이 백상익의 소실이라는 사실을 새삼스럽게 확인했다. 그러나 어쩔 수 없었다.

　치선을 낳고 두 해 동안 아무 대책도 없이 지내었다. 어느 날 혼인식장에 참석했던 그 시외삼촌이 집에 다녀갔다. 그러고서 한 달이 지났다. 사무실에서 돌아온 시아버지는 시어머니에게 봉투 하나를 내밀었다. 호적등본이 들어 있었다. 거기서 시어머니는 자신이 본처로 되어 있고, 치선(致善)은 자신이 낳은 자식으로 호적 처리가 되어 있는 것을 확인했다. 그리고 남편은 큰 부인과 이혼되어 있었다.

"어떻게 된 일이지요?"

　결혼 후에 이 문제에 대해서 아무 말도 않던 시어머니는 처음으로 그 사연을 시아버지에게 물었다.

"법적으로 이혼하였으나, 종갓집 며느리로서는 그냥 살기로 했으니, 그 점만은 당신이 이해해 줘요. 윤선(큰부인이 낳은 아들)

의 모친은 마음씨 고운 사람이니까, 스스로 그 길을 택했어요. 그러니 당신은 마음을 놓구려. 그 동안 내가 너무 마음고생을 시켜서 미안하오."

시어머니는 그 말을 이해할 수 없었다. 어떻게 이혼한 여자가 시집에서 종갓집 며느리로 눌러 살 수 있을까. 어떻게 버젓이 큰댁으로 그대로 살고 있으면서 법적으로는 그 자리를 내놓을 수 있을까.

시어머니 나정윤은 일이 잘된 것으로 생각하고는 그 문제에 대해서는 전혀 마음을 쓰지 않았다. 그런데 고향에 계신 시어른들이 돌아가시자 장사지내려 고향으로 내려갔을 때였다. 그제서야 시어머니는 모든 사정을 제대로 알게 되었다. 집안 어른들이나 일가 친척들 누구도 그녀를 큰며느리로 대접해 주지 않았다. 비록 호적에서는 백씨 집안에서 떨어져 나갔으나, 큰부인이 당당하게 며느리로서 모든 일을 도맡아 처리했다. 아래로 동생이 둘이고, 위로 누님이 한 분 있는데, 그들 가운데 누구도 그녀를 이 집안 큰며느리로 대접해 주지 않았다. 단지 그녀를 '서울 며느리' '서울 언니'라는 이상한 호칭으로 불러주었다. 시어머니는 대가 집에서 할 일이 아무 것도 없는 구경꾼에 불과했다.

그러나 그런 일이 문제가 아니었다. 윤선의 모친인 큰부인은 보통 여자가 아니었다. 철저하게 자신을 죽이고서 남편을 위하고 사랑하는 여자였다. 남편만을 위하는 것이 아니라, 그 남편이 사랑하고 좋아하는 모든 것을 남편처럼 똑같이 사랑하고 좋아하는 여자였다. 그러기에 치선의 모친까지 사랑의 적수인 시앗으로 보지 않았다. 사랑하고 존경하는 남편이 사랑하는 여자이기에, 자기도 남편처럼 사랑하고 아껴 줘야 할 존재라고 생각했다. 생각 그대로 사실 구김 없이 대했다. 시아버지 삼년상과 시어머니 삼년상을 치르는 동안 시앗인 치선의 모친이 시골 시집을 드나들 때에, 큰부인은 그녀를 친정 동생처럼 대해 줬다.

"섭섭하게 생각하지 말게. 이것도 다 자네와 나의 인연인데, 한 남자를 둘이 사랑한다는 것이 가능하지 않지만, 나는 욕심을 부리지 않을 테니까 마음 쓰지 말게. 두 집안 어른들끼리 맺어 놓은 혼인인데, 내가 남편을 잘 모시지 못해서 동생까지 이런 어려운 형편에 처하게 되었으니, 생각하면 모두 내 탓인데, 이 문제로 내 친정과 시집 두 집안에 걱정을 끼쳐 드리는 것을 내가 차마 볼 수 없어서 이렇게 눌러앉아 있으니 이해하게. 우리가 이 세상에 사는 날이 얼마나 될 것인가. 나는 다 감당할 수 있으니까, 동생에게 바라는 것은 부디 치선의 부친을 끝까지 잘 모시고, 윤선이까지 동생이 낳은 자식처럼 잘 보살펴 주면, 그 형제들끼리도 우애가 깊어질 것이고, 그러면 치선의 부친이 세상 사는 데도 어려움이 없을 것이니, 그렇게 명심해 주게."

큰부인의 생각은 그녀가 헤아리지 못할 정도로 깊고 넓었다. 정말 남편 백상익을 사랑하는 여자였다. 비록 남편은 차지할 수 있었으나 그녀는 큰부인 앞에서 고개를 들지 못했다. 후처라는 감정 이전에, 넓고 깊은 한 여자의 마음 앞에서 그녀는 자꾸만 가슴이 쪼그라들었다. 그래서 그녀는 신앙으로 그 고통을 어렵게 이겨 나갔다. 그것도 큰부인으로부터 물려받은 것이었다.

"동생도 인제 예수님을 만나 보게. 내가 동생 앞에서 그림자도 없이 사라져 버리지 못하고 이렇게 있는 한, 자네의 고통이 크리라는 것을 모르는 바는 아니지만, 이러한 우리 고통을 대신해서 주님께서 뭔가 더해 주실 것이네. 동생도 주님을 만나게."

이러한 큰댁의 권고로, 그 동안 멀리했던 교회를 다시 찾았고, 주님을 진정으로 영접하게 되었다. 그렇다고 그녀의 고통이 해결된 것은 아니었다. 더욱 괴롭기만 했다.

주정애 여사는 언제나 큰조카네 집에서 추도예배를 준비하는 동안에는 두 시어머니 모습이 생생하게 되살아나서 우울했다. 두 분 다 여자로서는 아름답고 선한 분이었는데도, 얼마나 많은 시간을 괴로워하며 살아야 했을까. 그런데 그 고통을 모두 신앙으로 극복했으니 눈시울이 뜨거워졌다. 오늘은 어느 해보다도 더했다. 그 동안 남편이 예전보다 더 많은 일을 벌여 놓았고, 그것이 세상 사람들 관심이 되고 있을 뿐만 아니라, 그 일로 크고 작은 일들이 뒤이어 나타나서 웬지 불안하기도 했다. 어쩌면 두 분 시어머니가 당했던 그 고통보다 더한 것이 자신에게 은밀히 다가오는 것 같은 기우를 느낄 때도 있었다.

오후에 남편으로부터 늦어지겠다는 전화를 받고서는 웬지 더 불안했다.

5.

조카 경근이가 치선에게 옆에 앉아 있는 목사를 소개했다.

"참, 숙부님, 인사를 나누시죠. 제 친구이면서 과천 중앙교회 목사님이신데 혹시 모르십니까?”

“예, 이런 자리에서 인사드리게 되어서…….”

치선은 이미 목사를 알고 있으면서 직접 만나기는 처음이다.

“저는 선생님을 잘 알고 있습니다. 신문 칼럼이랑 방송에서. 선생님 말씀을 열심히 읽고 듣지요.”

“당신 안 계신 때, 집에 몇 번 들리셨어요.”

두 시어머니 생각에 묻혀 있던 주 여사가 목사 옆으로 다가앉으면서 남편을 거들었다.

“부끄럽습니다. 언제 뵙는다 하면서, 돌아가신 큰어머님 기일 때마다 교회 생각을 한답니다.”

치선은 큰어머님을 생각하면 교회에 무심한 자신이 미안했다. 그것은 순전히 신앙으로 인생을 살았던 큰어머니에 대한 인정에서였다. 그가 목사를 넌지시 넘겨다보니 어딘지 얼굴이 익숙했다. 경근의 친구라면 집안 내력도 잘 알겠구나 생각하니 속이 떨떠름했다.

“전 경근이와 고향에서 주일학교를 같이 다니면서 권사님 사랑을 많이 받고 자랐습니다. 제가 이렇게 목회자가 된 것도 권사님 기도 덕분입니다.”

윤 목사는 어릴 적 고향 주일학교에 다닐 때 큰어머니 이야기를 했다. 방안이 갑자기 조용해졌다. 치선은 큰어머니가 바로 곁에 앉아 있는 느낌이었다.

서울에서 나서 자라면서도 방학 때마다 부친의 권유로 그는 고향을 찾곤 했다. 부친은 별로 고향 나들이를 하지 않으면서 치선에게만은 고향을 등지지 않기를 원했다. 어른들이 세상을 뜬 후라 집안에는 큰어머니가 홀로 집을 지키고 있었다. 해방이 되고 집에 살던 종들이 다 나가버린 후여서, 논밭들은 거의 다 사람들에게 부쳐 먹도록 나눠 줘 살림 규모는 줄어들었으나, 옛날 그 모습은 크게 위축되지 않았다. 큰어머니는 비록 호적에는 이 집안과 관계가 없으나 일가 친척들 누구도 그녀를 종갓집 며느리로서 대접하는 데 소홀하지 않았다. 중학교에 다닐 때에는 전쟁이 한바탕 지나간 후였는데도, 큰어머니 살림만은 여전했다.

그가 고향에 내려가면, 큰어머니는 치선을 극진하게 대했다. 자기가 낳은 자식보다 더 위했다. 다섯 살 위인, 그때 이미 읍내 농업학교를 나와서 군청에 디니던 이들 윤선이가 혹시 이복동생에 대해 이상한 감정을 가질까 마음 썼다. 그리고 치선이를 꼭 제 방에서 딴 이불을 펴고 자도록 했다.

"이 큰 애미와 같이 자보자. 네가 밤중에 깨어나면 낯이 설어 무서울까 두렵다."

치선이는 처음 몇 번은 어색했으나, 큰어머니 마음을 알고부터 같은 방에서 자는 것이 편하고 좋았다. 그리고 주일이면 그의 손을 잡고 오 리 밖 교회를 갔다. 사람을 만나면,

"내 둘째 아들이다. 참 영특하게 생겼지. 두고 봐라. 우리 치선이가 하나님 앞에 큰일 할 기다."

처음에는 친척들이나 교회 신도들이 속으로 큰어머니를 측은하게 생각했다.

'호적 뺏기고, 무슨 마음이 저렇게 약한고? 아니, 그 시앗이 낳은 자식에게 무슨 덕을 보려고 그러지.'

큰어머니가 그러한 수근거림을 듣지 못한 것이 아니다. 그러나 조금도 마음 쓰지 않았다. 그러다가 부친이 정치에 뜻을 두고 3대 국회의원에 입후보했을 때부터 큰어머니의 헌신적인 마음이 구체적으로 나타났다. 서울에서 내려온 모든 지지 운동자들에게 성심껏 대했고, 어머니와는 정말 형제처럼 지내면서 남편의 당선을 위해 뛰어다녔다.

"그러면 식구들끼리 이야기 나누십시오. 전 이만 가보겠습니다."

목사는 조용한 분위기를 흔들면서 일어났다.

"언제 한번 교회에 들르십시오. 목사나 다른 신도들 보시지 마시고 그저 예수님만 만나신다 생각하시고 오십시오. 기회가 닿으면 우리 교회 청년들에게 좋은 말씀도 들려주시고요."

목사는 현관까지 나온 치선에게 지나가는 말로 권했다.

"안녕히 가십시오. 멀리 못 나갑니다."

그는 목사의 권유를 못 들은 척 인사만 했다.

목사가 나가버리자 집안 식구들만이 남았다. 조카네 식구와 경연이, 그리고 육촌동생네 내외뿐이었다. 집안은 조용했다. 모두들 돌아가신 망인을 생각하고 있었다.

"그거 좀 내놔요. 숙부님과 한 잔 하게."

목사를 배웅하고 돌아온 경근이가 부인에게 눈짓했다.

"술을 할 텐가. 난 차를……"

경근은 할머니 믿음을 이어받아 독실한 믿음생활을 하고 있지만, 할머니 기일에는 꼭 숙부와 술상대를 했다. 치선으로서는 부담되는 일이었다.

"한 잔 하시고 깬 다음에 가시지요. 참, 숙모님이 대신 운전하시면 되겠네요. 숙모님 제가 오늘은 숙부님께 한잔 권하겠습니다. 못 본 체 하십시오."

경근의 부인은 으레 있는 일이라서 삼촌의 저녁상을 차리면서 맥주 몇 병을 내놓았다. 은행 과장인 육촌도 같이 끼었다. 치선은 저녁을 했는데도 저녁상을 받았다.

"숙부님 오셨는데, 한 술이라도 뜨십시오. 조카네 집에서 식사하실 기회가 자주 있는 것도 아니고."

"그래, 고맙다."

경근이는 치선의 잔에 먼저 술을 채웠다. 치선이가 먼저 조카 잔을 채워 주었다. 모두들 한 모금씩 맥주를 들이키고서 잔을 내려놓았다.

"제가 오늘밤에 숙부님과 술 한잔 마시고 싶은 건 말입니다……."

"알겠네. 말하지 않아도."

치선은 밥 생각이 없었으나 밥을 뜨면서 조카 말을 막아버렸다. 우울한 기억이 되살아났다. 육촌이 내일 일찍 출근해야 한다면서 먼저 일어났다. 집안 이야기를 하려는 자리에 앉아 있기가 쑥스러웠던 것이다.

육촌이 일어나자. 술상머리에는 삼촌, 조카만 남았다.

"제가 아버님께는 술을 배웠고, 어머님과 할머님께는 예수님을 배웠습니다. 제 이런 사정을 윤 목사도 잘 압니다. 그렇다고 제가 술꾼은 아닙니다. 그런데 할머니 기일에, 추도예배를 드린 후면 한잔 하고 싶거든요. 술 속에서 일생을 마친 아버지 모습이 떠올라서요."

치선이가 제사 때마다 조카에게 듣던 말이다.

"여보, 이제 그만하세요. 삼촌께 심려 끼쳐 드리려고……."

조카며느리가 만류했다.

"내 다 알지."

치선은 조카의 너른 이마에 깊이 팬 주름과 움직이지 않는 흐릿한 눈에서 이복형의 우울한 모습을 보았다.

부친이 두 번이나 고향에서 출마해서 낙선이 되자 가세는 빠르게 기울어지기 시작했다. 군청에 다니다가 부친 출마 때문에 사표 쓰고 선거판에서 10여 년을 보낸 이복형은 아버지에 대한 원망을 술로 달래며 지냈다. 신식여성 첩을 두어서 어머니 일생을 망쳐놓더니, 무슨 정치 귀신이 들려 두 번이나 출마해서 그 좋은 재산을 다 날려버렸는가. 그는 부친이 야속했다.

치선이가 대학에 들어가서 이따금 고향을 찾았을 때 윤선 형은 원망과 부러움이 뒤섞인 혼란스러운 눈빛으로 그를 대했다. 그 당시 경근이는 어린 아이였으나 모두 기억하고 있었다.

경근이는 삼촌 잔을 다시 채웠다. 치선은 조카가 따라주는 맥주잔을 단숨에 비워 버리고 잔을 조카에게 내밀었다. 그 정경을 보던 주 여사가 주방으로 들어가 버렸다. 둘은 말로는 하지 않으면서 모두 그 옛날로 돌아가고 있었다.

치선이가 어쩌다 1년에 한두 번 고향에 들를 때면 이따금 형 윤선은 너른 대청마루에 걸터앉아서 소주를 들이키다가 이복동생을 맞을 때가 많았다. 그는 서울 법대에 다니는 이복동생에 대한 원망과 부러운 감정을 숨기지 않고 솔직하게 나타냈다. 겨우 읍내 농업학교를 나와서, 부친의 정치 야망을 채우는 일 때문에 직장도 그만두고 농사꾼으로 살아가는 처지였다. 그렇다고 농사 일을 제대로 할 형편도 아니었다.

그는 판사로 재직할 때에 일부터 큰어머니와 형을 만나기 위해 종종 고향을 찾았다.

"야, 백 판사, 동생이 인간의 권리를 보호해 주는 법관이란 말이야."

치선이가 큰어머니께 인사를 드리고 마루로 나오면, 소주병을 끼고 앉았던 형은 인사를 받으면서 야유조로 응대했다. 그럴 때마다 큰어머니가 가만있지 않았다.

"이놈아, 무신 주정이고. 이 에미를 생각하면 그런 주정 끊어라. 안 그러면 니 내 자식 아니다."

방문이 벌컥 열리고, 한복 차림에 돋보기로 성경을 읽던 노인이 정색하며 아들을 책망했다. 그러면 형은 곧 입을 다물었다.

"학교 일은 어떠냐?"

치선은 씁쓸한 기억들을 지우려고 화제를 바꾸었다.

"교직이야, 하기 나름 아닙니까."

"그래. 교육밖에 기댈 곳 없는데, 교단도 어렵다니, 이거 막막하군."

"사실협 일은 어떻습니까. 선생들이 모여 앉으면 숙부님 이야기를 종종 합니다."

"그거 하루아침에 무엇을 확 바꾸어 놓을 수 있는 운동인가 뭐."

"학교 선생들도 숙부님보고 정계로 나가셨으면 하던데요."

“국회의원? 아버님이 그 판에서 일생을 허비했는데 나까지?”

치선은 고개를 거칠게 흔들었다. 정치는 싫다. 그런데 사실협일도 사람들은 정치적으로 보았다.

“아버지가 정치를 해요. 할아버지 닮으시려고…….”

경연이가 옆에서 듣다가 팔짝 뛰었다.

“그 점만은 안심해라.”

치선이 웃으면서 딸을 달래었다.

“더럽다고 다 피해가시면 정치판은 영영 구제 받기 어려워요.”

경근이가 정색했다. 그는 언제부터인가, 할아버지가 못다 이룬 꿈을 삼촌이 대신 이뤄줄 것을 기대했다. 둘은 입을 다물고 술잔을 비웠다.

“난 큰어머님 사랑을 너무 많이 받고 자랐는데, 그 분의 신앙을 물려받지 못해서 항상 죄스러워. 그래도 대신 깨끗이 살려고 노력하고 있네.”

치선은 조카에게 큰어머니에 대한 추모의 정을 어색하게 말했다.

국회의원 낙선의 큰 이유가 축첩이라는 부도덕한 가정문제에 있었기에, 부친에게는 그 상처가 더욱 부끄럽고 컸다. 조강지처를 버렸을 뿐만 아니라, 일방적으로 부인을 이혼시킨 그 처사는 인륜을 거스른 짓이라고, 상대편 후보가 선거 바로 이틀 전에 폭로해버렸다.

“숙부님도 제게나 돌아가신 아버님께 부담 갖지 마십시오.”

술상에서 물러앉으면서 경근이는 오늘 저녁 꼭 하고 싶었던 말을 해버렸다.

"그래 고맙다."

　치선은 조카 부부를 만날 때마다 갖게 되는 우울한 기분이 다소 풀려 홀가분했다. 그러나 이복형과 그 아들에 대한 정서가 그렇게 말갛게 씻겨질 수는 없었다. 그 점에서 경근이도 같았다. 평소에 경근이가 삼촌을 찾아가 점심이라도 같이한 적이 없었다. 그가 고학하다시피 서울 사대에 다닐 때에도 할아버지 집이라고 찾아온 적도 별로 없었다.

　"제가 말입니다. 숙부님, 오해랑 마십시오. 이제 저도 나이 사십이 되었으니, 하고 싶은 말씀을 다 드리겠습니다. 전 사실 작은할머님이나 숙부님이 미울 때가 있었습니다. 아버지의 원망을 들으면서 자랐으니까 모르는 사이에 그런 정서가 몸 속에 자리 잡게 되었지요. 그러나 할머니께서 절 데려 노시면서도 숙부님에 대해서는 늘 아름답게 꾸며 말씀하셨어요. 그러시다가 제가 철이 들 만하니까, 그때부터는 직접 말씀하시데요. 애야, 서울 어른들을 미워해서는 안 된다. 용서하고 사랑해야 너도 행복해진다. 아버지께서 취하시면 언제나 서울집에 대한 증오를 퍼부을 때마다, 할머님은 아버지를 꾸짖으시고는 꼭 저를 불러 당부를 하셨어요. 그때는 그냥 지나쳤는데, 아버님이 돌아가시고 집안이 어려워지면서 차차 아버지 한스러움이 제게까지 전해오더군요. 그래서 전 무척이나 고민했습니다. 그런데 미움으로는 아무 것도 해결할 수 없다는 것을 아버지를 통해 확인했지요. 그래서 할머니 방법을 따르기로 작정했습니다. 숙부님이나 할아버지를 위해서가 아니라, 바로 제 자신을 위해서였습니다. 그래서 차차 할머님의 마음과 그 신앙을 이해하게 되었습니다."

경근이는 오랜만에 묻어두었던 말을 어렵게 꺼내었다.

"나도 큰어머님이나 형님의 한을 풀어드리는 길이 무엇인가 종종 생각한다네."

치선이는 할 말이 많았으나 손목시계를 보면서 일어났다.

"제가 공연한 주정을 했는가 봅니다."

"아냐. 큰어머님이 이런 정경을 보시면 흐뭇해하실 거다."

치선은 조카의 손을 잡고서 그의 얼굴을 바로 쳐다보면서 빙긋이 웃었다. 불혹의 나이를 넘긴 조카한테서 큰어머니의 그 넓은 마음을 보았다. 그 순간이었다. 자신이 아직도 이들 앞에서 떳떳하지 못한 것을 새삼 느꼈다. 왜 그럴까? 이들의 아픔을 진정으로 이해하고 이들을 포용하여 사랑할 마음이 준비되지 못한 때문이 아닐까? 생각으로는 조카네를 이해할 수 있는데, 이들을 만나면 마음이 펴지지 못했다. 그런데 오늘밤 큰어머니 일을 이야기하는 가운데 먼저 살았던 어른들의 마음을 헤아릴 수 있었기 때문인가, 마음이 홀가분했다.

"자주 만나자. 언제 사무실로 들러라. 점심이라도 같이 하게. 우리 이제 다 같이 늙어가는데……."

치선은 아내가 시동을 거는 동안에 조카 내외의 손을 잡고 가볍게 흔들면서 말했다. 고마워요. 삼촌. 그가 차를 타려고 되돌아서는데 등 뒤에서 경근이 축축한 목소리가 들렸다. 그는 주춤하였다가 못 들은 척 차에 올라탔다.

6.

　치선은 운전하는 아내 옆자리에 앉아 등을 시트에 편안하게
붙였다. 몇 잔 마신 술기가 전신에 고루 퍼졌는지 가슴이 편안
했다. 오랜만에 조카와 나눈 이야기들이 친구와 어릴 적 추억거
리를 나눈 것처럼 마음이 가벼워졌다. 술과 신앙을 동시에 물려
받았다는 조카의 고백이 다른 때와 달리 오히려 친근하게 느껴
졌다. 그런데도, 삼촌에 대한 미움을 이기려고 할머니 신앙 쪽
으로 더 기울어졌다는 말이 자꾸 가슴에 와 걸렸다.
　"정말, 미움은 받는 사람보다 미워하는 사람이 더 고통스럽겠
지요."
　주 여사도 남편 심중을 이해하는지 슬쩍 그 옆 모습을 훔치면
서 중얼거렸다.
　"그래도 사람들은 남을 사랑하기보다 미워하기가 더 쉬운데."
　치선은 잠꼬대처럼 입 속에서만 우물우물 말했다.
　"그건 사랑과 미움의 차이가 동전 양면과 같기 때문 아닐까
요? 사랑하기 때문에 미워하는 거니까요. 그러니까, 부부와 부
모와 자식, 형제간에도 한번 문제가 생겼다 하면 싸움이 더 심
해지지 않습니까. 성경에도 그런 사건들이 있지요. 최초의 살인
은 형제인 카인과 아벨 사이에서 일어나지 않았습니까. 그뿐입
니까. 에서와 야곱도 그렇고, 야곱의 아들들이 같은 형제인 요
셉을 미워한 것이나, 압살롬에게 배반당한 다윗 왕의 경우나⋯
⋯."

　주 여사는 남편이 귀넘어 들을 것을 빤히 알면서도 성경에 있는 사실들을 열거했다.

　치선은 윤선 형의 자기에 대한 감정이 지금도 잊혀지지 않고 가슴에 남아 있는 것이 안타까웠다. 아버지 사랑을 받고 자랐으면서도, 그는 후처 자식이라는 자의식에서 벗어나지 못했다. 고향에 내려가서 친척들을 만날 때면 더욱 심했다. 그래서 되도록 고향 가기를 꺼려했다. 그런데도 부친은 기회만 있으면 그에게 고향 나들이를 권했다. 친척들과 익숙하게 지내야 하고, 고향 친구도 사귀고, 고향을 알고 이해하도록 노력하라고 늘 당부했다. 그래서 명절 때 외에도 일년에 서너 번은 나들었다.

　그가 고향에 내려가면 큰어머니가 무척이나 반가워했다. 그러나 윤선 형은 언제나 쌀쌀맞게 대했다. 그래서 치선은 늘 외로웠고 형에 대해 한스러운 마음까지 늘 갖고 지내게 되었다. 지금도 조카 경근이를 대하는 마음이 그렇게 편하지 않은 것은 그 때문이다. 그런데 오늘 저녁 오랫동안 쌓아두었던 구겨진 마음을 어느 정도 펼 수 있었다.

　"정말 외로우신 분은 큰어머니가 아니라, 어머님이세요. 누구에게도 인정을 받지 못하셨고, 또 당신의 선택 값을 스스로 감당할 수밖에 없었으니까요. 아버님을 빼앗겨 버린 큰어머님은 편했는데, 오히려 빼앗은 어머님이 더 외로워하셨으니, 참, 세상살이가 이상하지요."

　주 여사는 큰어머니에게만 치우쳐 있는 남편 마음을 좀 어머니에게 돌려놓고 싶었다. 사실, 시어머니는 외롭게 한 세상을 살았다. 누구도 그 외로움을 이해해 주지 못했고, 오히려 매도

했다. 사랑을 위해 자기 모든 것을 버린 여자였는데, 사람들이 도덕성을 내세워 비난하는 데는 속수무책이었다. 거기다가 후처라는 사회적 통념의 굴레까지 뒤집어써야 했다.

치선은 어머니와 아버지에 대한 유다른 기억을 간직하고 있다.

두 분의 사랑은 돈독했다. 그러면서도 아버지는 어머니의 외로움과 상처를 모두 알고 있었기에 오히려 부담을 안고 살았다. 피차 두 분은 그런 사정을 이해했기에 되도록 서로에게 부담을 덜 주려고 애썼다. 그러한 서로간의 관심은 오히려 둘을 더욱 괴롭게 만들었으나, 그 괴로움에서 살아가는 힘을 얻기도 했다. 서로는 그런 처지를 운명적인 것으로 받아들였기 때문에, 그에 뒤따르는 문제를 어느 정도 극복할 수 있었다. 그러나 그러한 문제 가운데 어떤 것은 의지나 결심이나 서로 합의에 의해서 해결될 수 없었다. 어머니는, 후처라는 자의식에 헤매면서도, 그러한 자신의 처지를 충분히 받아들였다. 그러나 그것으로 모든 문제가 해결되지 않았다. 그 가운데 하나가 신앙의 문제였다.

어머니는 결혼 후에 한동안 교회를 나가지 않았다. 기독교 계통 여고를 졸업하고 기독교 재단에서 설립한 전문학교에 진학해서 돈독하게 신앙생활을 했던 어머니였다. 그런데도 결혼하고 나서는, 남의 남편을 빼앗은 음탕한 여자로서 주님 앞에 선뜻 나서기가 어려웠다.

"내 선택이 정말 죄인가?"

매일 혼자 집에서 눈물로 기도하고 주님께 용서를 빌었다. 그러나 확신이 안 섰다. 그러나 매달림으로 극복될 수 있을 것 같았다. 그런데 더 어려운 문제가 나타났다. 주님보다 먼저 사람들이 자기를 용납해 주지 않았다.

 결혼 이야기가 오갈 무렵에는, 주위 사람들은 유부남을 사랑하여 결혼까지 하는 어머니 나정윤을 용기 있는 여자라고 말했다. 그러나 막상 결혼하고 가정에 들어앉자, 사람들은 그렇게 영특하고 미인인 여자가 눈에 무엇이 씌었지, 어디 사람이 없어 백상익 후처로 들어갔느냐고 말들을 만들기 시작했다. 더구나 이해해 줄 만한 친구들이나 교회가 그 점에 대해서는 심했다. 마치 간음한 여인처럼 곁눈으로 흘기면서 피했다. 그래서 어머니는 교회를 멀리하고 다른 방향으로 자기 삶을 지탱해 나가려 했다.

 "그래 보자. 누가 더 깨끗하게 사는가."

 어머니는 돌이킬 수 없는 '후처'라는 이미 훼손된 도덕성을 새롭게 만들어 자기 도덕성으로 극복하려 했다. 그래서 깨끗하게 살려고 노력했다. 작은 실수나 과오를 자기 스스로 용납하지 않았다. 하나님을 의지하기 전에 자기를 의지하기 시작했다. 자기를 엄격하게 관리하는 한편, 자식 교육에 전념했다. 항상 아들 곁에는 회초리가 놓여 있었다. 옳고 그름에 대한 정확한 판단을 어릴 때부터 심어주었다. 그리고 '깨끗함'에 대해 지나치게 엄격했다. 하루에도 두 번 이상 마루를 닦았다. 치선이가 밖에 나가 놀다가 흙먼지를 뒤집어쓰고 들어오면 그 추운 겨울에도 옷을 다 벗겨 목욕을 시켰다.

 치선에게는 아이들이 흔히 저지르는 거짓말도 용납되지 않았다. 그럴 때마다 어머니는 아버지의 거짓말을 생각했다. 사랑하는 사람에게 사실을 말하지 않았던 아버지를 세상에서 가장 지독한 거짓말쟁이라고 야유하면서 원망했다. '너는 자라서 남에게 거짓말을 해서는 안된다.' 치선에게 귓바퀴가 닳도록 들려줬다.

어머니는 한여름 더위에도 한 올 흐트러지지 않게 곱게 머리를 빗어 비녀를 꽂고 모시 한복 차림으로 정장해서 지내었다. 아버지 와이셔츠나 내복도 매일 갈아입혔다. 세탁기가 없던 그 시절, 어머니의 하루 일과는 식사 준비 외에는 거의 빨래와 집안 청소로 시간을 보내었다. 치선의 여름 교복 명찰에 잉크나 먹으로 쓴 이름까지 하얗게 될 정도로 빨래는 철저했다. 그 덕분에 아버지의 와이셔츠 깃이나 치선의 하복은 늘 백설처럼 맑았다. 집안 뜰에 검불이 없었다. 그러나 그러한 어머니의 청결과 완벽함이 식구들에게는 큰 부담이 되었다.

치선은 이따금 밤중에 안방에서 들려오는 아버지의 짜증 섞인 소리를 듣곤 했다. 그러나 어머니 소리는 들리지 않았다. 아버지는 한 가지 어머니에 대해 불만스러운 일이 있었다. 그러나 참다가 어쩌면 용기를 내어 한밤중에 그 불만은 터뜨렸다.

후에 안 일이었지만, 두 분의 잠자리 때문이었다. 어머니는 그 점에도 철저했다. 정해진 날이 아니면 아버지에게 몸을 허락하지 않았다. 설사 정해진 날이라 해도, 아버지가 혹 술 취해 들어왔거나 기분이 안 좋은 때면 허락하지 않았다. 그 일만은 정말 사랑으로 이루어져야 한다고 두 분이 약속했다. 이러한 어머니에 대해서 아버지는 늘 농담처럼, '난 집에 들어와서 수도를 한다'고 말했다.

오랜만에 치선은 이미 고인이 된 두 분을 생각하다가 빙긋이 웃었다. 어머니에게 잠자리로 불만을 털어놓는 아버지 모습이 너무나 친근하게 다가왔다. 매사에 그렇게 당당한 아버지도 그 문제에 대해서만은 어머니 앞에서는 늘 낮은 자세를 취했다.

"무슨 생각을 하셨어요?"

주 여사가 슬쩍 옆을 쳐다보다가 풀어진 남편 표정에 의아해했다.

"옛날 두 분께서 한밤중에 다투시던 일이 생각나서요."

"한밤중에 다투시다니요?"

치선은 뒤에 앉은 딸을 의식하면서도 거리낌없이 아버지를 받아주지 않던 어머니 이야기를 했다.

"당신도 늙으셨구려."

주 여사는 이제 50대를 넘어선 남편 나이를 새삼스럽게 생각했다. 부모의 숨겨둔 이야기를 딸 앞에서 서슴없이 하는 남편이 갑자기 쓸쓸하게 보였다.

"그래?"

치선은 말하고 나서 그때 아버지 나이가 지금 자신보다 훨씬 젊었다는 것을 알고는 놀랐다. 둘은 잠잠했다. 차 엔진 소리만이 차 안에 가득찼다.

2

성자와 탕녀

1.

"이제부터는 각자 기도하시다가 돌아가시기 바랍니다."

새벽 기도회를 인도하던 윤 목사가 강대상 앞에서 물러서자, 실내등이 하나둘 꺼지면서, 정면에서부터 어둠이 차츰차츰 실내에 퍼지더니 교회당 안이 어둠 속에 조용히 잠겨 갔다. 신도들의 기도 소리가 어두운 공간으로 퍼졌다. 주정애 권사는 그제서야 정신을 수습했다.

그녀는 의자에서 일어나 맨 바닥에 무릎을 꿇었다. 서늘한 냉기가 바지 틈을 비비고 정강이를 통해 차츰 온몸에 퍼졌다. 그제서야 그녀는 머리가 말갛게 트여 왔다.

"주님, 저는 어찌해야 되겠습니까!"

그리고는 기도문이 더 이어지지 않았다. 말이 나오려다가 목에 막혀 탁한 신음만 튀어나왔다.

"주님께 다 고백하지 않았습니까. 당신께서 다 용서해 주신 줄 믿었습니다. 그런데 왜 이렇게 저는 괴롭습니까."

신음처럼 기도소리가 터져 나오자, 차츰 땀과 눈물이 얼굴을 적시기 시작했다.

백치선이 방송과 신문에 자주 오르내리면서 갖가지 일들이 벌어졌다. 주 여사는 몇몇 여성지 기자가 보채는 바람에 본의 아니게 인터뷰라는 것도 했다. 그런데 정작 기사는 상당 부분 윤색되고 부풀려서 나갔다. 얼굴이 세상에 나가자, 엘리베이터에서나 슈퍼에서 만나는 얼굴들이 그녀를 이상한 눈으로 보았다. 그러나 전혀 개의치 않았다. 치선은 방송 고정 프로를 맡았고, 신문 칼럼도 계속 썼다. 그러한 일들이 그가 추진하는 사업을 위해 도움이 되었다. 그러나 모르는 사이에, 그들 부부는 시청자들 귀와 눈에 익숙해지면서 차츰 얼굴 없는 힘에 짓눌리게 되었다. 그녀는 매일 집으로 걸려오는 전화를 인내심을 갖고 받아야 했다. 야유성 전화라도 친절히 응대했다. 백치선은 시민의 관심을 늘 존중하라고 당부했다.

직장마다 사실협 취지에 동조해서 자체적으로 도덕실천운동 소그룹 활동이 시작되었다. 대학에서도 사실협 동아리가 조직되었다. 백치선의 인기는 사실협을 시민들에게 심어주는 데 한몫을 단단히 했다. 겉으로는 드러내지 않지마는 정계에서도 그를 주시하기 시작했다. 재야측에 줄이 닿아 있는 정치 세력의 외곽 단체가 아니냐. 여당을 비판하면서도 궁극적으로는 자본주의 체제에서 도덕주의를 표방하는 것으로 본다면 친여 개혁 세력일 수도 있다. 아니다. 야당의 어느 보스가 활동비를 대고 있다. 이러한 소문은 어느 시사 주간지에서 난 백치선의 인터뷰 기사 이후로 널리 번져갔다.

과거 양심적인 법조인으로, 유신에 저항한 교수로, 이제 민권 변호사로 활동하시면서 사회운동까지 주도하시는데, 이러한 일을 하는데 정치조직이나 그 힘이 필요하다고 생각하시지 않습니까. 예, 사실은 이런 시민운동도 도덕정치를 실현하려는 정치권이 앞장선다면 그 파급 효과는 아주 빠르겠지요. 선친께서도 과거에 정치에 뜻을 두신 걸로 알고 있습니다. 앞으로 기회가 닿으면…… 앞으로의 일을 이 자리에서 어떻게 말씀드리겠습니까. 저는 거짓말을 할 줄 모릅니다. 사실은 제가 이러한 운동을 하는 것도 일종의 정치라고 생각합니다. 이데올로기에 의해 인간의 삶의 변화를 도모하려는 것이니까 일종의 정치운동 아닙니까. 그러니까 저는 국회의원이 아니지만 지금도 정치를 하고 있습니다.

이런 내용은, 〈도덕 정치를 꿈꾸는 백치선의 야망〉이라는 타이틀을 업고 부풀 대로 부풀어져 기사로 나갔다.

그 즈음 치선은 모 방송국에서 저녁 10시 30분부터 시작하는 심야정담 텔레비전 프로의 사회를 맡고 있었다. 그날의 주제는 '정치적 허무주의와 정치 불신'이었다. 총선에 나타난 유권자들 표의 성향을 놓고 이야기판을 만들고 있었다.

주 여사 모녀가 심야정담 방송을 시청하고 있을 때 전화가 걸려왔다. 경연이가 전화를 받았다. 두어 마디 말이 오가다가 송수화기를 넘겼다.

“엄마 전화예요.”

“내게?”

주 여사는 딸이 내미는 송수화기를 받는데 경연의 눈빛이 이상했다. 그녀는 화면에서 눈을 떼지 않은 채 저편 말을 기다렸다.

“오랜만입니다.”

굵은 남자 목소리였다. 탄탄하고 끈적한 음색에 기분이 묘했다.

“나, 정치홉니다.”

“예, 정치호…….”

주 여사는 당당한 남자의 자기 소개에도 얼른 그 이름이 떠오르지 않았다.

“백치선 변호사 부인이신 주정애 여사시죠?”

저편에서 재차 확인하는 목소리가 팅기면서 들려왔다.

“나, 정치호 의원입니다. 훌륭한 남편과 사시느라, 아주 절 잊으셨어요. 대학신보 편집국장 정치호를.”

반말 비슷한 어정쩡한 어투로 상대는 자기를 소개했다. 그제서야 주 여사는 기억에 잡혔다.

“너무 오랜만이고, 뜻밖이라서. 하도 모르는 분들 전화가 많이 걸려와서, 미안합니다.”

그녀는 옆에 서 있는 딸의 표정을 곁눈질하면서 송수화기를 바짝 귓가로 가까이 대었다.

“요즈음 백 변호사 명성이 정계까지 대단해요. 우리 사이를 알고서 그러는지 모르지만, 그 말들이 모두 나를 두고 하는 것 같아. 나야, 이제 이상주의를 포기하고 막판까지 달려가는 정치꾼이 되었는데…… 백 변호사가 그 아름다운 꿈을 노래하듯이 멋대로 떠벌릴 수 있는 것도 다 우리 같은 날라리 정치꾼들 덕분 아니오. 참, 백 선생이 우리 사이를 아는지 모르겠네. 언제 주 여사를 한 번 만나고 싶은데…… 이제도 여전히 아름답고 청순하겠지. 참 그 친구도 주 여사처럼 순진한가 봐. 아직까지 한 여자밖에 모르고 살아왔다니, 주 여사 당신 수완 보통이 아냐. 소름이 끼친다구. 나 그때 당신 잊어버리기 잘했지. 끔찍해. 하하하."

옆에서 왁자지껄하게 떠드는 소리가 끼어들었다. 사내는 취해 있었다. 그녀는 귀에 아무 소리도 들려오지 않았다. 가슴이 격렬하게 뛰면서 숨이 찼다. 이럴 수가 있을까? 청천하늘에서 벼락이 떨어지다니, 이럴 수가?

주 여사는 송수화기를 든 채 비틀거렸다. 경연이가 얼른 엄마를 부축하면서 송수화기를 빼앗고는,

"여봐요."

소리를 질렀다.

"놔둬라, 미친 사람이다."

정애는 딸의 송수화기를 다시 빼앗았다.

차츰 날이 밝아왔다. 교회 안에는 주 여사 혼자뿐이다. 윤 목사는 의자에서 내려와 맨바닥에 꿇어앉은 그녀의 등을 보면서 교회당을 나왔다. 주 여사는 자꾸 기도문이 막혀 숨이 찼다. 그날 받았던 정치호의 전화 목소리가 '왕왕' 분절되지 않은 채 귀로 몰려왔다. 그녀는 그것을 털어버리려고 바득바득 애를 쓰며 기도했다.

"주님, 저는 이제 어떡해야 하겠습니까. 주님께서 제 죄를 용
서해주신 줄 믿었습니다. 이제 그 죄값을 이 땅에서 받아야 하
겠습니까? 저는 두렵고 괴롭습니다. 주님께서 용서해주시지 않
으셨습니까? 용서해 주시옵소서. 제가 용서를 빌 곳이 주님밖에
없습니다. 주님, 용서해 주시옵소서. 저는 어찌해야 합니까? 무
섭고 두려워 견딜 수 없습니다."

주 여사는 계속 같은 기도를 되풀이했다.

치선은 자명종 소리에 잠이 깨었다. 아내 거동을 실눈으로 보
면서도 일부러 자는 척했다. 희미한 조명등 아래서 아내는 서둘
러 외출복으로 갈아입었다. 잠옷을 벗은 하얀 어깨를 훔쳐보다
가 엊저녁 일이 떠올랐다.

전에 없는 일이었다. 그들은 두 주일에 한 번씩 잠자리를 같
이하기로 묵계되어 있었다. 부인은 그날을 잊지 않고 정성껏 준
비했다. 그래서 잠자리는 신방처럼 항상 신선했다. 어쩌다 욕정
이 동하면 달라붙는 그런 충동적인 행위가 아니라, 서로가 미리
약속하고 준비한 후에 시행되는 성스러운 제사였다. 그 일을 통
해 둘은 항상 신혼의 감미로움을 되살렸다. 결혼 생활 중에 누
가 먼저 제안했는지는 모르지만, 그들의 성합은 그렇게 다소 유
다른 데가 있었으나, 성스럽게 치뤄졌고, 그래서 둘은 그때마다
만족했다.

50대에 들어오면서 열흘에 한 번씩 하던 그 일을, 작년부터
는 두 주일에 한 번으로 정했다. 그가 그만큼 바빠졌기 때문이
기도 했다. 어젯밤이 바로 정해진 날이다. 그런데 아내는 그의

청을 거절했다.

"미안해요. 이상하게 몸이 불편해서."

열한시가 되어 그가 아내 어깨를 안으려 할 때, 그녀는 등을 돌렸다. 떨리는 음성이 유난스럽게 들렸다. 치선은 처음에 그 말이 부인의 음성으로 들리지 않았다. 낮에는 현숙한 여인이었지만, 그 일에서만은 새로운 여자로 변신하던 아내였다. 몸이 불편한 경우에는 미리 남편에게 알려서 양해를 구했다. 이불 속에서 이러한 거절은 전에는 없던 일이었다.

"왜 무슨 일 있어?"

치선은 그 이유를 자신에게 돌려 생각해보았다. 혹시 방송 관계로 여러 여자들과 만나는 일 때문에 뜬소문이라도 들었는지 모른다. 무작정 전화질을 해서 무책임하게 지껄이는 사람들 말에 혹 오해할 일이 생겼는가. 그렇지 않아도, 우진아와의 잦은 만남을 그 자신도 미안하게 생각하고 있었다. 여자가 그에게 도발적인 몸짓으로 다가올 때도 종종 있었다. 그녀는 독신주의자이면서 여권신장론자라고 치장하고 다닌다. 그것을 남성 경멸증으로 나타내기도 한다. 그러나 치선은 그녀의 그러한 면을 일종의 정신질환 증상으로 생각했다. 그래서 그녀가 안타깝기도 했고, 혹 도에 지나친 짓도 애교처럼 받아줬다. 차도 마시고, 점심도 같이 하고, 술을 마실 때도 종종 있었다. 그가 심야정담 프로를 맡기 시작해서 그런 기회가 늘었다. 그 시간 즈음에서 그녀도 심야 라디오 프로를 맡고 있었다.

그러나 아직까지 그녀와는 별다른 일도 유다른 감정도 없었다. 아마 앞으로도 아무런 일이 일어나지 않을 것이라고 그는 자신을 가졌다. 물론 아내도 믿을 것이다. 그렇다면 왜 아내는 이 밤에 그 거룩한 제사를 기피하는가. 그러나 아내를 믿는 그로서는 잠시 자기를 자제하면서 그 순간을 넘겼다.

치선은 아내의 빈자리를 보면서 천천히 잠자리에서 일어났다. 매일 되풀이되는 아내의 새벽기도회인데도, 오늘 새벽에는 빈 아내의 잠자리가 더 넓은 빈 공간으로 느껴졌다. 아내의 가슴도 저렇게 텅 비었을지도 모른다. 아침마다 그렇게 간절히 드려야 할 기도의 내용은 무엇인가. 자꾸 궁금증이 더해갔다.

아침 운동을 나가면서도 그는 부인 생각에서 벗어나지 못했다.

주 여사는 흐느낄 뿐 고백이 더 계속되지 못했다. 결혼이 결정되던 무렵에 당했던 일이 선명하게 되살아났기 때문이다.

"전 그를 사랑하지 않았습니다. 그래서 저는 창녀나 다름이 없습니다. 주님께서는 그래도 창녀와 문둥병자의 친구가 아니시옵니까."

그녀는 더 크게 흐느꼈다.

"저는 죄인입니다. 음탕한 여자이옵니다. 혼전의 부정을 남편에게 고백하지 못했습니다. 어떻게 해야 하겠습니까. 이제 남편에게 고백해야 하겠습니까? 고백하지 않아도 주님께서 제 죄를 용서해 주시지 않으시겠습니까? 너무하십니다. 저는 주님만을 믿고 살아왔습니다."

주 여사는 두 주먹으로 교회당의 찬 바닥을 탁탁 치면서 울부짖듯이 기도했다. 교회 천정이 점점 내려앉아 자신이 그 사이에 꼭 끼어버릴 것 같았다.

그렇게 기도하는 동안 그는 완전히 탈진했다. 땀투성이가 된 몸을 일으키려는데, 몸이 휘청거렸다. 그러나 웬지 몸이 가뿐하고 마음이 편안했다.

주 여사는 남편에게 모든 사실을 고백하기로 결심했다. 설사 남편이 그 사실을 용서해 주지 않는다 하더라도 주님은 용서해 주실 것이라고 믿어졌다.

결정을 내리니 가슴이 차츰 트였고, 마음도 평안했다. 주 여사는 기도를 마치고 홀가분하게 교회를 나왔다.

"가시려구요?"

교회 정문을 빠져나오는데, 약수터에서 내려오는 윤 목사와 만났다. 그는 언제나 새벽기도회를 마치고 걸어서 10분 거리에 있는 약수터를 찾았다.

"목사님, 오늘 오후에 기도원에 다녀올까 합니다. 혹시 다음 주일에 제가 안 보이더라도 그렇게 아십시오."

"기도원에요?"

"예. 그 동안 제가 좀 게을렀나 봅니다."

주 권사는 더 이상 다른 이야기를 하지 않았다. 윤 목사는 이 집안에 무슨 일이 일어나고 있다고 느끼면서도 더 묻지 않았다.

"잘 다녀오십시오. 뭐 제게 심부름 시킬 일이 있으면 서슴지 마시고……."

윤 목사는 의례적인 투로 말했으나, 뭔가 주 권사를 도와주고 싶었다.

"고맙습니다. 제 집 어른과 아이들을 위해 기도해 주십시오."

주 권사는 목사에게 허리를 굽혀 인사하는데, 눈앞에 뽀얀 서리가 끼었다.

2.

　주정애 선생은 오늘쯤 학교에 다녀오고 싶었다.

　모교에 부임해서 맞은 첫 여름 방학은 별나게 즐거웠다. 그녀
는 새벽마다 통근 열차를 타고 대전으로 출퇴근하는 일을 잠시
쉴 수 있어서 마음부터 한가했다. 그러나 막상 방학이 되어 집
에서 며칠을 쉬고 보니 학교가 궁금했다.

　그날은 이른 통근열차가 아니라, 10시 15분 차를 타고 학교
로 갔다. 일직 선생과 중국집에서 냉국수로 점심을 먹고서 교실
은 돌아보고 학교를 나왔다. 집을 나선 김에 서울에나 다녀올까
생각하면서 역 쪽으로 걸어갔다. 대학이 어수선하다는데, 모교
가 궁금했다.

　그러나 준비 없이 서울로 올라갈 수는 없어서 며칠 후를 기약
하고 집으로 향했다. 역에서 내려 막 개찰구를 빠져나오는데,

　"정애!"

　거지 같은 행색을 한 사내가 그녀 앞으로 불쑥 나타났다. 전
혀 모르는 얼굴이었다.

　해가 서편으로 기울고 여름 한낮 더위가 한풀 꺾이긴 했으나
아직도 무더웠다. 사내는 땀으로 얼룩진 얼굴과 남루한 옷차림
이 막노동판에서 일하다가 귀가하는 일꾼 같았다. 전혀 알아볼
수 없는데도, 목소리는 어딘지 귀에 익었다.

“나야. 정치호. 대학신보사……."

그제서야 정애는 다시 그를 쳐다보려 했으나 이미 사내는 돌아서버린 후였다. 그의 넓은 등이 그녀 앞을 막아서고 있었다.

“좀 떨어져서 날 따라와.”

그는 마치 명령을 하듯 말하고는 앞장서 걸었다. 그녀는 뒤따라가지 않을 수 없었다. 큰길에 나서자 사내 걸음은 더욱 빨라졌다. 정애는 숨을 헐떡이며 그를 놓치지 않으려고 뒤따랐다. 그러면서 생각해 보니, 정치호의 고향이 대전이고, 이 읍에 그의 이모가 산다는 말을 언젠가 들은 적이 있다. 대학신보 수습기자로 들어갔을 때, 학생 편집국장이었던 그가 그녀의 고향을 묻다가 오간 말이었다.

ㅅ대학 1학년 때, 그녀는 격주간으로 발간되던 대학신보 수습기자로 입사했다. 유일한 4학년 편집국장인 그는 그녀를 어린아이로 취급해서 좀처럼 상대해 주지 않았다. 그는 대학을 졸업하고 신문사에 입사해서 민완기자로 활동할 때, 한번 대학신보사에 들른 적이 있었다. 정애는 그때 문화부장을 맡은 3학년이었다.

“아직도 붙어 앉아 있군.”

그는 정애를 반겨주었다. 군인들이 혁명공약을 이행하지 않고 정치가로 변신한 사태에 대해서, 그는 이름을 밝혀 이따금 잡지에 신선한 글을 쓰기도 했다. 대학신보사에서도 그 선배 이야기가 자주 나돌았다.

마을을 빠져나와 강 둔덕에 이르렀을 때에야 그는 뒤돌아서 정애를 바로 대했다.

"놀랐지?."

치호는 여전히 그녀를 어린 후배로 취급하는지 아주 어른스럽게 반말로 대했다. 그래도 정애는 이상하지 않았다. 그녀에게는 아직도 그가 수습시절 편집국장으로만 남아 있었다.

그는 강둑 흙바닥에 퍼질러 앉으면서 그녀를 똑바로 쳐다보았다. "난 지금 수배받고 있어. 이모집 다락에서 지낸 지가 일주일이 넘었는데도 정애에게 연락할 길이 없었어."

그는 밀짚모자를 벗어 부채질 하면서 벙긋 웃었다. 꼭 정애에게 자기 은신을 알려야 하는 것처럼 말했다. 그녀는 그의 당당한 모습과 어투에 압도당해 버렸다. 그는 영락없이 농사꾼 모습이었다. 새하얗고 마른 얼굴상이었는데, 햇볕에 그을려서 한 마흔쯤 되어 보였다. 지내온 이야기를 들으면서도 정애는 한마디도 하지 못했다. 의외로 그를 만나서 정신을 차릴 수 없이 얼떨떨하면서도 그의 모습에 숨어 있는 짙은 외로움을 보고는 가슴이 아렸다.

"이틀에 한 번꼴로, 오전 아홉시에서 열시 사이에 여기에 나와 줘."

그는 일방적으로 약속하고 일어났다. 정애는 아무 말도 못하고 고개를 끄덕여 버렸다. 그는 약속을 받자 일이 다 끝난 것처럼 손을 내저으면서 그녀에게 어서 가보라고 했다. 정애가 얼마쯤 걷다가 뒤돌아보았다. 그녀는 물이 줄어든 강을 내려다보고 망연히 앉아 있는 그의 뒷모습에 코끝이 찡했다.

그 여름방학에 그녀는 이틀에 한 번씩 아침부터 더운 햇살을 받으면서 그를 만났다.

"오늘도 나와주었군. 고마워."

그는 언제나 정애보다 먼저 나와 있다가, 그녀가 나타나면 허리를 일으키면서 풀석 웃었다. 그리고서 둘은 나란히 앉아 강을 바라보면서 이야기했다. 그는 감정 표현이 단순했고, 정애는 거의 듣는 편이었다. 그는 정애가 나타나면 기쁜 감정을 감추지 못했다. 그래서 흐뭇한 그의 얼굴을 대하는 것으로도 그녀는 그를 만나는 것이 차츰 즐거웠고, 어떤 보람 같은 것도 느끼기도 했다. 한 사람에게 희망을 주는 것이 소중할 것 같았다.

그는 언제나 멍청하게 사람이 오는 방향에 등을 두고서 강물을 바라보고 앉아 있었다. 정애가 그 곁으로 아주 가까이 다가가도 그는 등을 돌려 그녀를 맞지 않았다. 정애가 기침을 하거나 먼저 말을 걸어야만 그는 뒤돌아보면서 풀석 웃었다. 정애는 그런 그에게서 항상 초조함을 느꼈다. 그는 늘 정애가 오늘은 혹시 나오지 않을까 기다렸고, 그러한 심사를 알고 있는 정애는 차츰 그에 대한 감정이 묘하게 움직였다.

그날은 그를 만나기 시작해서 이 주일쯤 지나서였다.

"이 마을에 정애가 없었다면 난 벌써 자수하고 말았을 거야. 쫓기는 자에게 가장 무서운 것은 고독이거든. 그것을 견디지 못해서 결국 손들게 되는가 봐."

그는 보통 때보다 한 10분 늦게 나타난 정애를 보더니 나즈막한 소리로 힘없이 말했다. 오늘은 안 오는구나 생각했던 모양이다.

"미안해요. 아버님 심부름을 마치고 나오다 보니……."

정애는 늦게 나온 것이 마치 큰 잘못을 저지른 것처럼 미안했다.

"그런 게 아니고, 솔직하게 내 심중을 말하는 거야. 정애가 여기에 없었다면 난 얼마나 참담했을까 생각하면 정애가 고맙고……."

그러면서 그는 정애 손을 가만히 잡았다. 그리고서 아무 말도 하지 않았다. 정애도 전과 같지 않게 그에게 잡힌 손에서 땀이 났고, 가슴이 떨리면서도, 한 사람에게 평안과 소망을 주고 있다는 것이 여간 흡족하지 않았다.

그날은 그렇게 헤어졌다.

그 다음 번에는 밤에 만나게 되었다. 정애가 낮에 일이 있었다. 저녁이 되자 정애가 먼저 강둑으로 나왔다. 그가 안타깝게 자기를 기다리면서 절망과 희망의 감정을 되풀이하게 하고 싶지 않았다.

"아니, 정애가 먼저 와서 기다렸어."

어둠 속에 나타난 그는 목소리부터 떨렸다. 그는 정애 곁에 앉더니 덥석 손부터 잡았다.

"정애가 없었다면 나는 자수를 했을 거야. 자수를 하면 가망 없어. 총칼 잡은 사람들은 누구 눈치도 보지 않으니까."

그는 정애 귓바퀴에 입을 가까이 갖다대고 낮게 중얼거렸다. 어쩌면 곧 자수할 시간이 가까워오고 있다는 투로 말했다. 그날 석간에서 정애는 그가 관련된 사건을 알게 되었다. 간첩사건이라고 크게 신문에 보도되었다.

"그 사건이 조작이라는 점이 곧 밝혀질 거야. 일종의 정치범들이니까, 시간을 벌면 되는데, 그러나 잡혀가면 지독한 고문을 받을 거야. 그들은 각본에 따라 우리를 죄인으로 만들어야 하니까, 그들 생각대로 따라가기는 싫고, 그렇지 않으려면 더욱 어렵고……."

남자의 절망적인 목소리에 그녀는 가슴이 떨리고 눈물이 났다.

"정애가 없으면 난 끝장이야."

그는 갑자기 그녀를 와락 껴안으면서 거친 소리로 말했다. 정애의 상체가 그의 가슴속으로 쓰러졌다. 그녀는 그냥 숨만 할딱거렸다. 죽음의 직전에 서 있는 초라한 사내의 가슴은 너무 엷고 좁았다.

"정애가 내 힘이 되고 있다는 것을 나는 요즈음에야 확인했어."

그는 꺼칠한 수염으로 그의 입술을 더듬었다. 그녀는 그냥 그가 하는 대로 맡겨두었다. 절망 앞에 선 사내에게 자신이 작은 희망이 될 있다는 것으로 모든 것을 주어도 좋을 것 같았다. 그녀는 그의 말이 들리지 않았다. 하늘을 올려다보면서 눈을 감아버렸다. 뜨거운 사내 입김이 그녀 입술에서 떠나지 않았다. 와르르 수많은 별들이 그녀에게 쏟아져 내렸다.

그리고 그녀는 여자로서 첫 경험을 그와 함께 나누었다. 그가 그녀의 사랑을 필요로 했고, 그것으로 절망에서 헤어날 수 있다는 데는 거부할 수 없었다.

"정애가 나를 구해 주는 길은 이것이야. 나로 하여금, 정애가 내 곁에 있다는 것을 확인시켜 줘."

그녀는 그의 언어 논리의 허구를 생각할 여유가 없었다. 우선 두렵고 떨렸고, 어둠 속에 나직하게 들려오는 강물 소리와 와르르 쏟아지는 보석 같은 별들에 짓눌려서 몸이 둥둥 하늘로 솟아

오르는 감정에서 헤어날 수 없었다.

그런데 그날 이후 그는 다시 그녀에게 더 몸을 요구하지 않았다. 사실 그 말대로 정애의 사랑을 확인하고 싶었던 것이다.

개학을 일주일쯤 임박해서 만났을 때, 정애는 이제 다시는 만나지 말자고 제안했다. 개학이 되면 만나게 될 청순한 여학생들 앞에 서기가 부끄러워서였다.

개학해서 첫 주 금요일 신문에 그가 자수했다는 보도를 읽었다. 정애가 만나주지 않았기 때문에 그가 자수한 것처럼 그녀는 가슴이 아렸다.

3.

택시 기사는 갈 곳을 대강 일러주자 고개를 끄덕였다.

남양주시를 벗어나자 산은 무르익은 녹음으로 가득 차 있었다. 평일이라 길도 잘 트였다. 대성리를 지나면서 차는 강을 끼고 달렸다. 주 권사는 우선 답답한 도시를 빠져나오면서 마음이 좀 가라앉았다. 번거로운 일들도 풍요하면서도 무심한 자연 앞에서는 별로 대수롭지 않게 생각되었다.

주 권사는 딸이나 남편에게 기도원 간다고 미리 말하지 않았다. 모두 집을 나간 다음에, 남편에게 정치호와의 관계를 자세히 밝히고, 다른 종이에 다음과 같이 덧붙였다.

지금까지 당신에게 이러한 사실을 숨겨온 제 잘못을 용서

해 주시기 바랍니다. 의도적으로 숨기려고 했던 것은 아닌데
도, 저는 말씀드리기가 어려웠습니다. 이제 당신이 저를 용서
해 주시지 않으면 제가 당신을 사랑할 수도 사랑 받을 수도
없다는 것을 깨닫고 이렇게 모든 것을 털어놓습니다. 며칠 동
안 기도원에 다녀오겠습니다. 제 자신을 좀 되돌아볼 여유를
얻고 싶습니다. 당신께 거듭 용서를 빕니다.

그리고 나서 주 권사는 늘상 아침마다 남편에게 하던 대로,
옷차림과 용돈과 기타 건사해야 할 일들을 메모하여 경연이가
쉽게 볼 수 있는 데 두고 나왔다.

주 권사는 남편이 이 사실을 알고서 받을 충격이 클 것을 짐작
했다. 이제 그녀는 남편이 자기를 용서해 줄 수 있도록 주님께서
남편의 마음에 역사(役事)해 주시고 이 사건으로 벌어질 여러 일을
극복할 수 있는 힘을 허락해 달라고 기도하러 집을 떠난 것이다.

청평을 지나자 삼거리 검문소에서 좌회전해서 현리 가는 길로
접어들었다. 왼편에 흐르는 내에는 여름 비로 불어난 물이 넘쳐
흐르고 있었다. 그 물을 대하니 마음이 차츰 넓어졌다. 모든 것
은 풍성한데 왜 자신의 가슴은 좁아드는지 안타까웠다. 그러나
길 양편에 가득 찬 숲이 그녀를 편안하게 해주었다. 모든 숲과
강과 하늘이 편견 없이 자기를 받아줄 것 같았다.

주 권사는 모든 자연 풍광과 더불어 세상사나 자신과 식구들
까지도 편견 없이 바로 보고 싶었다. 이번 기도원에서는 주님도
그렇게 만나고 싶었다.

내를 따라 구불구불한 길은 갈수록 숲이 우거졌고 물소리가

더 크게 들렸다. 그럴수록 세상에 대한 모든 것들이 조금씩 잊혀졌다. 막상 기도원으로 오면서도 걱정한 것은 경연이와 남편이었다. 이들이 아침 저녁 식사며, 빨래며, 교회 사람들의 자기에 대한 관심이며, 군복무하는 아들이 엄마의 일을 알면 어떡하나……. 모두가 사람과의 관계에서 빚어지는 일들이었다. 주님께 매달린다고 했지만, 사실 자신을 몽땅 내던져 주님과 마주 대할 준비가 없었다. 머리 속에 가득 찬 생각들은 번잡스러운 것들뿐이다. 그런데 기도원이 가까워올수록 그런 생각들이 하나씩 달아나 가슴과 머리 속에 빈 공간이 차츰 넓어졌다.

이번에는 훌훌 모든 것을 털어버리고 여행하는 기분으로 기도원을 찾으려고 했다. 지금까지의 모든 타성에서 벗어나 정직하게 자신을 점검하고 싶었다. 나와 남편과의 관계도 제대로 생각해 보고 싶었다. 지금까지 현숙한 부인으로 30년 가까이 살아왔는데, 그렇게 세상 사람들이 부러워하는 아름다운 부부관계를 유지해온 것이 이 상황에 이르러서는 오히려 더 큰 부담이 된다는 점에서, 지금까지 살아온 것을 점검해 보고 싶었다. 차라리 평범하게 남편과 싸우고 서로 견제하면서 살아왔다면, 이번 일도 어렵지 않게 넘길 수 있을 것이다. 남편이 모르고 있는 이상, 설사 안다고 해도, 큰 문제가 되지 않을 것이다. 고백할 필요도 없을 것이고, 설사 고백한다 해도, 받아주면 되고 안 받아주면 그런대로 대응하면 될 것이다. 이제 두 아이를 거의 다 키웠고, 남편도 사회적으로 그만한 위치에 있으니, 나를 쫓아내거나 혼전 경험을 추궁하지 못할 것이다. 쫓아낸다면 위자료를 톡톡히 받고 나가면 된다. 그런데 그 동안 정말 세상 사람들이 다

부러워하는 부부관계를 유지하며 살았다는 것이 큰 매듭이 되어 더 풀기 어렵게 되고 말았다. 그렇다면, 그 동안 두 사람의 부부관계란 도대체 무엇인가. 서로의 과오를 이해하고 용서할 수 없다면 그것은 사랑이 아니다. 그런데 왜 나는 남편이 용서해 주고 안 해주는 것을 관심 두고, 이렇게 고민하고 어려워하는가? 그렇다면 내가 그 동안 남편을 사랑했다는 것도 허위인가?

어쩌면 내가 혼전 일을 은닉하기 위한 방패로서 백치선을 사랑하는 척했고, 그의 부인으로서 그에게 최대의 봉사를 베푼 것이 아닌가?

여기까지 생각이 미치자, 그녀는 살아온 시간이 혼란스러웠다. 항상 타인과의 관계만을 먼저 생각하며 살아왔다. 우선 남편과 자식과 부모와 친척과 교회와 목사와 친구와 이웃과……. 그들과의 관계를 원만하고 아름답게 유지하는 데 온 생각과 마음을 쏟으면서 살아왔다. 그렇다면 나는 무엇인가? 내가 그렇게 살아야 할 이유는 무엇인가?

정애는 집안의 한 며느리와 아내와 어머니로서의 미덕을 두 시어머니로부터 배웠다.

치선이 대전지법 판사로 부임했을 때였다. 그녀가 학교생활이 즐거워서 남자와 데이트할 여유도 없었다. 그러다가 교장 선생 소개로 젊은 판사인 백치선을 만났다. 둘은 막연하게 만나서 지내는 동안 사랑을 느꼈고, 결혼을 약속하기 직전에 서울에 올라와서 치선 부모를 만났다. 치선 부친은 이미 사회생활에 의욕을 잃고 무위도식하는 처지였는데, 어머니는 첫 인상이 맑고 품위 있었다. 그러나 두 번째 만났을 때, 어머니에게서 너무나 차갑고 빈틈없는 인상을 받았다. 그 당시로는 그것이 오히려 중년을 넘긴 부인의 품위와 멋으로 다가와서 존경스러웠다. 시집살이에 좀 고생하겠다는 생각을 했는데 막상 시집을 오고 보니, 시어머니는 외모로 풍기는 인상과는 달리 정이 많았다. 전혀 예상 밖이었다. 며느리가 아니라 딸처럼 대해 줬다. 하기야 외아들이고 보니, 딸을 대하는 정서가 더 얹었는지도 모른다. 그런데 차츰 지내면서, 시어머니 그런 모습 뒤에 숨어 있는 여자의 또 다른 모습을 알게 되자 그녀는 눈물부터 나왔다. 후처의 자격지심을 스스로 극복하려는 시어머니의 피나는 노력을 보게 된 것이다.

결혼을 하고서도 시아버지가 두 집 살림을 차린 줄은 전혀 몰랐다. 결혼예식장에도 큰어머니는 나타나지 않았다. 그 동안 치선은 그런 집안 사정을 전혀 내비치지 않았다. 단지 해방 전부터 변호사였으며 해방 후 잠시 검찰에서 일하다가 변호사로 전직하였고, 두 번이나 국회의원에 출마해서 낙선한 부친의 이력을 말했을 뿐이었다. 그런데 신혼여행을 다녀와서 고향으로 성묘 가는 차 안에서였다.

"고향에 또 다른 어머님이 한 분 계시거든."

"또 다른 어머님이라뇨?"

치선은 놀라는 부인에게 비로소 숨겨 왔던 집안 이야기를 털어놓았다. 부친은 큰어머니를 버렸을 뿐만 아니라, 법적으로도 호적에서 지워버렸다. 그것은 치선의 생모에 대한 애정과 치선의 호적 문제와 얽혀져 있었기 때문이다. 그래도 큰부인은 여전히 종갓집 맏며느리로서 집안을 지켰고, 부친이 국회의원에 출마했을 때에는 자기 몫의 많은 전답도 기꺼이 내놓았다. 이러한 사정을 전부 말해 버렸다.

새댁인 정애는 들어도 이해되지 않았다. 그런데 그 큰어머니라는 부인을 만났을 때 비로소 사실을 어렴풋이 알게 되었다. 갑자기 두 시어머니를 모시게 된 착잡한 심정으로, 어렵게 큰어머니라는 여인께 큰절을 올리고 고개를 들었을 때였다.

껄끄러운 손으로 정애와 치선의 손을 움켜잡은 부인은 말을 더듬었다.

"날 어머님이라고? 새아기야, 얼마나 놀랐니. 갑자기 또 한 시에미가 나타났으니. 치선아, 넌 아버지를 원망하지 말라. 오히려 그분의 처지를 생각해서 새아기를 일평생 사랑하고 존경하면서 살아가야 하느니라, 알았냐."

그저 의례적으로 하는 말이 아니었다. 말하는 얼굴에 구김이 없었다. 두 손으로 아들과 며느리 손을 꼭 잡아 당부하고는, 기도를 드리자고 했다. 신앙을 제대로 몰랐던 정애였지마는, 목에 자꾸 걸리는 시어머니의 기도 소리에 뜨거운 것이 자꾸 복받쳐 올랐다. 버림받은 사내를 온전히 용서할 수 있는 이 여인의 마음은 어디에서 연유했을까? 정애는 몇 번이나 생각했다. 부인은 진정으로 치선 내외를 축복해 주었다.

"어른은 평안하냐. 너무 세상에 욕심을 갖지 마셨으면 좋으련만……."

육신과 정신이 천천히 몰락해 가는 부친까지 걱정했다.

그 후로 정애는 그 큰어머니로부터 많은 사랑을 받았고, 받은 것보다 더 많은 것으로 갚아드리려고 애를 썼다. 그것은 주고받음의 관계가 아니라, 그 여인의 한없이 너른 마음을 받아들이려는 노력이었다. 그래서 주님을 영접했고 열심히 교회를 다녔다.

정애는 두 시어머니를 똑같이 모셨다. 한 분은 시어머니처럼, 한 분은 친정어머니처럼 생각했다. 그러는 동안 그녀는 그 여인의 정서와 마음과 모습 가운데 많은 것을 자기 것으로 물려받게 되었다. 그런데 이제 생각하니, 시아버지에 대한 그 큰어머니의 사랑의 정체가 정말 진실인가 의심이 갔다.

서로 사랑을 확인하지 않고서 결혼한 처지에, 어차피 자기로부터 떠나야 할 남자임을 알고 난 이상, 이제 여자로서는 어떻게 처신할 것인가? 떠나가든지 아니면, 철저하게 자기의 본성을 숨기고서 살아갈 수밖에 없다. 한 남자에게 사랑을 받을 수는 없더라도, 그 남자의 가슴에 큰 멍을 만들어 놓음으로써 다른 사람들에게 존경을 받을 수 있는 길을 생각했다. 그것은 철저하게 남편에게 헌신하는 것이다. 그것이 돈이 드는 것도, 그렇다고 더 노력해야 하는 것도 아니다. 이왕 떠난 사람을 편하게 하면서 자신도 편한 방법을 찾는 것이다. 그것은 어려운 인고이기는 하지만, 다른 사람들로부터 존경을 받고 다시 집안 종가 며느리로서의 위치를 견고하게 다져놓는 일이 되고, 그러면 사람들로부터도 배신을 당하지 않을 것이고, 주님으로부터도 동정을 받을 수 있을 것이다.

이것이 큰어머니의 삶의 논리가 아닌가? 그렇다면, 내가 남편에 대한 헌신은 그러한 두 시어머니로부터 물려받은 삶의 지혜를 바탕으로 내가 만들어낸 창작품은 아닌가? 혼전정사의 부끄러운 이력을 스스로 잊어버리면서 숨길 수 있는 비법을 거기에서 찾았던 것이 아닌가? 그것이 차차 남편에 대한 헌신적인 사

랑으로 변했을 것이고, 스스로 내 부끄러움의 굴레를 벗어나려
는 탈출구가 되었을 것이다. 그녀는 차츰 모든 사람들의 삶에
대해서 의아심을 가졌다. 도대체 내 정체는 무엇인가.

　주정애는 자신의 살아온 시간을 아주 낱낱이 헤집어 놓고 약
간 거리를 두고 바라보면서 생각했다. 좀 부끄럽기는 했으나,
조금도 주저하지 않고 남의 일처럼 대할 수 있었다. 이번 기도
원에 들어가서는 하나님 앞에 자신을 내세워 놓고 따지고 싶기
도 했다.

　좁은 다리를 건너자 반원을 닮은 커브길이 나타났고, 그 것을
돌아서자 두 산자락 사이에 들어앉은 기도원 건물이 눈으로 들
어왔다.

“저깁니다.”

　주 권사는 마치 방학에 고향집 가까이 이른 것처럼 기도원 건
물이 반가웠다.

　차가 기도원 구내로 진입했다. 너른 마당은 조경이 잘되어 있
었다. 자연석과 나무들이 적절하게 배치되어 있었고, 작은 폭포
와 정구 코트도 있었다. 그는 기사에게 약속한 요금보다 얼마를
더 얹어주었다.

　주 권사는 택시가 구내를 빠져나가 사라질 때까지 문밖까지
나가 배웅하고 들어왔다.

　사무실에서 방 열쇠와 생활안내가 적혀 있는 카드를 받고서
간단히 소개말을 들었다. 개인이 묵으면서 성경도 읽고 기도도
드릴 수 있도록 독방이 마련되어 있었다. 식사는 기도원 식당에
서 사먹어도 되고, 그 주위에 식당이 많아서 자유롭게 매식도 할

수 있었다. 주 권사는 여기서 마음의 평정을 얻을 때까지 머물기
로 작정했다. 이제는 자신에게로 돌아와서 세상을 살아가야겠다
고 단단히 마음먹었다. 그것이 결국 하나님께 중심을 두고 살아
가는 일이 될 것이다. 지금까지는 세상과 타인을 신이나 하나님
보다 더 위에 두고 살아오지 않았던가. 그런 삶이 허위로만 생각
되었다.

세면장에서 세수를 하고 방안으로 들어왔다. 앉은뱅이 작은
책상과 사물을 둘 수 있는 작은 상자와 이불을 하나 펼 수 있는
좁은 방이지만 정말 내 방처럼 넓고 편하게 느껴졌다. 편한 옷
으로 갈아입고 앉은뱅이 책상 앞에 무릎을 꿇었다.

"주님, 제가 진정으로 주님을 만나기 위해서 이곳에 왔습니다.
죄 많은 저를 받아주시옵소서. 이곳으로 저를 불러주신 주님께
감사를 드립니다……."

기도를 시작했다. 마음이 한없이 넓어지면서 주님의 모습이
방안 가득히 채워지는 것 같았다. 주님, 감사합니다. 주 권사의
음성이 떨리기 시작했다.

4.

경연은 꿈에 시달리다가 깨어났다.

잠깐 스쳐 지나간 꿈인데도 선명했다. 폭우가 쏟아지는 가운
데, 흙탕물을 뒤집어쓴 엄마가 허우적거리며 살려달라고 애원했
다. 우르르 쾅. 번개가 일면서 우레 소리가 터졌다. 경연이가 무

서워 소리를 지르려는데, 우레 소리가 은은히 흩어지면서 엄마 모습도 사라졌다. 그 뒤로 전동차 바퀴 굴리는 소리가 들렸다.

경연은 눈을 떴다. 신림역 표지판이 얼른 눈앞을 스쳐 지나갔다.

"이제 다 오고 있어."

그녀는 영규가 흔드는 바람에 몸을 일으켜 바로 앉았다.

얼굴이 불그스름하게 달아오른 젊은이 몇이 바로 앞에서 열심히 지껄이고 있다. 나직나직 주고받는 그 말소리가 그녀에게 뚜렷이 들려왔다.

"온통 백치선 신드롬이로구나. 뭔가 신선하더라 했지."

"쇼 아닐까?"

"아냐 C신문은 그의 칼럼 빼고는 읽을 게 없어."

"난 그가 도덕적 결벽증에 걸려 있는 사람처럼 뵈더라. 어쩌면 도덕적 콤플렉스에 중독된 친구 아닐까?"

"넌 왜 그렇게 비뚤어지게만 생각하니? 이 시대엔 그런 사람이 필요해. 우리 모두 도덕성에 너무들 둔감해 있거든."

"그렇기는 해. 미국 아이들은 그렇게 타락해 보여도, 대학생 때 마약 한번 사용했던 일이나, 공직자가 오입 한 번 한 것도 떠들썩하지 않니. 백치선 씨는 그 점에서는 알아줘야 하겠더라. 아주 정직하게 이 사회를 진단하고 있어."

"아니, 언제는 진단하지 못해서 이 지경이야."

"그래도 진단으로 끝나지 않고 그 치유를 위해 나서고 있지 않니."

"사실협이 정치 집단화될 가능성도 있지 않을까?"

"그럴지도 모르지. 요즈음엔 무슨 일을 하려면 정치적이어야 하니까."
"헌데, 그 사람 너무 매스컴을 타는 것 싫더라."
"그건 그가 대중매체의 위력을 알고 있기 때문이야. 자신의 인기를 위해서가 아니라, 사실협을 위해서일 거야. 일종의 전략이지."
"그런데, 그게 참 묘하거든. 매스컴을 타는 사람일수록 옆길로 들어가니 말야."
세 청년은 백치선에 대해서 쉬지 않고 말했다. 경연은 그들 말을 엿들으려니 짜증이 났다. 그녀는 터져나오려는 하품을 손으로 가리면서 영규 어깨에 다시 머리를 기대었다. 하늘색 융단 좌석이 띄엄띄엄 틈을 벌리고 있어서 여유로웠다. 지루한 강의 도중, 창틈으로 들어오던 좁은 조각 하늘처럼 신선하게 보였다. 이대로 2호선 순환전철을 타고 앉아 있으면 몇 번이나 돌다가 멈출까. 내릴 역을 생각하지 않고 무작정 가고 싶다.
"다 오고 있어."
영규가 고개를 돌려 어깨에 기대고 있는 경연에게 정신을 차리라고 말했다.
"지금 몇 시야?"
"11시가 넘었어."
"2호선 종착역은 어디지."
"무슨 소리야. 순환선이 종착역이 어디 있겠어."
"참 좋겠다."
"뭐가?"
"한 역에 도착하면 다시 출발하고, 출발하면 다시 도착하고.

출발하고 도착하고, 오직 출발과 도착만 있으니 얼마나 좋아."

경연은 인생이 그랬으면 좋겠다고 생각해 보았다. 항상 출발이 마련되어 있으니까 말이다.

"인생도 그러니까 매사에 너무 걱정하지 마. 일이 터지면 언젠가는 스스로 진정되니까."

영규는, '엄마도 곧 내려오실 거야' 하고 말하려다가 그만두었다. 그는 주 여사가 기도원에 올라간 일을 알고 있다. 그처럼 금슬 좋다던 부부가 무슨 일이 생겼나. 백 변호사 가정에 문제가 생겼다면 이상하다. 경연이가 말썽을 만들지 않으면 그 집안은 항상 호수처럼 잔잔할 텐데. 그렇게 생각하다가, 경연이 오늘 태도가 심상치 않음을 느꼈다.

"사당이야. 안 내릴 거야?"

영규가 경연이를 쳐다보면서 물었다. 젊은이들은 보던 신문을 선반 위로 던지면서 내릴 채비를 서둘렀다.

"응, 이대로 한 바퀴만 더 돌자."

그녀는 코 막은 소리를 하면서 얼굴을 다시 영규 어깨에 묻었다.

"왜 이래. 지금 열한시가 넘었어. 아버지께서 기다리실 텐데. 엄마도 안 계신데 얼른 들어가."

경연이는 영규를 외면한 채 도리질을 심하게 했다.

경연은 '사당'이란 표지판이 얼른 눈앞을 스쳐 지나갈 때, 사내의 어깨에서 얼굴을 떼며 일어났다.

"방배역에서 내려 택시를 타라."

경연은 영규 말에 무관심하고서 선반 위에 던져져 있는 신문을 집었다. 거기에는 구겨진 아버지 얼굴이 있었다. 〈도덕적 불감증과 허무 의식〉. 영규는 경연이가 든 내일 조간을 보더니 배시시 웃었다. 그녀는 얼른 신문을 모로 접어서 다시 선반 위로 던졌다. 영규가 그 신문을 도로 집으려는데 경연이가 그의 팔을 붙잡았다.

"왜 그래?"

"우리 아버지 글 읽지 말아. 나 챙피해."

경연은 꽥 소리를 질렀다.

오늘은 아침부터 내내 아버지로 시달렸다. 3교시 마칠 때까지 그녀는 어머니 생각으로 강의를 망쳐버렸다. 엄마에 대한 아빠의 태도가 의아스러웠다. 오늘 아침 출근 준비를 해 드리면서 말했다. 매 요일마다 입을 내의와 양복과 겉옷에 따라 입을 와이셔츠와 넥타이 양말과 혁대까지 일일이 메모된 대로 내어드렸다. 아침마다 아버지 용돈도 챙기도록 했다. 아버지가 들어오시면 지갑을 보고, 용돈이 얼마 남았는가 확인하고서, 십만원권 수표 한 장과 만원권 다섯 장, 천원권 열 장을 꼭 넣어드리도록 했다. 그러면서 세뱃돈으로나 줄 빳빳한 만원권과 천원권을 농속에 미리 여러 다발 마련하여 두었다. 경연은 그러한 엄마를 보고 혀를 내둘렀다. 지금까지 현숙한 여자라는 생각에서 독한 여자라고 생각하게 되었다.

"아빠, 엄마 왜 안 돌아오시죠?"

경연은 어머니가 기도원에 들어간 이후 아빠의 태도로 봐서, 엄마의 기도원 행이 예삿일이 아니라고 생각했다.

"아마 기도 드릴 일이 많으시겠지. 일을 마치시면 돌아오실 거다.”

　치선은 되도록 태연하려고 했다. 경연은 조금도 흔들리지 않는 아버지 태도가 오히려 의심스러웠다. 예전 같으면 어머니 없이는 하루 지내기가 어려워하였다. 모든 것을 일일이 어머니가 챙겨드려야 출근하는 아버지였다. 그러한 처지를 알고서, 어머니가 준비해 둔 대로 경연이가 매일 챙겨드리는데도 아버지는 맘에 안 차는 것 같았다. 그래도 어머니에 대한 아쉬운 소리를 한 번도 하지 않았다. 그 점이 이상했다. 또 엄마가 기도원 간 이후부터 아빠의 귀가 시간은 매일 늦었다. 귀가 벨소리에 현관문을 열면 후끈 술냄새부터 먼저 들어왔다.

　오늘은 경연이가 오전 수업을 마치고 점심을 먹으러 교문을 나오는데, 한쪽 끈이 끊어진 현수막이 바람에 펄럭거리면서 아스팔트에 드리워져 있었다. 동아리연합에서 주최하는 강연회의 홍보 현수막이었다. 그런데 거기에서 백치선 이름을 보았다. ‘선’자가 칙칙한 물기로 젖어 있는 아스팔트 위에 착 붙어 있었다. 태풍이 휩쓸고 지나간 어수선한 교정에 한쪽만 달려 있는 현수막은 바로 쳐다보기가 비참했다.

〈우리 시대의 양심과 지성, 백치선 선생 강연회〉
 - 연제:우리는 지금 어디로 가고 있는가 -

　바람에 펄럭이는 ‘우리 시대의 양심과 지성’을 보는 순간, 경연은 부끄러움과 불안에 몸이 뻣뻣하게 굳어졌다. 그녀는 숨을 죽이고 땅만 보면서 겨우 교문까지 걸어나왔다. 얼굴을 들고 걸으면 곳곳에서 그 현수막이 눈에 띌까 두려웠다.

그녀는 또 다른 곳에서 또 다른 아버지 모습을 보았다. 영규가 아르바이트로 일하고 있는 유전공학연구소로 전화를 걸어 시간을 약속 받은 것은 전혀 계획에 없던 일이었다. 5시에 만나기로 약속하고서야 다소 안심이 되었다. 다시 강의실로 되돌아가고 싶지 않았다. 젖은 땅에 내려진 현수막을 보기가 두려웠다. 시간을 죽여먹기 위해 거리를 쏘다니는 동안 학교에서 당한 당혹감이 천천히 지워져 갔다. 그러다가 책방에 들어가서 다시 흐트러지고 말았다. 심심풀이 삼아 뒤적이던 여성월간지에서 아버지 인터뷰 기사를 보았기 때문이다. 〈남자의 정조와 여자의 정조 : 변호사 백치선의 남자 정조론〉

경연은 얼굴이 따가워서 책을 덮고 나와 버렸다. 매스컴들이 그에게 보내는 관심은, 아버지 뜻에 동조해서가 아니라, 단지 독자 확보를 위해서 아버지를 철저하게 이용하고 있었다. 그런데도 아버지는 그네들이 모두 자기편이라고 착각했다.

영규는 아버지에 대한 경연의 감정을 이해했다. 그래서 그녀를 조심스럽게 대했다.

"아버지를 믿어. 산전수전 다 겪으신 분이신데 실수를 하시겠어. 모두들 선생님의 생각을 긍정적으로 받아들이는데."

그는 경연이를 달래어 교대역에서 내리게 하는 데 성공했다.

"나를 과천 집까지 데려다 줘."

그는 경연의 투정에 큰 눈을 껌벅이며 고개를 끄덕였다.

둘은 다시 전철을 타고 사당으로 되돌아왔다.

"그냥 돌아가. 그냥 해본 소리야. 내가 어린앤가."

경연이는 안산 과천 방향 갈아타는 곳으로 따라오는 영규에게 풀석 웃으면서 손을 흔들었다. 자기의 돌연한 행동에 쩔쩔매는 그에게서 아버지와는 다른 풋풋함을 느꼈다.

"미안했어. 잘 가. 연락할게."

안산행 열차가 오자 경연은 영규에게 제대로 인사를 하였다. 열차가 움직이자 손을 흔드는 영규 모습이 잠깐 나타났다가 곧 사라졌다. 언제 오빠 면회를 가야겠다. 문득 그녀는 군복을 입고 있는 붉게 탄 오빠 얼굴을 보고 싶었다.

치선은 열한시 뉴스를 듣고서 텔레비전 전원을 껐다. 정적이 한꺼번에 거실로 몰러들었디. 그는 방 한가운데 멍청히 섰다. 딩동뎅. 엘리베이터 멎는 소리가 났다. 그는 귀를 기울였다. 사람 발자국 소리는 들리지 않았다. 적막이 눈에 보이듯이 점점 부풀어올랐다. 그 속에 자신이 점점 녹아드는 듯했다. 그는 어깨를 한번 크게 떨면서 현관을 나섰다.

아파트 광장에 승용차들이 무당벌레 등처럼 엎디어 있었다. 사람은 보이지 않았다. 승용차 등에 보안등 불빛이 싸늘하게 부서지고 있었다. 치선은 늘어선 자동차를 하나 둘 세기 시작했다. 어느 차에서 부인과 경연이가 웃으면서 내릴 것만 같았다. 어디서 풀벌레 소리가 들려왔다.

치선은 방안으로 들어와 안방문을 열었다. 아무도 없다. 딸의 방문도 열어보았다. 공연한 짓을 되풀이했다. 경연이가 혹시 어머니를 만나러 기도원으로 갔는지도 모른다고 생각해 보았다. 이렇게 늦는 적이 없다. 언제나 열시 삼십분 이전에 들어왔다.

그의 늦은 귀가를 이상한 눈으로 보던 경연이었다. 딸이 아내처럼 반란을 획책하는 것인가. 아내는 영영 돌아오지 않을 것이다. 그는 소파에 앉으면서 눈을 감았다. 모든 생각이 콱 막혀버렸다.

그는 리모컨을 들고 전원 키보드를 누른 다음 채널 02을 택했다. 젊은 사내가 연상의 중년 부인과 뜨겁게 사랑하는 그림이 나타났다. 화면이 바뀌었다. 다른 사내가 차를 몰고 집으로 달려온다. 다시 방안. 여자는 바바리를 입은 젊은이 목을 껴안고 발뒤꿈치를 들고 입을 맞춘다. 그는 리모컨 버튼을 눌러버렸다.

그런 사실을 숨기고 어떻게…… 독한 여자. 부끄러움을 모르는 철면피. 영원히 비밀의 시간 속에 묻혀버릴 수 있다고 생각했던가? 한 점 흠 없이 정결한 사람으로 가장해서 살면서 얼마나 통쾌했을까? 아주 순한 양처럼 아내에게 잘 길들여진 사내를 남편으로 삼고. 아니지. 어쩌면 고통스러웠을지도 모른다. 정치호. 그 오만한 허풍쟁이에게 아내가 순결한 처녀성을 바쳤다는 것이 더욱 참지 못할 일이다. 아내 몸에서 풍겼던 그 사랑의 냄새 속에 그 사내 체취가 섞여 있었단 말인가. 덜 익은 구호나 외치던 주제에 혁명가연 했겠지. 갓 대학을 졸업한 신참 여선생에게는 불의에 굴하지 않고 세상과 맞서 싸우는 투사처럼 보였을 테지. 첫 사내의 추억을 영원히 아름다운 것으로 간직하고 있는 여자. 정결함을 가장한 음탕함. 음탕함을 은폐하려는 가짜 사랑. 치선은 생각할수록 화가 치밀고 가슴이 뛰었다. 용서할 수 없어. 기도원에서 신에게 용서를 빌면서 왜 내게 무릎 꿇고 사죄하지 않았지. 그렇게 정숙하게 내게 헌신적인 것은 자신의 부정을 은폐하려던 술책이었나?

치선은 다시 현관문을 열고 밖으로 나왔다. 아파트 마당에는 아무도 없었다. 세상에는 혼자뿐인 것 같았다. 그렇게 현숙하고 사랑스러운 여자도 떠나갔다. 술을 마시고 싶다. 그러나 그는 곧 자신의 자제력을 믿고 싶었다.

딩동뎅. 엘리베이터 멈추는 신호음이 들렸다. 배란다 난간에 기대섰던 치선은 허리를 펴면서 긴장했다. 엘리베이터 문이 열리고 경연이가 내렸다.

"경연아!"

치선을 와락 딸의 손을 잡고 싶었으나 참았다.

"늦었구나."

경연은 아무 대답도 않고 현관으로 들어가 버렸다. 뒤따라 치선이가 들어왔다. 경연이는 제 방으로 들어가지 않고, 거실 한가운데 우뚝 섰다.

"아빠, 엄마를 왜 안 모셔 오세요? 엄마는 아빠를 기다리고 있을 거예요."

갑자기 야멸친 경연의 목소리에 치선은 움찔했다. 딸도 사정을 알고 있는가?

"언제는 기도원에 가신 엄마를 아빠가 데려왔니? 기도를 다 하시면 돌아오실 거다."

치선은 한곳으로 치우치려는 감정을 억제하면서 딸을 이해시키려 했다.

"아빠, 엄마와 싸우셨죠?"

"아니다."

"아빠 혹시 엄마 마음을 아프게 하신 일 없으세요?"

경연은 우진아가 마음에 걸렸다. 여자의 직감으로 그녀는 충분히 아빠를 노릴 것이다. 그 동안 경연은 그 여자에 대해서 많은 것을 조사했다. 이혼 경험이 있고, 철저한 페미니스트를 자처하면서도 남자에게는 허약한 여자이며, 자신의 자존심과 허영심을 충족할 수 있는 사내를 찾아 사냥개처럼 긴장하고 있는 여자라고 들었다. 페미니스트치고 남자에게 강한 여자는 없지. 무슨 페미니스트야. 왜 남성주의는 없는데 여성주의를 들먹여. 경연은 우진아에 대한 정보를 듣고부터 뭔가 불안했다.

"그런 일 없다. 오히려."

치선은 생각치도 않았는데, 하도 딸의 추궁이 두려워서 '오히려'란 말이 튀어나왔다. 그 말을 경연이가 그냥 넘기지 않았다.

"엄마가 아빠께 용서받아야 할 일 있지요? 혹시 결혼 전에 무슨 일이 있었던 거 아니에요?"

경연은 직감적으로 그러한 사태라 생각되었다. 엄마가 기도원에 올라가기 며칠 전 일들이 떠올랐다. 전화를 받고서 당황하던 그날 전화 건 사람을 미치광이라고 매도한 일이 생각났다. 그 뒤부터 엄마는 늘 기운이 없었고, 이따금 경연이가 불러도 대답도 못했다. 뭔가 골똘하게 생각하는 것 같았다.

치선은 딸의 추궁을 얼른 부정하지 못했다.

"그렇지요?"

치선은 딸의 눈총에 고개를 돌려버렸다.

"네가 알 일이 아니다. 아버지와 어머니 사이에 일어난 일은 두 사람이 해결해야 한다."

치선은 딸의 물음을 부정하지 못한 채 엉거주춤 말해 버렸다. 그것은 부인의 잠적이 전적으로 자기의 과오처럼 생각하는 딸의 추궁에서 벗어나려는 의도가 그런 식으로 나타났던 것이다. 어쨌든 치선은 아내의 혼전 성관계를 경연에게 알리고 말았다.

"아빠, 엄마를 용서하세요. 엄마는 지금까지 아빠만을 사랑해 왔습니다. 그 사랑의 깊이는 남자인 아빠는 모르실 겁니다. 저도 이번에야 알았습니다."

경연은 울먹이면서 엄마가 그 일로 당한 고통을 생각하면서 울어버렸다. 그리고 기도원에 가시면서 아빠에 대한 자상한 배려도 말했다.

"그것은 사랑 때문이 아니라, 엄마의 자존심을 지키기 위해서다. 너는 아직 모른다. 엄마는 무서운 분이다."

치선은 딸의 생각이 부인에게 치우쳐 있는 것을 알고는 일부러 말했다.

"그러면 아빠의 정체는 도대체 뭐예요? 많은 사람들 앞에서는 사랑을 외치면서, 왜 집안에서는 그렇게 헌신적인 엄마를 용서하지 못하시죠? 아빠는 이중인격자세요? 아빠의 정체는 도대체 뭐예요? 에고이스트시죠? 자기만을 내세우면서, 자기의 주장만을 사랑하는, 철저한 에고이스트, 그렇지요?"

경연은 치선을 노려보면서 항의하고서 제 방으로 들어가버렸다.

치선은 멍청하게 '탕'하고 닫히는 딸의 방문을 바라보다가 소파에 주저앉아 버렸다. 에고이스트. 내가 에고이스트. 딸도 자기를 불신하고 있다는 사실이 섭섭했다. 모두들 내 곁에서 떠나

려는가. 이미 아내는 자기로부터 떠났다. 기도원으로 가면서 딸
에게 부탁한 자기에 대한 배려는 자신을 지키려는 마지막 안간
힘일 뿐이다. 용서한다? 용서?

　그는 자꾸 되뇌어 봤으나 자신이 없었다.

5.

　치선은 출근을 했으나 일이 손에 잡히지 않았다. 엊저녁 경
연과의 언쟁이 자꾸 마음에 걸렸다. 아침 출근 때에 경연은 엊
저녁 일을 잊은 듯이 제 엄마처럼 완벽하게 그의 출근 준비를
서둘렀다. 날이 맑은 날 입고 갈 짙은 밤색 계통 정장에 회색
계통 와이셔츠, 짙은 갈색과 파란색 사방연속 무늬 넥타이를
골라 놓았다. 치선은 딸이 내주는 대로 입으면서도 딸의 시선
을 피했다.

　경연은 아무 말 없이 치선이가 정장하고 현관을 나갈 때까지
다 챙겼다. 손수건과 양말을 골라 드리고, 지갑까지 확인해서
돈을 채웠다. 부인이 항상 모든 것을 완벽하게 준비해 주었기
때문에, 치선으로서는 누가 옆에서 챙겨주지 않으면 허술하기
그지없다.

　치선은 출근했으나 후덥지근한 날씨 탓인지, 마음은 집과 기
도원을 오가면서 일이 손에 잡히지 않았다. 오늘은 되도록 소송
일로 손님을 만나지 않기로 했다. 하루 종일 신문을 뒤적이며
공연한 생각을 엮으면서 시간을 지루하게 보내었다.

퇴근시간이 가까워오면서 치선은 초조해지기 시작했다. 하루가 지난다는 것이 웬지 부담이 되었다. 경연이가 오늘은 일찍 들어올까? 기도원에 있는 부인도 생각했다. 하루 동안 무엇을 그렇게 간절히 빌었을까? 우진아가 공연한다는 연극 구경이나 갈까? 연극무대 백 회 출연을 기념하는 특별 공연이라고 야단을 떨었다. 그는 우진아의 연극을 한 번도 관람한 적이 없다. 의도적으로 기피했다. 마주 앉아서 그녀와 이야기하고 술과 식사를 나눌 때가 무대 위 연기보다 훨씬 연극적이라고 생각했다. 그녀도 치선의 부인이 기도원에 갔다는 사실을 알고 있었다.

이번 공연에는 꼭 가기로 엊저녁에 약속했다. 그러나 경연이와 다툰 일 때문에 가는 것이 멋쩍었다. 밤늦도록 사무실에 남아 책이나 읽을까 생각하는데 인터폰에 불이 반짝거렸다.

"조카 분이 찾아오셨습니다."

건넛방 사무실에서 여사무원이 알려왔다.

"들어오시도록 해."

그는 경근의 방문이 의외였으나 반가웠다. 우울한 때는 피붙이가 그래도 위로가 될 것 같았다.

"어쩐 일인가?"

사무실로 찾아오지 않던 조카라서 기분이 묘했다. 그는 이곳으로 사무실을 이전했을 때 한번 들렀고, 이번이 처음이다. 경근이는 책으로 가득 차 있는 사무실 안을 휘휘 둘러보았다.

"여기서 삼촌을 만나니 기분이 이상하네요."

"기분? 뭐 소송관계로 온 느낌이냐? 여긴 내 서재야."

그는 조카를 편하게 해주고 싶었다.

"퇴근을 좀 일찍 해서 지나가다가 들렸어요. 바쁜 시간 아니세요?"

그 말을 듣고 보니, 조카 직장인 고등학교가 이 근방에 있다는 것이 생각났다.

"나가서 저녁이나 하자."

치선은 경근이와 같이 주차장으로 나왔다.

조카와 집 밖에서 만나 본 지도 오래였다. 그가 고등학교 다닐 때였던가, 서울로 수학여행을 와서 대학으로 그를 찾아온 적이 있다. 치선이가 학부를 졸업하고 대학원에 다니면서 고시공부를 할 때였다. 그는 한나절을 법과대학원생 삼촌을 만나기 위해서 시간을 허비했다. 명문대학에 다니는 삼촌을 그 학교에서 만난다는 특별한 감정을 갖고 싶었을 것이다. 그때 치선으로서는 조카에 대한 혈육의 정이 그렇게 탄탄하지 못하여서, 수학여행 일정을 다 까먹으면서 그를 찾아온 시골 고등학생 처사가 의아하기만 했다. 학교 앞 중국집에서 자장면 한 그릇을 사주고 별 이야기도 나누지 못하고 헤어졌다. 사실 그때 치선의 입장으로는 조카와 이야기를 나눌 시간이 아까웠다.

집에 와서 그 이야기를 어른들께는 하지 않았다. 집으로 돌아오면서 생각하니, 조카가 집으로 찾아오지 않고 학교로 찾아온 것은, 아버지와 어머니에 대한 거부 감정 때문이라 생각되어서 우울했다. 후에 그 사실을 안 부친에게 '속 좁은 놈'이라고 호되게 꾸중을 들었고, 응당 저녁에 집으로 데려와서 함께 하룻밤을 지내야 하지 않으냐고 어머니한테도 책망을 들었다.

치선은 조카를 옆에 앉히고 시동을 걸면서 그때 일을 생각하였다.

"이제랑 차도 바꾸시고 기사도 쓰세요. 청사에 드나드실 때, 수위들 괄시 안 합니까."

"처음에는 괄시하더니, 이제는 다 알아본다."

치선은 경근의 말이 고마웠다. 삼촌의 처지를 혈육의 입장으로 걱정하는 마음을 보았다.

"야, 좋은 차에 기사까지 쓸 경우에, 일년에 한 3천은 더 있어야 한다. 수위에게 잘 보이기 위해서 죽도록 돈 버는 꼴이 되니까, 자존심도 상하고 그럭저럭 이대로 살겠다."

치선은 속에 있는 말을 그대로 해 버렸다. 1년에 3천이라면, 사실 치선의 수입 가운데 쓰다 남는 것 모두가 된다. 경근이는 격에 없는 삼촌의 실토에 오히려 정이 들었다.

"세상 사람들은 삼촌이 매스컴 타고 방송이나 신문에 얼굴을 내미니까, 돈 많이 버는 줄 압니다. 물론 그런데 나가 받는 돈은 용돈밖에 안 되는 거 모르지는 않지만, 그러니까, 큰 돈 될 사건을 맡으세요. 이제는 그럴 만한 처지가 되지 않았습니까? 돈이 있어야 사회운동도 불을 붙일 수 있지요."

조카의 웃음 섞인 말투에 치선은 마음이 편안해졌다.

"조카 말대로 삼촌도 돈 좀 벌어볼까? 그런데 거 돈이라는 거, 벌어본다고 주머니에 남겠어. 돈 복 타고난 사람은 따로 있는 거다."

치선은 돌아가신 부친을 생각했다. 고향에서 그 만석꾼 아들이라고 남들이 부러워했지만, 돌아가실 때쯤에는 빈털털이였다. 치선이가 해직당했을 때에는 끼니 걱정을 할 정도였다.

차가 주차장을 빠져나갔다.

"숙모님은 안 내려오셨지요?"

큰 거리로 나오자 경근은 슬쩍 치선의 옆얼굴을 훔치면서 지나가는 투로 입을 열었다. 그러나 사실 이 한마디를 하려고 사무실로 들어설 때부터 기회를 엿보았다.

치선이는 조카 말에 고개를 돌렸다. 이 말을 하려고 일부러 찾아온 것을 알았다.

"차차 내려올 테지. 그런데 애 엄마보다는 경연이가 걱정이다. 꼭 무슨 일을 저지를 것만 같아. 엄마가 기도원에 간 후부터 자주 늦게 들어오는데, 전에는 없던 일이었어."

일식집 이층 계단을 오르면서 치선은 걱정투로 말했다. 아내 문제는 전혀 생각에 두고 있지 않다는 것을 일부러 조카에게 알리고 싶었다. 그는 집안에 문제가 생기고 보니, 자신이 지금 사회의 관심 속에 하고 있는 여러 일들이 아주 하찮아 보였다. 사회와 국가와 세계에 대한 생각은 확실한데, 아내와 딸 문제에 대해서는 아주 무력하다는 자신의 처지 앞에 혼란스럽기만 했다.

치선은 정종잔을 들다가 문득 조카의 눈길에서 자신를 향한 짙은 연민을 보았다.

"숙모님을 모셔오십시요. 삼촌이 더 잘 아시겠지만, 세상에 숙모님만한 분이 다시 어디에서 찾으실 수 있다고 생각하십니까?"

치선은 대답을 하지 않았다.

"세상 인심이 하도 고약합니다. 숙모님이 그렇게 오래 기도원에 가 계시면 사정을 모르는 사람들이 입방아를 찧을 수도 있습니다."

경근은 하려는 이야기를 빙 둘러서 말해 버렸다.

그저께 저녁이었다. 퇴근한 아내가 울 듯한 얼굴로 동료 직원들에게 들은 말을 경근이에게 전했다.

"삼촌이 그 여우 같은 우진아에게 홀려 빠졌다고 합디다. 사실이야 아니겠지만, 세상 사람들이 사실이라고 하면 사실 되는 거 아닙니까? 우진아 그 여자는 일부러 섹스를 무기로 잘난 남성들을 골라서 몰락시키기로 작정했다고 합니다. 그가 전 남편으로부터 당한 그 치욕과 억울함을 다른 남성들에게 복수하는 것이지요. 무서운 여자인데, 삼촌이 걸려 들었다는 겁니다. 그녀는 사실이 아니더라도 사실로 퍼뜨리고 난 후에 그 남성을 손아귀에 넣는 그런 수법을 쓴답니다. 더구나 요즘은 그런 여자들은 화제에 올라야 더 인기니까? 여자 편에서는 손해될 것이 없지요. 그런데 삼촌은 뭐가 됩니까? 삼촌은 세상을 너무 몰라요."

경근은 말 많은 여선생들이 지껄이는 소리를 귀담아 들었다고 핀찬을 주었지만, 어쩌면 삼촌이 그 여자 덫에 치일 수도 있다는 예감이 들었다. 그러나 막상 얼굴을 맞대놓고 보니, 집안 어른 앞에서 그런 사정을 직접 말할 수는 없었다.

"무슨 소문 들리더냐?"

치선은 직감적으로 느끼는 바가 있었다. 좀처럼 사무실을 찾지 않던 조카가 일부러 찾아온 것부터가 예삿일이 아니다.

"뭐 뜬소문입니다만, 요즘 세상에 똑똑하고 일 잘하는 사람을 보면 못 견뎌하는 사람들이 많아요. 삼촌 일이 사회적으로 호응을 얻게 되자, 시기하는 사람들도 있지 않겠습니까? 혹시 소문에 휘말려 상처 입을까 걱정되어서요."

경근은 아내에게 들은 말을 다 하지 않았다. 여선생들은 백치선 변호사와 우진아와의 스캔들로 인해서 그 부부간에 불화가 생겼고, 그래서 부인은 기도원으로 들어갔다고 생각하고 있었다. 그렇지 않아도 경근이는 윤 목사한테서 숙모 이야기를 들어 대략 사정을 짐작하고 있었다.

둘은 그 이야기를 제쳐두고 술만 마셨다.

"숙부님, 제 후배 이야기를 하나 해 드릴까요. 사실 그 친구가 제 사정을 말하면서 숙부님께 자문을 얻어달라던데요. 법률 자문이 아니라 인생 자문이거든요. 그래서 제가 일부러 왔습니다."

정종잔을 비운 경근이가 치선의 마음 부담을 덜려고 다른 이야기를 시작했다.

6.

경근이는 후배 이야기를 마치 제 이야기처럼 했다.

"고등학교 까마득한 후배 가운데 신참 판사가 있어요."

두 해 전에 후배가 고향 지법에 부임했다. 금의환향인 것이다. 부임 당시에는 친구들이랑 일가 친척들이 대단하게 환영해 줬다.

"출세했어. 고향에 내려와서 탄탄히 자리를 잡고 나중에 국회의원이라도 해야 될 게 아니냐."

만나는 사람마다 그렇게 환영하고 격려해 주었다. 후배는 그러한 마음들이 고맙기만 했다. 그래서 판사는 고향을 위해 뭔가 일을 하려고 마음먹었다. 그런데 고향은 예전 고향이 아니었다. 이미 극심하게 변모하여 크게 병들어 있었다.

마침 떠들썩한 사건이 일어났다. 대규모 조직 폭력배 20여 명이 검거되었는데, 거의가 20세 전후 청소년들이었다. 그들 가운데는 지방 유지 자녀들과 그 판사 친구 인척들도 있었다. 그들은 그 지역에 오랫동안 뿌리내려서 음험하게 세력을 떨치던 패거리였다. 경찰도 손 대기가 귀찮아 묵인해 두었는데, 폭력배 소탕 작전에 구속된 것이다. 그런데 그 친구가 그 사건을 맡게 되었다.

그는 그 사건 처리가 법관으로서 양심과 능력이 판가름된다고 생각했다. 사건은 지역 주민들의 최대 관심사이기도 했다. 정말 이 폭력조직에 대해 법이 얼마나 엄정하게 판결이 내려질까 주시했다. 더구나 고향 출신 판사가 맡았기 때문에 기대 반 의심 반이었다. 판사는 결국 그들에게 적용법의 최고형을 선고했다. 그런데 문제가 터졌다. 그날 저녁부터 판사 고향집에 돌팔매와 전화질이 계속되었다. 그 얼굴 없는 폭력은 아침과 저녁마다 계속되었다. 노인네들이 견딜 수 없었다.

"똑똑한 아들 둬서 축하합니다. 그런데 어디 두고 봅시다. 당신네 자손 대대로 죄 안 짓고 사나."

한밤중에 이런 전화가 걸려왔다. 또 뒷날 아침이면,

"간밤에 안녕하셨소, 노인장. 아들 하나 잘 뒀습디다. 명판사시더군요."

"에이, 죽도록 해먹어라. 남의 자식 감옥 살게 해놓고 편히 발뻗고 잠잘 줄 생각 말아. 이놈아."

얼굴 없는 전화 폭력이 계속되었다. 그뿐만 아니라, 이따금 집 울타리나 창문에 돌팔매가 날아오기도 했다. 판사는 참다 못해 경찰에 의뢰해서 전화질을 하고 밤중에 돌팔매질을 한 장본인을 몇 잡아내었다. 정작 붙잡고 보니, 또 문제가 생겼다. 이놈들이 법을 우습게 보는 것이다.

"잡아 가둬라. 그래, 죽도록 가두지는 못할 테지. 대한민국은 법치국가야. 내 아무려면 6개월 정도겠지. 이미 찍힌 몸이니 각오했어. 그러나 나와서 보자."

이런 식이었다.

이번에는 다시 그네들 똘마니들이 고향집 집 주위를 돌아다니다가, 노인네를 만나면 눈을 부릅뜨고 시비를 걸었다. 지서에서 그네들을 잡아다가 호통을 쳐도 눈도 까딱하지 않았다.

"우리가 무슨 죄 지었어요. 왜 이래요."

그들은 도리어 경찰관들에게 눈을 흘기며 반항했다. 그들은 법을 무서워하지 않았다. 판사는 차츰 그들이 두려워지기 시작했다. 보복이 두려워서가 아니라, 법의 권위가 실추된 사회에서 법을 조롱하는 그들이 무서웠다. 더구나 자신은 온갖 유혹과 압력에도 불구하고 살기 좋은 고향을 만들기 위해 고심하면서 판결을 내렸는데, 이건 도리어 그를 원수 보듯 하니 허탈했다.

"그래서 사표를 내겠다는 걸 제가 말렸지요."

경근이는 이야기를 마치고는 치선의 반응을 살폈다.

"숙부님, 그 판사 고민을 이해하시겠습니까?"

치선은 갑자기 찾아온 조카가 한가하게 후배 이야기를 하는 의도가 아리송했다.

"고향 사람들에 대한 배신감이 컸겠지."

"처음에는 아마 숙부님 말씀대로 고향 사람들에게서 받은 배반감으로 괴로웠겠지요. 그런데……."

경근은 잠시 삼촌의 반응을 살피더니 천천히 입을 열었다. 일부러 뜸을 들이는 척했으나 이미 생각해둔 말이 있었다.

"공정한 법 집행으로만은 사회 정의가 실현될 수 없다는 사실을 확인한 데서 오는 절망이 컸겠지요. 악은 법으로만은 퇴치될 수 없다는 것을 알게 되면서 법관으로서의 자기 한계를 의식했던 거 아닐까요."

경근은 그렇게 말하면서 치선의 반응을 살폈다.

"흔히 초임 판사들이 겪는 갈등이야. 그들은 법을 너무 신뢰하거든."

경근이가 듣고 싶은 해답과는 거리가 있었다.

"숙부님, 왜 고향 사람들은 어렵게 내린 그 공정한 판결에 박수를 보내지 못할 망정 야유를 보내었을까요?"

"법을 너무 신뢰한 젊은 판사의 오만을 알았기 때문 아닐까?"

"그의 판결 속에는 오만이 끼어들었다는 말입니까?"

"무의식적으로라도, 혹 모르지."

잠시 말들이 중단되었다.

"숙부님, 정죄 받은 자보다 정죄한 자가 두렵고 고통스러워하는 그 정황이 참 우습죠."

치선은 긴장했다. 조카가 모든 사실을 알고 왔구나. 그러나 치선은 시치미를 떼고서 자기 생각을 말했다.

“그것은 아마 그 젊은 판사가 정죄할 자격이 없다는 것을 스스
로 깨달았기 때문 아닐까?”
“그보담도 정죄만으로 죄를 퇴치할 수 없다는 사실을 확인한
때문 아닐까요?”
경근이는 준비해 뒀던 말을 토하듯이 해 버렸다. 치선은 그제
서야 조카의 마음을 바로 알았다.
정죄만으로 죄를 퇴지할 수 없겠지. 그것은 인간이 인간을 정
죄할 수 없기 때문 아닐까? 특히 법으로의 정죄는 잘못될 경우
가 많다.
치선은 경근의 말을 듣노라니 한 선배가 생각났다. 현훈이라
고, 지금은 목사가 되어서 광주 부근에서 목회를 하고 있다.
그는 치선의 대전지법 초임판사 시절 부장판사로서, 대학도
십여 년 선배였다. 그는 유망한 법조인으로 주위의 신망을 받고
있었다. 그런데 그가 어느 날 갑자기 판사직 사표를 내고 신학
교에 들어가 법조계에서는 화제가 되었다. 사람들은 그가 밖에
내놓고 말할 수 없는 큰 사건에 대한 오판을 해서 정신적으로
감당할 수 없었거나, 아니면, 당시에 정치권력으로부터 자유롭
지 못하였던 사법부에 대한 간접 항변으로 그 길을 택했다고 생
각했다.

어느 날 치선이 퇴근 무렵에, 현훈 부장판사로부터 특별한 일
이 없으면 같이 퇴근하자는 연락이 왔다. 치선이가 부장판사 방
으로 갔더니, 그는 머리를 짧게 깎은 청년과 이야기를 나누고
있었다. 치선은 예감이 이상했다. 그런데 청년이 두꺼운 성경을

끼고 있어서, 혹 수형자 교도 관계로 찾아온 손님인가 생각했다.

"그러면 저는 이만 돌아가겠습니다. 건강하십시오. 제가 열심히 공부하고 신앙을 쌓아서 목사 안수를 받게 되면 그때랑 축하해 주십시오."

사내는 허리를 굽혀 공손하게 인사를 하고서 방을 나갔다. 부장판사도 그를 배웅하려고 뒤따라 나섰다.

"아까 그 사내 누굽니까?"

저녁을 같이 하면서도 별 이야기가 없자, 치선이가 먼저 말머리를 만들었다.

"귀한 손님이었어. 십몇 년 판사 생활 중에 그런 사람은 처음이었으니까."

그는 약간 냉소적으로 말하면서 반주로 마시던 정종잔을 급히 비우더니 치선에게 권했다. 그런데 치선에게는 '귀한 손님'이라는 그 말이 이상하게 들렸다. 아까 그 방에서 손님을 대하는 부장판사의 몸짓도 약간 어색했고, 뭔가 당혹스러워하는 기색도 역력했다.

"백 판사, 참 사람 일이란 묘하거든. 불가사의한 상황을 당하고 보니 기분이 울적해서 자네를 불렀지. 둘 다 숙소에 가 봐야 기다려줄 사람도 없을 테니, 참 자네 그 여선생과 일은 잘 되나?"

부장판사는 아이들 때문에 서울에 가족을 두고 혼자 내려와 지내고 있었다. 그 즈음 치선은 여고 영어교사인 주정애와 자주 만나던 때였다.

부장판사가 일부러 화제를 피하고 있음을 치선은 알았다.

"혹시 즐겁지 않은 손님이었습니까?"

치선은 그가 대선배이지만 뭔가 자기에게 들려주고 싶은 이야기가 있는 것 같았다.

"아니야. 오히려 전혀 그 반대라서 혼란스러운데……."

부장판사는 그제서야 이야기를 시작했다.

"한 사 년쯤 전인가. 내가 평판사 시절이었어. 그 사건 뒤에 난 서울로 전출되었지."

그리고 작년에 승진되어 다시 이곳으로 돌아왔다.

폭력배들끼리 싸움을 벌리다가 그 가운데 한 사람이 죽은 사건이 있었다. 그런데 그때 한 청년이 그 싸움에 직접 가담하지는 않았으나 공범자로 몰려 구속이 되었다. 그는 마침 사건이 일어난 그 시간 현장에서 십여 미터 떨어진 맥주집에서 술을 마시다가 검거되었다. 그는 가해자의 친구였고, 그 패거리 가운데 한 사람이었다. 그래서 사건 공모자로 기소되었다. 더구나 그는 당시에 전에 어떤 폭력사건에 관련되어 기소유예자 신분이었다.

그러나 그는 자기는 이번 사건과 전혀 무관하다고 완강히 버티었다. 그런데 정황이나 수사기록으로 봐서 사건에 연루되었음이 명확했다. 우선 기소유예자이면서, 그가 사건 현장 반경 불과 십여 미터 안에 있었다는 점이 그렇다. 그가 있었던 이층 맥주집 창문에서는 사건 현장이 한눈에 들어왔다. 그렇다면 거기서 맥주를 마시다가 가해자가 불리한 상황이 되면, 뛰쳐나와 합세했을 개연성도 충분했다.

또 수사기록에 의하면, 그는 사건 전날 밤에 그 가해자와 함께 그 맥주집에서 어울렸다. 이러한 정황 외에도, 그 가해자의 진술이 결정적으로 그에게 불리했다. 전날 가해자는 그 맥주집에서 그를 만났을 때, 피해자를 손 좀 보겠다는 말을 했다고 진술했고, 그 진술은 피의자에 의해서 확인되었다.

"그것은 사실입니다만, 그런 이야기는 언제나 할 수 있습니다. 우리는 화가 나면, 상대를 언젠가는 손 좀 봐야겠다는 말은 종종 합니다. 그렇다고 사건을 모의하지는 않았습니다."

피의자는 모의를 강력하게 부인했다. 그러나 그 가해자는 그 전날 맥주집에서 만나서 나눈 이야기가 일종의 모의라고 인정했다. 그는 공범자에서 벗어날 수 없었다.

가해자는 사건에 연루하거나 동조한 사람이 많으면 자신의 죄질이 가벼워진다는 수사관의 유도 심문에, 사실 그와 공모하지 않았으면서 한 것처럼 진술했다.

더구나 그러한 진술을 하게 된 이면에는, 이번에 삼수해서 대학에 합격한 그 피의자가 그들 패거리에서 이탈하려는 조짐이 보여서, 그를 이 사건에 끌어들여 놓아둘 필요도 있었기 때문이다.

결국 그는 2년 실형을 선고 받았다.

"그런데, 수형생활을 마치고 나온 그가, 이번에 신학교에 들어갔다고 오늘 인사를 왔어요. 그러면서 그 사건 내막을 다시 말하면서 자신은 전혀 관여하지 않았다는 거야. 그러면서도, 내 오판 때문에, 교도소 안에서 예수를 믿게 되었고, 그래서 내 인생이 이렇게 변하게 되었으니, 이것이 모두 하나님의 섭리라고 하는 데는……."

부장판사는 고개를 설레설레 저으면서 곤혹스러워했다.

"그가 형기를 마치고 나와 보니, 그들 패거리에서 벗어날 수 없음을 알게 되었고, 그들로부터 벗어나기 위해서 전혀 다른 삶의 길을 선택해야 하겠다는 것을 절실히 깨닫고는 신학을 공부하기로 결심하게 되었다는 거야. 그래서 그 패거리 두목을 찾아가 사실을 털어놓았더니 이해해 주더라는군. 그런데 오늘 내가 그와 이야기하면서, 혼란스러운 것은, 법의 판단은 너무 형식적이고, 인간의 행위가 겉에 드러난 형식, 즉 현상만을 가지고는 판단하기에는 한계가 있다는 것을 느꼈기 때문인데, 그러면서 내 일에 대한 확신이 점점 애매해서 우울하더군."

부장판사는 정말 의기소침해서 말했다.

"선배님, 그 사건의 판결은 정당하지 않았습니까? 법관의 판결이야 형식적일 수밖에 없고, 그 나머지는 하나님께서 알아서 처리하시지 않겠어요. 오늘 찾아온 그 청년이 신학을 공부해서 만약 목회자가 된다면, 그것은 결국 선배님과 하나님의 공동작품이 될 것입니다."

치선은 분위기를 부드럽게 하기 위해서 약간 유머러스하게 말했다.

"그래? 참 그거 적절한 표현인데, 공동작이라? 그렇다면, 인간의 행위에 대한 선악 판별에서는 법관, 즉 인간이 할 수 있는 몫이 따로 있는 것일까? 그런데 아까 그 청년 경우에야 어쩌면 오판이 좋은 결과를 가져왔으니까 괜찮겠지만, 그렇지 않을 경우, 판결이 잘못되어 한 인간의 인생을 뒤바꿔놓게 된다면 큰 문제 아니겠어."

"그러니까, 솔로몬도 야훼하나님께 먼저 지혜를 구하지 않았을까요? 정당한 판결을 할 수 있는 지혜를 달라고. 그리고서도 못다한 것은 절대자이신 하나님께 맡기는 것입니다. 사실 징벌 자체를 신에게만 맡겨 버린다면, 인간의 모든 미움과 증오와 복수가 사라지고 땅 위에 사는 사람들 사이의 관계가 훨씬 부드러워지겠지요. 사람이 그 일까지 하려는 데서 문제가 복잡해지는 거 아니겠어요. 그런 면에서 법의 판결은 단지 인간의 사유와 질서 안에서만 유효한 일종의 방편에 지나지 않겠지요. 설사 오판을 한다고 해도, 의도적인 것이 아니라면, 그것은 판사의 책임보다는 인간의 한계이겠지요."

치선은 생각하지 않았던 말을 불쑥 해 버렸다. 이러한 생각의 근원에는 물론 성서가 있었겠지만, 직접적으로는 두 분 어머니 생활에서 얻은 것이다. 그가 법관의 길에 들어서면서 자기 일에 대하여 어떤 의미를 만들려고 생각해 두었던 말이다.

"그래. 잘 지적해 주었어. 나는 법관으로서의 자존심 같은 것을 늘 갖고 있었는데, 오늘 그 친구가 내 도덕적 지적 오만을 흔들어 놓았거든. 그래, 생각이 나는데, 왜 야훼께서는 인간에게 모든 것을 다 허락해 주시면서, 선악을 구별하는 그것만을 유보해 두셨는가 알겠구면. 선과 악의 판별은 전적으로 절대자의 몫인데 말야. 그렇다면 법관의 판결도 결국 절대자로부터 위임 받은 일을 행사하는 것에 불과한데, 지금까지 나는 법에 의해 판결하는 것으로 생각했으니, 그 친구 정말 고맙군. 난 사실은 모태신앙인데도, 그런 문제에 대해서는 아직도 어두워. 그저 내 지식과 양심과 용기만을 의지하여 판결한다고 자부해 왔거든. 허허허."

　현훈 판사는 사실을 다 인정하면서 자신의 처지를 새삼스럽게 되돌아보게 되었다.

　치선은 그의 공허한 웃음소리에 가슴이 섬뜩했다. 선배는 지금 솔직하게 자신을 드러내놓고 있다. 10여 년 후배 앞이지만, 조금도 자기를 내세우려 하지 않은 그 정직함 앞에서 오히려 숙연해졌다.

　"죄송합니다. 제가 주제 넘게 선배님 앞에서……."

　치선은 그의 솔직함에 몸둘 바를 몰랐다.

　"아닐세. 인생을 사는 데 선배 후배가 어디 있어. 오늘 그 친구 경우는 내가 그의 죄를 판단했지만, 내게는 대스승이었어. 하나님 앞에서는 다 어린 아기인데 뭐."

　그는 정색을 하면서 말했다.

　현 부장판사는 1년 후에 법복을 벗었다. 반 년 지나서 치선은 그가 신학대학에 입학했다는 소식을 들었다.

　경근이는 치선의 말을 진지하게 듣더니,

　"제 후배에게도 사표 내고 신학을 공부하라고 할까요?"
하면서 웃었다. 치선은 조카가 일부러 무거운 문제를 이완시키려는 것임을 알았으나 따라 웃고 말았다.

　"참, 윤 목사가 언제 숙부님을 뵙겠다고 합니다."

　경근은 문득 생각난 듯이 말했다. 치선은 조카의 계산된 이야기임을 알았으나 그런 기색을 드러내지 않았다.

　"언제 만나지. 참, 지난 번 추도예배 때 그러던데, 정말 어머님이 그를 아껴주셨어?"

"예. 저와 똑같이 귀여워해 주셨어요. 이거, 숙부님께 처음 드리는 말씀인데, 할머님은 종종 제게 신학을 공부해서 목사가 되라고 권하셨어요."

"그래?"

치선은 처음 듣는 말이었다.

"그런데 그 친구가 제 대신……."

경근은 치선의 눈길이 허공에 머물러 있는 것을 보고 말끝을 흘려버렸다. 벌써 삼촌은 많은 것을 생각하고 있을 것이라고 짐작했다.

치선은 큰어머니를 다시 생각했다. 세상에 그런 분이 다시 있을까. 아버지에 대한 미움과 섭섭함과 시앗에 대한 여자로서의 질투를 어떻게 감당하셨기에 모두 받아들이고 용서할 수 있었을까. 겉으로 드러내지 않을 뿐이지 속은 뜨겁게 타고 있었겠지. 여인의 부덕으로 극복했을까. 아니면, 일종의 대상 행위거나 극도의 절망적인 상황을 벗어나려는 또 하나의 길로서 이해와 용서를 택했을까. 치선은 고개를 저었다. 그런 생각을 하기에는 고인의 모습이 너무 꼿꼿했다.

치선은 이따금 생모와 큰어머니를 같이 생각해 본다. 어머니는 큰어머니의 그 관용과 이해가 오히려 더 고통스러울 것이다. 차라리 큰어머니가 보통 여자처럼 시앗을 질투하여 미워했으면 훨씬 견디기가 수월했을 것이다. 큰어머니가 관대하면 할수록, 법적 지위와 사랑과 미움까지도 포기하고 어머니에게 모두 내어 주었는데도, 어머니는 그것을 받아들일 수 없었고, 그래서 더욱 고통스러웠고 외로웠다.

7.

치선은 조카와 옛 일을 이야기하는 동안에 또 다른 일이 떠올랐다.

언젠가 아버지와 어머니는 심하게 다투고서 각각 딴 방을 한 달 넘게 썼던 때가 있었다.

아버지가 국회의원에 두 번 낙선한 몇 달 후였다. 그 즈음 아버지는 두 번 고향 사람들에게 배신을 당하고서 거의 자신을 가누지 못하고 있었다. 더구나 이번 낙선은 선거 막판에 상대편에서 아버지 가정문제를 들고 반격한 것이 결정적인 패인이 되었다. 상대방 후보 측에서 조강지처를 호적에서 떼어버리고 후처를 정실로 앉힌 가장 부도덕한 사람이라고 폭로했다. 큰부인이 어엿이 집안살림을 꾸려가며 종갓집 며느리로 있다고 증거를 내놓았다. 아버지는 그 공격을 방어할 아무런 준비도 없었다. 그 바람에 아버지 표는 우수수 소리내면서 떨어졌다.

어떻든 아버지는 두 번 낙선했다. 선거 때에 물질적으로 도와준 일식집 여주인이 있었다. 어느 날 아버지는 그 여자네 집에서 하룻밤 잔 일이 있었다. 그 일식집에서 친구들에게 낙선 위로 술대접을 받다가 취해 쓰러졌던 것이다.

어느 날 한밤중에 치선은 거친 이야기 소리에 잠이 깨었다. 거실에서 어머니 목소리가 유난스럽게 크게 들려왔다.

두 분은 항상 사무적인 이야기나 혹 다툴 일이 있으면 거실을 이용했다. 그만큼 안방에 대해서 유다른 생각을 갖고 있었다. 안

방에서는 결코 즐겁지 못한 이야기를 하지 않기로 약속했던 것이다. 또 하나 두 분의 특이한 점은, 부부문제를 아들인 치선에게 숨기지 않았다. 그것은 어머니가 원한 것이었다. 세상살이가 너무 외롭기 때문에 아들을 자기네의 삶의 한가운데로 포함시키고 싶었던 것이다. 후에야 치선은 그러한 마음을 알게 되었다.

"솔직하게 말씀하세요. 그 여자와 어떤 사이세요."

전에 없이 어머니 목소리에는 힘이 실려 있었다. 떨어져 있는 방에서도 들릴 정도로 날카로웠다.

"출마했을 때에 도움을 받았어. 당신도 알지 않아요. 그 여자가 소송에 걸렸을 때 내가 맡아서 승소했고, 그리고 친구들과 자주 드나들었을 뿐 그 외에 아무런 일도 없어요."

아버지 옹색한 변명소리는 치선이가 듣기에도 거북했다. 아버지 약점은 속에 있는 감정이나 남이 모른 사실을 숨기지 못하는 솔직함에 있다.

"애초에는 남녀관계로 생각할 문제가 없었는데 나중에는 사랑하게 되었다는 말이에요?"

어머니 목소리는 은근해졌다.

"무슨 사랑이요. 난 오직 당신 혼자요."

"그러면 사랑하지 않으면 어떻게 같이 육체 관계를 맺어요."

"육체관계라니?"

아버지의 목소리가 약간 튀었다.

"그러면 같이 잤다고 하면서……."

"자긴, 친구들이 내 낙선을 위로한다고 그 집에서 술을 샀는데, 하도 취해서 그냥 쓰러져 버렸는데……."

아버지 목소리가 기어들어갔다.

"솔직하게 말해 주세요. 그래야만 제가 그 여자에 대한 생각을 정리할 수 있지 않겠어요. 당신이 실수를 하셨지요. 술을 마셨으니까, 실수를 하실 수도 있지 않겠어요. 여자가 유혹을 했다면 넘어가지 않을 수 없지요. 더구나 취한 상태라면……."

어머니가 아버지를 안심시켰다.

"실수했어."

아버지 목소리가 낮아졌다.

"여자와 잤단 말이에요?"

"새벽에 깨고 보니까. 여자와 같이."

결국 아버지는 어머니 유도심문에 넘어가고 말았다. 어쩌면 아버지는 어머니에게 모든 것을 다 털어놓고 싶었을 것이다. 사랑하는 사람이니까 모두 이해해 주리라 믿었을 것이다.

거실에서는 아무런 말도 들리지 않았다. 집안에는 한참이나 정적이 몰려들었다. 듣던 치선이도 그 정적이 두려웠다.

"더러운 인간!"

한참 후에 비명 같은 어머니 목소리가 들렸다. 그리고 거친 발자국 소리가 한동안 어지러웠다. 어머니는 아버지의 이불과 베개를 서재로 옮겨놓았다. 그리고서, 그 한밤중에 어머니는 찬물로 자기 몸을 씻었다. 더러운 사람과 살을 붙여 잤던 그 흔적을 모두 씻어낸다고 그랬다.

그로부터 두 달 넘게 아버지는 안방출입이 금지되었다. 그러나 그러한 기색을 전혀 어머니는 치선에게 내보이지 않았다. 그러나 치선은 다 알고 있었다.

그 사건이 일어난 후로 어머니는 말수가 적어졌고, 그 동안 쉬었던 교회에 나가기 시작했다. 예전 다니던 교회가 아니었다. 처음에는 새벽에만 나가시다가 나중에는 주일예배도 참여했다. 명륜동 집에서 중구 저동까지 먼 거리 교회를 출석했다. 그 교회는 교인 수가 많아서 어머니를 알아보는 사람이 없어서 마음이 놓였을 것이다. 그렇게 교회를 다니기 시작하던 어머니가 결국 두 달 후에 아버지를 받아들였다. 아마 모든 사람이 죄인이라는 사실을 깨달았던 것인가. 그런데 사실은 그렇게 아버지를 용서하게 된 이면에는 또 다른 사건이 있었다.

여름이 다 지나가는 8월 말 토요일이었다. 어머니는 갑자기 시골에 다녀온다고 집을 떠났다. 전에 없던 일이었다.

어머니는 시골 큰어머니를 찾아갔다. 누구에게라도 아버지 이야기를 하고 싶었다. 그런데 어머니는 그 아픈 사연을 큰어머니에게 말할 여유가 없었다. 의외로 찾아온 어머니에게 큰어머니는 선거 뒤처리로 고생한다고 극진히 위로하면서, 어머니 속사정을 말할 틈을 주지 않았다. 그리고 어머니 손을 꼭 잡은 채 함께 기도를 했다. 그날 저녁 둘은 마치 친자매처럼 한 이불에 자면서 밤이 새도록 이야기를 했다. 주로 아버지보다 세 살 위인 큰어머니가 시집을 왔을 때 어린 신랑을 모셨던 웃지 못할 이야기들이었다. 종갓집 장손으로 세상에 나와서 남에게 싫은 소리 안 듣고, 영특하다는 칭찬만 들으면서 지내온 탓에, 어른이 되어도 어린아이 태를 못 벗은 그 모습을 그대로 말했다. 그러나 그것이 남편의 허물이 아니고 자랑으로 말했다.

"서울에서 학교 다닐 때에 동생에게 반하고는 틀림없이 총각 행세를 했을 거야. 내가 안 봐도 그 어른 모습이 훤하다니까. 그래도, 난 마음이 놓여요. 동생을 만나지 못했다면, 일평생 즐거운 부부 정을 못 느끼고 살아야 했을 테니까. 그래도 그 양반 순진해요. 혹 헛질을 걸었다 해도, 결코 동생에 대한 애정이 식어서 그러지는 않을 테니 그리 알아요. 세상 살다 보면, 남자란 어린아이 같아서, 혹 속상하는 일 있어도 참아. 난 항상 서울 동생을 볼 때마다 미안해서. 난 이렇게 뒤로 물러앉아서 집안일이나 보는 것으로 마음을 정했으니 편한데, 동생이야. 앞으로 그 한 사람 믿고 일생을 살아야 할 형편이니. 그 분은 겨우 당신 돈 쓰면서 남에게 좋은 소리 듣기만 좋아하고, 어디 가서 돈 한푼 꾸어달라고 사정할 줄 모를 것이니, 앞으로 동생이 살아갈 일을 생각하면⋯⋯."

자기 남자를 빼앗아간 여자에 대한 큰어머니의 배려는 사람으로는 가능한 것이 아니었다. 그러나 어머니는 한 이불에서 하룻밤을 거의 뜬 눈으로 지새면서 큰어머니 말을 듣는 동안 비로소 한 여자의 또 다른 진실을 이해할 수 있었다. 그것은 직접 대놓고 말하지는 않지마는, 주님을 믿는 믿음 때문에 얻어진 것이라고 생각되었다. 뒷날 어머니는 큰어머니와 함께 고향 교회에서 예배를 드리고 서울로 올라왔다. 그리고 그날 저녁부터 아버지를 안방으로 들어오도록 했다.

아버지는 두 번째 낙선으로 세상이 온통 자기를 배신하는 것 같은 절망감에서 벗어나지 못하고 있었다. 더구나 그 일식집 여주인과의 관계는 그렇게 단순하게 끝나지 않았다. 어머니의 용서가 오히려 아버지에게는 벗어버릴 수 없는 큰짐이었다. 그 용서 뒤에는 큰어머니의 넓은 마음이 작용했다는 것을 알고 나서였다. 남아대장부의 호기로 살아온 아버지로서는 여자들의 관용 앞에 차츰 왜소해지기 시작했다. 그것은 고통이었고, 그것을 극복하기 위해 술을 마시지 않으면 못 견뎠다.

아버지는 무엇을 다시 시작하려 했다. 여전히 변호사 일을 하면서도 전처럼 의욕이 없었다. 신앙을 붙들고 살아가는 어머니에 비해서 아버지는 점점 무력해지고 있었다.

이따금 일식집 주인과 잔을 기울이면서 자신의 추레한 모습을 달래었으나, 그것은 아무런 도움도 되지 못했다. 어머니는 그러한 아버지를 알면서 이해했다. 그저 한 남자가 무너지는 것이 안타깝기만 했다. 연애 시절에 이 패기 찬 남성에게 기대었던 그것들이 공허하게 다가올수록 어머니는 자식을 통해서 잃어버린 것을 되찾으려 했다.

어머니는 너무 깨끗했으나 거기에는 여유가 없었다. 아버지는 그 깨끗함을 견디지 못해 괴로워했다. 어머니는 그 하얀 색을 통해 아버지를 위로하고 용서하려 했지만 그럴수록 아버지는 어머니 마음을 받아들이지 못했다.

"여보, 제가 부담되지요. 그러나 전 어쩔 수 없어요. 이렇게 하지 않으면 제 자신을 감당할 수 없으니까요. 그 대신 당신은 제게 마음쓰지 마시고 자유로워 보세요. 이따금 그 집 여자와 만나셔도 됩니다. 제가 당신에게 위안이 안 된다면, 당신이 다른 곳에서 위안을 얻는 것까지 막을 수는 없지요. 왜 이렇게 제가 관대하냐면, 당신이 나를 사랑한다는 것을 믿으니까요."

어느 날 치선은 잠결에 두 분이 거실에서 주고받는 말을 들었다.

“차라리 나를 미워해요. 전처럼 나를 안방에서 내쫓든지. 당신의 관대가 나를 옥죄어서 견딜 수 없어.”

“그러지 마세요. 그러면 제가 더 괴로워요. 이것은 제 진심입니다. 저는 당신을 자유롭게 놔두고 싶어요. 용서가 아닙니다. 제가 어떻게 당신을 용서할 수 있어요. 용서는 주님만 해주실 수 있으니까요, 용서는 주님께 비세요. 저는 당신을 이 땅 위에서 살아갈 동안 만난 좋은 벗으로서 생각합니다. 부부의 인연이 얼마나 지속되겠어요. 우리 서로 의지하고 이해하고 사는 것도 잠시뿐인데요.”

어머니는 흐느끼면서 말했다. 그러나 아버지는 그 어머니 진심을 받아들일 수 없을 정도로 심경이 황폐해 가고 있었다.

치선은 어머니가 아버지에 외도 아닌 외도에 대해서 그렇게 강력하게 대처한 것은 큰어머니의 그 관용을 뒤따를 수 없는 자괴감 때문이었다고 생각한 것은 아내와 자식을 거느려 살기 시작한 후였다. 어머니가 큰어머니를 만나고 올라와서 아버지를 이해하고 같은 방을 썼으나, 어머니 마음이 편하지는 않았다. 그것은 단순히 남편에 대한 불신이거나, 부정한 남편에 대한 감정의 찌꺼기 때문이 아니라, 그 받아들임이 진정한 자신의 사랑에 의한 용서가 아니었기 때문이다.

“숙부님!”

치선은 조카의 짧은 부름에 정신을 수습했다.

“숙부님, 언제 기도원에 가셔서 숙모님을 모셔오십시오. 상당히 견디기 어려우신 것 같습니다. 금식을 하고 계신데, 집사람이 뵙고자 찾아갔다가 만나뵙지 못하고……."

지난 토요일에 경근의 부인이 기도원에 갔다가 그대로 돌아왔다. 문을 열고 밖을 내다보다가 조카인 것을 알고는 문을 닫아걸었다. 두 시간을 기다리다가 그대로 돌아왔다.

"금식을 해?"

치선은 퉁명스러운 자신의 대답에 자신도 놀랐다.

"정치호 의원, 그 사람 철면피죠. 정략적으로 숙부님을 파멸시키려는 의도를 갖고 있었습니다. 지역구가 같으니까, 숙부님에 대해 정치적인 라이벌 의식을 가진 겁니다. 더구나 사실협이 사회적으로 위상이 높아지면서."

치선은 조카가 아내 일을 알고 있다는 데 놀랐다. 눈앞에 뿌연 안개가 몰려왔다.

"그 이야기랑 그만두자."

한참 만에 치선은 그 한마디를 하고서 표정이 굳어졌다. 경근이는 더 말을 할 수 없었다. 그러나 이왕 꺼낸 말이니 할 수밖에 없었다.

8.

윤 목사는 경근 부인으로부터 주 권사가 기도원에 들어가 금식 기도를 하다가 탈진해 쓰러졌다는 소식을 들었다.

목사는 주 권사가 기도원에 들어가겠다는 말은 들었으나 별로 대수롭지 않게 생각했다. 특별한 체험을 하기 위해 일부러 기도

생활을 하리라고 생각하지 않았고, 집안에 큰 어려움이 있으리라고도 생각 못했다. 그런데 일주일쯤 뒤에 경근 부인으로부터, 주 권사가 금식을 시작했다는 말을 들었다. 있을 수 있는 일이라고 생각했다. 그러면서도 주 권사 체력으로 금식을 감당할 수 있을지 걱정되기도 했다.

그런데 목사는 혹시 주 권사에게 기도원에 들어가야 할 특별한 사정이 있지 않은가 궁금했다. 입대한 아들이나 경연이에게 문제가 생겼는지, 아니면 백 변호사에게 말 못할 어려움이 있는데도 목회자로서 모르고 있는지 마음이 쓰였다. 그래서 경근에게 전화를 했는데 별일 없다고 했다. 그래도 자꾸 마음에 걸려서 이번에는 경근 부인과 통화를 했다.

"이런 일은 말해서 될지 모르겠습니다만, 목사님이야 집안 식구나 다름없어서 드리는 말씀이니 혼자만 아시고, 사모님께도 말씀하시면 안 됩니다."

경근 부인은 다짐부터 받았다.

"숙모님이 결혼 전에 다른 분과 약간 관계가 있었는데, 그것이 최근에야 알려져서 숙모님이 마음 고생을 하고 있었지요……."

목사는 경근 부인이 전하는 말을 듣고서도 공연히 주 권사가 너무 완벽주의자여서 혼자 고통스럽게 생각하는 것이라고 생각했다. 더구나 백 변호사같이 도량이 넓으신 사람이면 그런 일 때문에 부부관계에 문제가 있으라라고 생각하지 못했다. 결혼 전에 여러 남성과 알고 지낼 수도 있고, 뭐 사랑할 수도 있지 않겠는가. 이제 신혼도 아니고, 30년 가까이 살아온 처지에, 오히려 그런 사건을 즐거운 추억거리로 화제 삼아 즐길 나이인데,

그 일로 기도원에 올라가 금식할 정도라니 이상했다.

"숙모님은 결혼하고 나서 그 모든 과거 사실을 주님께 고백하고 용서를 구했는데, 숙부님에게는 말하지 않았나 봅니다. 그런데 최근에 그 사내가, 고약하게 전화질을 하면서 숙모님을 혼란스럽게 했지요. 숙부님이 그 사실을 아시고는……."

들고 보니 목사는 난감했다. 부부 사이에 문제가 생긴 것이 틀림없다. 하나님께 고백하고 회개해서 죄 사함을 받았다고 생각했던 주 권사에게, 그 사건이 해결되지 않은 채 나타났다면, 믿음에 대해 시험 받을 우려도 있다. 주 권사는 지금 무엇이라고 기도를 드리고 있을까? 혹시 참회의 기도보다는 주님을 원망하고 자신의 처지를 탄식하는 기도를 드리지 않을까 염려되었다.

윤 목사는 기도원으로 가서 주 권사에게 하산을 권유하기로 작정하고 경연이에게 알려 함께 나섰다. 경근의 부인 말을 들고 보니, 윤 목사도 잘 아는 기도원이었다. 일부러 교회 기도원을 두고 다른 기도원을 택한 것으로도 주 권사의 정황을 짐작할 수 있었다.

과천에서 판교 구리간 고속도로를 타서 불과 두 시간 남짓해서 도착했다.

기도원 사무실에 들려서 윤 목사는 자신의 신분을 밝히고 주 권사를 만나게 해 달라고 부탁했다. 관리 집사가 별관쪽을 가리키면서 고개를 가로 저었다. 윤 목사는 덜컥 겁이 났다.

"우리는 금식하시는 분의 건강상태를 파악하기 위해서 매 두 시간마다 순시를 합니다. 금식자 기도방에는 밖에서 그 안 사정을 파악할 수 있도록 되어 있습니다. 금식자들 건강이 급속도로 악화될 우려가 있기 때문이지요. 그런데 그 권사님은 그저께부터 탈진해서 금식할 수 없는 상황이었습니다. 겨우 설득해서 물을 조금 들고 있습니다만, 목사님이 오셨으니 이젠 한시름 놓겠습니다.”

관리자는 목사를 대하고는 그 간의 정황을 말하고는 기도실로 안내했다.

“어머니!”

경연이는 관리집사가 열어 주는 문 안으로 뛰어들어가 소리를 질렀다. 주 권사는 벽 모서리에 머리를 처박고 기진해 쓰러져 있었다. 기도하는 자세가 아니었다. 사람이 들어와도 고개를 들지 않았다. 눈을 감은 채 경연의 품에 쓰러지면서 손을 내저었다. 얼굴이 헝클어져 있었다. 기도하는 편안한 얼굴이 아니었다. 싸우다가 지쳐 쓰러져 있는 것처럼 얼굴이 흐트러져 있었다.

목사는 경연에게 눈짓해서 주 권사를 반듯하게 눕혔다. 그러나 그녀는 몸을 비틀면서 눕기를 거부했다.

기도원에 있는 양호실로 옮겨 응급처치를 했다. 그제서야 주 권사는 목사와 딸을 알아보고 흐느끼기 시작했다. 한 점 흐트러짐 없이 지내던 모습이 마치 며칠 굶어 거리를 방황했던 거지처럼 보였다. 눈물이 흘러내리는 창백한 얼굴 위로 머리칼이 흐트러져 내렸다. 검붉은 입술에는 하얀 성에가 끼었고 눈자위에는 눈곱이 잔뜩 끼었다. 며칠 동안 한잠도 자지 않았던 것이다.

뺨으로는 눈물이 계속 흘러내렸다. 경연이도 같이 흐느끼면서 손수건으로 어머니 눈물을 훔쳤다. 주 권사가 손을 내젓더니 어렵게 모로 돌아누웠다. 기진해 있으면서도 그 고집은 여전했다.

목사는 경연이를 물러나게 한 다음에 소리내지 않고 기도를 드렸다.

"주님! 주 권사님을 위로해 주옵소서. 주님께서는 권사님의 사정을 잘 아시옵니다. 인간들 사이에서 일어나는 일 때문에 마음에 상처를 받지 않게 하옵시고, 주님께 자복한 그 허물이 이미 주님의 사랑으로 용서받았음을 확신할 수 있는 믿음을 주옵소서……."

기도가 계속되는 도중에 주 권사는 계속 흐느끼면서 '아멘'으로 화답했다.

두 시간쯤 후에 주 권사는 목사가 권하는 대로 링거액을 맞았다. 기도원에는 응급처치를 위해서 간호사가 있었다. 그리고 하산 권유를 받아들였다.

"목사님, 죄송합니다."

링거 주사를 팔에 꽂은 채, 주 권사는 목사를 외면하면서 중얼거렸다. 차츰 안색이 회복되었다. 잠시 후에 잠이 들었다.

집으로 돌아오는 차 안에서 주 권사는 평온을 되찾았다.

"제가 주님께 큰 잘못을 저질렀습니다. 이제 생각하니, 기도원에 와서 금식을 결심한 그 동기부터가 잘못이었습니다."

주 권사는 창밖으로 스쳐 지나가는 초가을 산을 바라보면서 차분하게 말했다.

"사실 저는 기도원을 들어서면서, 왜 주님께서는 절 용서해 주시지 않았습니까 하고 따지려는 마음이 생겼습니다."

주 권사는 창밖을 스쳐 지나가는 가을 산을 바라보면서 독백처럼 중얼거렸다. 그녀는 풍경 속으로 빨려들어가는 기분이었다. 단풍잎들은 이제 좀 있으면 미풍에도 견디지 못해서 떨어져버릴 것이다. 이제 곧 겨울이 오면 산은 벌거벗겠지. 한겨울 벌거벗은 채로 하늘로 뻗어오를 나무들을 생각했다. 봄이 오기까지는 항상 두 손을 벌려 하늘을 바라보며 그렇게 서 있을 것이다. 주 권사는 숲을 보면서 부끄러움이 울컥 일었다.

"우습죠. 용서를 해 줬는데도 그것을 받아들일 수 없는 자신의 어리석음은 생각하지 않고. 그래서 전 주님과 대결하는 심정으로 금식을 작정했지요. 진정 죄스러워서 차마 음식을 들 수 없어서 금식을 결심한 것이 아니라, 마치 말썽꾸러기가 부모님들을 골탕먹이기 위해 식사를 거부하듯 말입니다. 배고픔보다는 주님이 나를 외면했다는 생각에서 야속하고 분통이 터져 견디기 힘들었습니다. 그러니까 배고픔은 참을 수 없고, 거기다가 화까지 더했으니 힘들 수밖에 없었지요. 저는 처음부터 혼자서 멋대로 생각하고 결심했습니다. 용서해 주시지 않으면 굶어 죽겠습니다 하고. 투정치고는 얼마나 당치않고 괘씸합니까."

목사는 딸 앞에서 자신의 모습을 숨김없이 드러내는 주 권사가 다르게 보였다. 주님께서 그 딸의 죄를 정말로 용서해 주셨구나. 이제부터는 어떤 문제도 주님께만 의지함으로 충분히 이길 수 있으리라 확신이 갔다.

"그런데 목사님, 지금 저는 자신을 다시 점검해 봐야겠습니다. 목사님 말씀대로 하산하기로 결심한 데는 그만한 이유가 있습니다. 사실 전 올라올 때부터 내려가지 않으려 했습니다. 그런데 하나님께 회개했다는 그 한계가 정말 애매하데요. 인간과의 관계에서 일어난 일인데, 그 인간에게 우선 고백하고 용서를 빌기 전에 주님께만 자복해도, 진정한 회개가 되겠느냐 말입니다. 인간에게 고백함으로 당해야 할 부끄러움이나 그에 따른 추궁이 두려워서, 몰래 주님께만 자복했다면, 그것이 진정한 회개가 될까. 물론 용서함은 주님께만 받을 수 있겠지만, 용서는 우선 그 죄와 관계된 인간에게도 구해야 할 것이 아닌가? 어쩌면 제가 지금까지 남편 앞에서 제 과거를 고백하지 않고 주님께만 고백했다는 것은, 진정한 고백이 될 수 없다는 생각에서, 기도원을 내려가기로 결심을 했습니다. 제 남편에게 용서를 빌고, 다시 주님께 용서를 구하려고 합니다."

목사는 주 권사의 말을 들으면서 초보운전자처럼 긴장되었다. 그 문제에 대해서는 목회자인 그 자신도 확신이 없다. 인간과의 관계에서 저지른 죄를 그 당사자에 자복하여야만 주님께도 용서받을 수 있다면, 그에 뒤따르는 인간적인 문제를 목회자로서도 감당할 수 없을 것 같았다. 물론 그러한 것이 원칙이겠지만, 그것을 고집할 수는 없었다.

"주 권사님, 이제 주님이 모든 것을 다 아시고 용서해 주셨습니다. 지금 주 권사님이 그러한 생각을 하시고 하산을 결심한 것부터가 주님께서 은혜를 베푸신 것입니다."

윤 목사로서는 다시 주 권사 부부 사이에 그러한 일로 문제가 더 확대되는 것이 두려웠다. 주 권사는 잠잠해 있다가 다시 입을 열었다.

"목사님, 그리고 말입니다. 사실 저는 이번에 더 큰 죄를 저질렀습니다. 제가 요란스럽게 기도원을 찾은 그 의도가, 정말 제

부끄러운 죄를 주님 앞에 몽땅 내놓고 용서를 받으려는 의도에서가 아니라, 믿었던 인간에게 거부당한 섭섭함에서 오는 인간적인 고통을 보상받으려는 것이었습니다. 주님이 이렇게 속 좁은 저를 보시고 얼마나 안타까워하셨을까요."

주 권사 목소리가 목사에게는 차창에 부딪히는 싱그러운 가을바람 소리처럼 들렸다. 목사는 주 권사 시선을 피하면서 생각했다. 보이지 않는 하나님을 믿는 것이 어렵기에 사람들은 항상 눈에 보이는 표적만을 먼저 구하는구나. 하나님께 용서받은 것보다 사람에게 용서 받는 일이 더 급하고 소중하다고 생각하니, 인간들은 행복을 스스로 멀리 두고 바라볼 수밖에 없겠구나.

2차선 도로가 소나기 지나간 뒤처럼 시원하고 깨끗했다. 목사는 갖가지 색으로 단장한 가을산이 청량하게 가슴으로 스며들어오는 것을 느꼈다. 벌겋게 물들어가는 낙엽송들이 하늘을 향해 고개를 치켜들고 찬바람에 얼굴을 씻고 있다. 목사는 차창을 조금 열고 심호흡을 했다. 사람들도 무성하고 푸른 초록을 미련 없이 버리고 낙엽이 되어 모두 떨어뜨려 버린 다음에 다시 올 먼 날의 봄을 기다릴 수 있다면 조금은 행복할 수 있을 것이다. 비록 벌거벗어 추운 몸으로라도 하늘을 향해 두 손을 벌릴 수 있다면 한겨울 추위도 어렵지 않게 이길 수 있을 것이다. 찬바람에 몸은 춥겠지만, 다시 올 봄을 기다리는 즐거움도 있지 않겠는가. 그것은 정결한 즐거움일 것이다.

주 권사도 산을 생각하고 있었다. 기도원으로 올라갈 때에는 초록이 더 많았는데, 이제는 변색된 잎들이 더 많았다. 산이 표정과 냇물 소리가 귀와 가슴으로 와 닿았다. 천년만년을 제 자리에 앉아서 철 따라 적절하게 변하면서 살아온 산과 냇물이 유난히 친근하게 느껴졌다. 그들은 그 변함을 통해서 자기의 본성을 훼손 당함이 없이 그렇게 유지해 왔을 것이다. 산은 철 따라 변한다. 겨울을 견디기 위해서 가을이 되면 아깝지만 잎들을 떠나 보낼 준비를 해야 하고, 그 긴 겨울을 알몸으로 추위와 싸워 지내는 고통도 아무렇지도 않게 견디고, 그래야만 새 봄을 맞을 수 있기 때문일 것이다. 그 계절의 순환에 대한 믿음 때문에, 어느 때 어떤 정황에 이르러서도 당황하지 않고 오히려 모든 것을 받아들이고, 내다버리고, 감사하고, 준비하면서 살아갈 것이다. 이미 나무는 잎이 져버린 초겨울부터 내년 봄 새싹 틔울 준비를 하고 있을 것이다.

"목사님, 이제는 아마 주님께서 제게 견딜 만한 믿음을 허락해 주신 것 같습니다. 백 변호사께 모든 것을 고백했으니 용서해 주실 것을 믿고 내려갑니다."

목사가 가을 산을 보면서 생각에 잠겨 있을 때, 주 권사의 낭랑한 목소리가 들려왔다. 경연이는 엄마의 손을 꼭 잡았다.

3

·

풍화하는 혼

1.

"일어서자. 10시가 넘었어."

영규는 제 어깨에 얼굴을 기대고서 졸듯이 앉아 있는 경연이를 일으켰다.

"그냥 이대로 놔둬 줘."

경연이는 눈을 감은 채 짙은 비음을 흘렸다. 영규는 난감했다.

연말까지 내놓아야 할 논문집 교정 때문에 야간작업을 하는데, 5시가 넘어서 경연으로부터 전화가 걸려왔다.

"영규 씨 나 집에 들어가고 싶지 않은데 어쩌지? 영규 씨 연구소에서 하룻밤 신세지면 안 될까?"

첫마디부터 엉뚱하게 나왔다.

"무슨 일이니? 만나서 이야기하자."

영규는 옆자리 동료들 눈총을 의식하면서 얼른 통화를 끝내고

연구소를 나왔다. 경연의 전화가 불안했다. 어머니가 기도원에
서 내려왔다는 전화를 받은 것이 며칠 되었다. 그때, 전화로 들
려오는 그녀 목소리는 명랑했다.

"아빠와 엄마를 화해시키는 일이 내겐 시급해. 영규 씨에게 도
움 청할 일이 있을지도 몰라. 그땐 도와주어야 해."

영규는 전화 목소리만 듣고서도 안심되었다. 경연은 속마음을
숨기지 못하는 성미라 목소리로도 집안 일이 잘 풀리고 있다고
느낄 수 있었다.

"이제 왔어. 나 한참이나 기다렸는데."

약속한 카페에 들어가 보니, 경연이는 작은 병맥주 한 병을
홀짝이다가 고개를 들었다.

"아니, 무슨 술이야?"

영규는 예감이 좋지 않아서 주위부터 살폈다. 전에 없던 일이
라서, 경연의 신상에 안 좋은 일이 일어났다고 짐작되었다. 어
쩌다 영규 남자 친구들과 어울려 술 마실 경우에도, 그녀는 맥
주잔을 앞에 놓고 커피를 마시듯이 홀짝거리기만 했다. 술을 마
실 줄 모르는 애숭이다.

"나 취하면 영규 씨가 어떤 얼굴을 할까. 차마 고기 보는 고양
이 심사는 아니겠지. 호호호."

장난스럽게 웃으면서도 반 컵도 마시지 않았다. 그러면서도
술자리 분위기를 흐트러 놓지도 않았다.

"영규 씨 나와 오늘 술 좀 마실래?"

그녀는 영규 팔을 붙잡고 곁에 앉히면서 술을 더 청했다.

영규는 돈가스를 시켜 배를 채우면서 같이 한 병을 마셨다.

그러나 술맛이 나지 않았다. 그녀의 고집을 아는지라, 마시겠다는 것을 만류할 수는 없었으나 뒷일이 걱정되었다. 취한 그녀를 과천 집까지 데려다줘야 하는데, 그 우중충한 집안 분위기에 의외 사태 하나를 더 연출해 낼 것이 분명하니 자신이 없었다.

"영규, 우리 아빠를 함락시키는 방법이 뭘까."

경연이는 발갛게 달아오른 얼굴로 영규를 쏘아보면서 중얼거렸다.

"왜 그래?"

"엄마를 용서할 수 없는가봐. 불쌍한 우리 아빠."

그녀는 연극 대사를 외우듯 말했다.

"기도원에서 돌아온 엄마와 지금도 각방을 쓰고 있어. 아빠의 귀가 시간은 항상 12시야. 그래서 오늘부터는 나도 12시에 귀가하기로 아빠께 통고했어."

경연이는 고개를 숙이더니 훌쩍거리기 시작했다.

"그러니, 매일 12시까지는 영규가 내 곁에 있어줘야 해. 그렇지 않으면 난 추운 거리를 헤맬 수밖에 없어. 그래도 좋아?"

영규는 가슴이 섬뜩했다. 집안 사정이 생각보다 심각한 것을 알았다. 좀처럼 경연이는 일을 어렵게 생각하지 않은 성미이다.

"아빠가 엄마보다 더 괴로울 수도 있어. 이성적으로는 모든 것을 다 덮어버리고 엄마를 받아들이고 싶지마는, 감정이 용납하지 않으니 어떡하겠어. 그 점을 경연이는 이해해야지."

영규는 남자의 입장에서 말한다기보다는 경연의 마음에 균형을 잡아주고 싶었다. 엄마에 기울어지고 있는 마음을 아빠에게 약간 돌려놓으려는 것이었다.

"아빠는 도덕적인 교만 속에 빠지고 있는 거야. 부부의 문제보다는, 당신이 지금까지 쌓아온 그 탑이 여지없이 허물어져 버리는 것만을 안타깝게 생각하시고 계셔."

"경연이는 두 분의 고통을 이해하려고 노력해야지. 어느 한 분께만 관심이 기울어지면 문제는 어렵게 된다구."

영규는 그렇게 말은 하면서도 그 문제가 얼른 해결날 것 같지 않았다. 더구나 이들에 대해서 많은 사람들이 관심을 갖고 있다. 경연에게 듣기 전에 그는 주 권사가 기도원에서 돌아온 후의 일들을 귀동냥으로 들었다. 그 정도로 벌써 소문으로 퍼져 있었다. 그래서 사람들은 이들 부부관계가 더 악화되어서 더 재미있는 이야기를 만들어내기를 은근히 기대하고 있었다.

"일어서. 아빠가 열두시에 들어갈수록 경연이는 일찍 들어가야지."

영규는 그녀 어깨를 끼면서 일으켰다.

바깥은 날씨가 쌀쌀했다. 네온들이 현란하게 흔들거리는 바람에 경연의 몸이 자꾸 휘청거렸다.

"영규 씨, 듣기만 해. 난 오늘 오후 아빠를 만나서 선전포고를 했어. 아빠의 오만과 싸움을 시작하겠다고 말야. 엄마의 혼전 사건이 바로 아빠의 것으로 받아들이게 할 테야. 문제는 아빠 자신이 불완전하다는 것은 자인할 때에야 엄마와의 관계가 부드러워질 것 같아서 그래."

경연이는 여전히 훌쩍였다.

"야, 너 마음 고약하구나. 아빠에게 악담하는 거야."

"영규는 몰라서 그래. 엄마는 지금 최악의 상태다. 자백함으로

써 아빠의 관대한 용서를 기대했는데, 모든 것이 무너져버렸어.
기도원에서 내려오시면서 엄마는 아주 마음을 비우고 있는데,
집은 더 꽁꽁 얼어붙어 있었어."

그녀는 아침마다 어머니를 대하는 것이 두려웠다. 매일 새벽
기도회에 다녀와서는 부엌으로 들어가, 예전처럼 정확하게 짜여
진 식단으로 아침 식탁을 준비했다. 그러다가 경연이가 방에서
나오면, 딸에게 맡기고 얼른 방으로 들어가버린다. 남편에게 사
랑 받지 못하는 자신의 구겨진 모습을 딸에게 보이는 것이 고통
스러웠다. 그런 심정을 알고 경연은 엄마 뒤를 이어 아침 식사
를 준비한다. 그리고 아빠와 둘이서 식탁에 앉아 모래를 씹는
기분으로 식사를 한다.

아빠는 아침을 마치면 곧장 출근했다. 그제야 경연은 엄마의
식탁을 준비하고 안방을 두드렸다.

"너 어서 학교에 가거라."

엄마는 딸에게 손짓하면서 일어났다.

"엄마 식사를 다 하시지 않으면 저 학교에 안 갈 거예요."

그녀는 반강제적으로 엄마를 다그치면, 주 여사는 거절하지
않고, 억지로라도 밥그릇을 다 비웠다. 그래야만 이 시련을 이
길 수 있다고 마음을 독하게 먹었다. 경연이는 주 여사가 식사
를 마치면 일어나서 학교로 향했다. 매일 아침은 이렇게 되풀이
되었다.

"영규 씨, 내가 아빠께 반란을 일으킬 생각이야."

"무슨 뜻이야."

"부인은 버릴 수 있겠지만 딸은 버릴 수 없겠지."

“그래서?”

“나도 아빠에게 버림받을 짓을 해볼까 하는데 영규가 도와줘야 해.”

영규는 그녀의 마음을 알 수 없었다. 그러나 허투로 하는 말은 아니라고 생각되었다.

“왜 그러니? 장난처럼 세상을 살겠다는 거야.”

“장난이 아니야. 진지한 도전이야.”

경연이는 영규 곁으로 바짝 붙어 걸으면서 집안 사정을 말했다. 거리 소음에 밀려 그 소리가 자꾸 흩어져버렸다.

“난 세상을 엄숙하게 사는 것은 싫다. 그렇다고 아무렇게나 살자는 것은 더욱 아니고.”

영규는 시계를 보면서 신림역 쪽으로 걸음을 빨리 했다.

“내 말 좀 들어 봐. 난 아빠를 배반하고 싶어. 현숙한 딸에게 주어진 몇 가지 생활 수칙이 있거든. 그 중에 10시 전까지 집에 들어와야 한다, 여자로서 술과 담배는 안 하는 것이 좋다, 정조는 자기 인격과 생명의 다른 형태이다…….”

“아야아아!”

검은 하늘을 보면서 걸어가던 영규가 비명을 질렀다. 경연이가 제 말을 술주정 정도로 심드렁하게 받아들이는 영규 팔을 꼬집었다.

“난 지금 울고 싶은 심정이야.”

경연의 눈매에 물방울이 맺혔다.

“말해 봐.”

“아빠에 대한 반란을 도모하려니까 용기가 필요해서 그래.”

"무슨 소리야?"

"이 사내, 여자를 영 몰라주는구나."

"니가 여자니?"

"그래, 난 여자야. 오늘 저녁 영규 여자가 되고 싶은 거야."

영규는 숨을 헉 들여마셨다. 그제서야 아빠에게 반란을 일으키겠다는 말의 진의를 알았다.

"정신 차려. 우리가 지금 장난할 때니? 고등학생이야?"

이렇게 경연의 제안을 윽박지르듯이 물리치려 했지만, 영규는 가슴이 격렬하게 뛰는 것을 숨길 수 없었다.

그는 걸음을 멈추고서 투정 부리는 경연이를 망연하게 내려다보았다. 경연이가 입술을 깨물면서 울고 있었다.

"나 오늘 집에 안 갈 테야. 영규 여자가 되고 싶다는데 왜 피해. 자신이 없어? 이건 진실이야. 후회하지 않을 것이고. 난 아빠가 허락해 주시지 않아도 영규와 한 일 년쯤 동거하다가 결혼식을 올리고 싶어."

경연이는 거침없이 말했다. 영규 혼자서도 이런 일을 생각했던 적이 있다. 붙잡으면 미꾸라지처럼 빠져나가는 경연에 대해서 그는 환상으로만 이런 계획을 생각했다. 이 여자를 정복하는 길은 무엇인가. 비정상적인 방법밖에 없다. 그런데 여자가 남자의 속마음을 그렇게 잘 꿰뚫어 알다니. 그러나 영규는 자제하고 싶었다. 헝클어진 여자의 정서를 기회로 그녀를 정복하고 싶지는 않았다.

"차차 생각해 보자. 오늘이랑 일찍 들어가. 나도 좀 생각을 해봐야겠다."

영규는 어른스럽게 말했다.

"좋아. 집에는 들어가겠어. 그 대신 한 시간만 내게 빌려줘. 영규가 내 남자이고, 내가 영규 여자라는 증거를 피차 마련하기 위한 시간이다. 그래야만 영규를 내 몸의 한 근육질이 되어서 나로부터 달아날 수 없을 것이고, 나 또한 영규의 심장에 각인되어 영규의 피돌기를 도울 수 있지 않겠어. 어때. 이 정도 청도 못 들어주겠어."

경연은 신림동 네거리에서 사당쪽으로 걸어오다가 모텔이란 간판 앞에 서서는 울먹이면서 호소하듯 말했다.

"그래. 어차피 우리는 이제 한 운명인데……."

영규는 불안한 마음을 달래기 위해 얼른 경연의 허리를 힘주어 안고서 모텔로 들어갔다.

2.

우진아는 '심야의 데이트' 마지막 방송을 마치고 스튜디오를 나섰다. 마지막인데도 별 감회가 없다. 그 동안 수고하셨습니다. 다시 만났으면 해요. 유 피디가 스튜디오에서 나오는 그녀에게 다가오면서 허리를 굽혔다. 고생 많으셨어요. 언제 만나 밥이나 먹읍시다. 노처녀인 유 피디는 매력이 전혀 없는 여자다. 프로그램이 끝나는 늦은 가을밤에 술이라도 같이 나눌 위인이 못된다. 그녀는 남자와 술과 섹스를 경멸하는 여자이다. 우진아는 평소에도 그녀가 내심으로 자기에게 심한 열등의식을 갖고 있다고 생각했다.

그녀는 후문으로 빠져나오다가 차를 세웠다. 낯익은 수위가 아는 체를 했다. 그는 방송국 메모지에 몇 자 적고서 수위에게 내밀었다.

"12시 30분쯤에 백 선생 나오실 때에 전해 주세요."

수위는 종종 있는 일이어서 즐겁게 메모를 받으면서 미소를 지었다. 나이 든 사람들이 연애 감정을 지니고 있는 것을 옆에서 보는 것은 즐거웠다. 우진아는 수위의 편안한 웃음에 손을 들어 답례를 하면서 후문을 빠져나왔다.

늦가을 밤 여의도 거리는 한산했다. 갑자기 몰아닥친 이른 추위에 모두들 집으로 일찍 돌아가버렸는지, 텅 빈 거리가 마치 망망대해에 떠 있는 무인도처럼 외롭게 느껴졌다. 그녀는 천천히 차를 몰아 한 블럭을 지나서 카페 '고전' 앞에 세웠다.

적당히 난방된 실내에 주인인 마 여사는 언제나 그렇듯이 통원피스 차림으로 카운터에 앉아 있다가 그녀를 즐겁게 맞았다.

"언니, 오늘 방송 마치는 날인데, 술 한 잔 하자는 사람 없어서 이렇게 찾아왔수."

야당 재선의원 애인인 이 여자는 비대한 몸매처럼 마음이 넓어 진아가 외로울 때면 언제나 술 상대를 해 준다. 둘은 피차 경쟁할 만한 아무런 동류항이 없기 때문에 서로 만나면 편하고 즐거웠다.

"왜, 백 선생 끌고 오지. 그 분도 아마 마지막 방송일 텐데……."

방송국 간부들이 단골로 드나드는 술집이라 방송국 사정은 당

사자보다 빠르다. 벌써 백치선과 우진아가 중도에서 교체되게
된 사정까지 환히 알고 있다.

　주인 여자는 그녀를 안 방으로 안내했다.

"혼자 마시고 있어. 백 선생님 오시면 안내할게. 만약 오시지
않으면, 밤새도록 나하고 마시자구."

　나이가 그녀보다 서넛 위인 마 여사는 동생 다루듯이 진아를
안심시켜 주고는 나가다가 다시 뒤돌아섰다.

"우진아, 아직도 승부가 안 났어. 오늘이 디데이야. 공략해
봐. 그 남자 한번 무너지기 시작하면 아주 쉬울 거야. 성공하면
내 술값 안 받지."

"지쳤어요."

　우진아는 백치선과의 싸움에서 지쳤다. 그녀는 매일 11시 40
분에 방송이 끝났고, 백치선은 일주일에 이틀을 12시 20분까지
진행을 맡았다. 둘은 적어도 일주일에 두 번은 방송국에서 만나
게 되어 있다. 진아가 먼저 끝나면 '고전에서 만나요'라는 메모
를 전한다. 그러나 그는 여기서 딱 맥주 한잔을 하고 일어섰다.
핑계는 음주 운전이다. 낮에는 자주 어울리는데, 그는 밤을 매
우 경계했다.

　몇 주 전이었다. 먼저 방송을 끝낸 우진아가 치선을 여기로
불러내었다. 주인 여자가 기사를 대기시켜 놓았으니 마음껏 마
시도록 안심시켜 놓고 나갔다. 치선은 술을 하지 않았다. 장소
를 옮기자면서 우진아가 먼저 일어났다.

　고전에 전속된 기사가 차를 운전했다.

"오늘 저녁은 제게 맡기세요. 제가 백 선생님을 파멸시키지는

않을 테니까, 그저 이렇게 옆에 계셔 주기만 하면 됩니다."

우진아는 얼떨떨해 하는 치선을 슬쩍 껴안는 시늉을 했다.

"제 집이 서울 어떤 집보다도 편안하고 안심되니까요. 차도 제 집으로 옮겨 놓도록 다 되어 있어요."

치선은 우진아의 튀는 목소리에서 당장 그녀 손에서 벗어나지 못할 것을 알았다. 그러면서 속으로는 웃었다. 이 여자가 지금 내 흐트러진 처지를 알고는 공략하려는구나. 어디 해 봐라. 그는 부인뿐만 아니라, 모든 여자에 대해서 일종의 적의를 품고 있었다.

이촌동 우진아 집으로 들어가면서 치선은 오히려 담담했다. 아직도 기도원에서 내려오지 않은 부인에 대한 적개심 비슷한 감정을 이 여자로 하여금 어느 정도 해소될 수 있기를 기대했다.

여자는 치선을 거실에 남겨둔 채 방으로 들어가더니 속이 훤히 드러나는 실내복으로 갈아입고 나왔다. 적당하게 따뜻한 방 안에서 그녀는 풍만한 육체를 은밀히 숨기면서도 거의 드러내었다. 움직일 때마다 그녀의 몸매 부분 부분이 선명하게 꿈틀거렸다. 그녀는 오디오에서 차이코프스키를 내보내었다. 그리고는 빠르고 능숙하게 술상을 마련했다. 언제나 그녀는 손쉽게 마실 준비를 다 해놓고 있었다.

"백 선생님, 우리가 방송국에서 만난 지가 한 반 년 가까웠지요. 그 동안 백 선생님이 시청자로부터 많은 호응을 받을 수 있었던 이유 가운데 제 몫도 좀 끼어 있다는 거 아셔야 되요. 우진아와 함께 했던 그 프로에서부터 선생님이 튀기 시작했으니까요."

치선은 그녀의 말솜씨를 알고 있기에 그저 듣기만 했다.

"제가 그 즈음에 외부 진행자로서는 최고 인기였거든요. 그런데 그러한 이 우진아가 별스럽게 선생님 앞에서는 별로 빛을 내지 못하게 되면서, 상대적으로 선생님이 뜨기 시작한 거예요. 아셨지요. 그러니까 선생님의 인기 관리에는 제가 한몫 크게 기여한 셈이지요."

그제서야 치선은 그녀의 말을 이해할 수 있었다.

"그렇다면 그 값을 좀 내셔야지요."

치선은 자기를 응시하는 여자의 눈동자에서 파란 불꽃이 튀는 것을 보았다.

"제가 선생님을 좋아한다는 거 아시지요. 좋아하는 정도가 아니라, 정복하고 싶어요. 전 사실 혼자예요. 사람들이 절 좋아하는 이유 가운데에는 독신녀라는 점이 크게 작용하지요. 그것은 언제 한번 함께 잠잘 수도 있다는 그 어떤 가능성에 대한 무의식적 욕망 때문이겠지요. 모든 남성들이 제게 보내는 그 친절과 미소 속에는 그러한 욕망과 갈망이 은밀히 숨어 있거든요. 그런데 왜 선생님은 그런 기미를 제게 보이지 않으세요? 너무 인색하다고 생각되지 않으세요? 좀 자신을 양보하면서 상대를 즐겁게 해주면 안 되어요? 세상이 다 백치선의 주가를 높이는 데 들러리만 선다고 생각하면 곤란해요?"

여자는 따지듯이 말했다. 치선은 여자의 튀는 눈빛이 곤혹스러워지기 시작했다.

"참 방안이 아늑하고 좋은데……."

포도주 향기와 맛이 입가에 스치듯이 넘어가는 것을 감지하면서 치선은 할 말을 궁리하다가 한마디 했다.

"방만 좋고 전 안 좋으세요."

마주 앉았던 여자가 발딱 일어나더니 그의 곁으로 와 앉아서는 빈 잔을 채웠다. 치선은 고맙다는 눈인사를 하면서 잔을 반쯤 비웠다. 여자의 살내음이 짙게 몰려왔다. 조명이 화려한 실내에서 보는 그녀의 모습은 방송국이나 고전 술집에서와는 전혀 달랐다.

"백 선생님, 전 캐나다에서 한 1년쯤 지냈는데요, 거기서는 이상한 관습이 있어요. 혼자 사는 여자로부터 저녁 초대를 받으면 남자는 반드시 그 값을 물어야 하는데, 무엇으로 갚는지 아세요?"

여자는 아직도 눈빛이 흔들리지 않은 사내의 마음을 생각하며 마지막 고백을 준비했다.

"어떻게 갚지요?"

"오늘 저녁에 선생님께서도 그곳 관습처럼 제게 갚으셔야 되요."

"그러지. 갚아야 한다면 그럴 수밖에……."

"저녁을 초대한 여자를 사랑해 줘야 합니다."

"사랑해 줘야 하다니?"

"섹스 상대자가 되어야 한다는 겁니다."

"어!"

"왜 놀라시죠. 제가 백 선생님 섹스 상대가 안 된다는 말인가요?"

"우진아 씨!"

치선이 발딱 일어났다.

"이러지 맙시다. 내가 지금 그럴 사정이 아니에요."

"왜 여자를 사랑할 자신이 없어요. 백치선 씨 고자세요?"

우진아는 와락 치선의 목을 껴안더니 입술을 포개 버렸다. 치선은 잠잠하게 여자의 입술을 받았다. 그러나 그것은 죽은 입술이었다. 그리고 그의 몸도 가슴도 전혀 요동치지 않았다.

"아니!"

정말 이 남자가 성불구자로구나. 그렇게 생각하면서, 우진아는 마지막으로 사내의 사타구니를 더듬었다. 사내의 몸이 꿈틀거렸다. 우진아도 몸을 떨었다. 그의 남성은 왕성하게 치솟아 그녀를 노리고 있었다. 그런데 상체는 전혀 움직이지 않았다. 육체와 감정이 분리되어 있는 사내였다.

'무서운 남자로구나.'

우진아는 몸서리를 쳤다.

"나를 내버려둬 줘요."

치선은 비명을 토했다. 여자는 사내를 그냥 자리에 앉혀 두고 빠져 나왔다. 정복당할 수는 있어도 정복할 수 없는 사내임을 확인했다. 그날 밤에 둘 사이에는 아무 일도 없었다. 치선이 술만 마시다가 집으로 돌아온 것은 2시 15분이었다.

경연은 자지 않고 있었고, 부인이 기도원에서 돌아와 있었다.

3.

치선이 방송을 끝내고 차를 몰아 후문을 나서는데 수위가 차를 세우더니 쪽지를 내밀었다.

방송국 메모 용지에 여자의 달필 글씨가 그녀의 얼굴처럼 나타났다. 최근 몇 주 동안 서로가 만나지 않았다. 우진아는 치선이 부인이 기도원에서 돌아온 것을 알고는 그 사내를 그냥 놔두었다. 오히려 서로가 잘 화해하기를 바랐다.

치선은 반 년 가까이 했던 방송을 마지막으로 끝내 놓고도 술 한 잔 하자는 사람이 없어 약간 쓸쓸하던 참이었다. 방송국 사람들 태도도 프로를 시작할 때와는 너무도 달랐다.

고전에는 별로 손님이 없었다. 그가 들어섰을 때, 술값 계산을 마친 한 패가 나가고 있었다. 카운터에 앉아 있던 마 여사가 고개를 까닥하면서 미소를 짓더니 아무 말 없이 앞장서 그를 안내했다. 이 주인은 우진아를 만나러 올 때마다 이런 식으로 대했다.

"한 시간이나 기다렸습니다."

우진아는 피우던 담배를 재떨이 모서리에 얹어 놓으면서 낮고 탁한 소리로 말했다. 고개를 빳빳 세우고는 투정을 부리듯이 말하던 때와는 달랐다. 목소리에는 늦가을 바람에 떨어지는 낙엽 소리가 깔려 있었다. 이 여자에게도 이럴 때가 있는가. 치선은 그렇게 생각하면서 여자의 표정을 유심히 살폈다. 탁자 위에는 빈 병들이 몇 개 늘어서 있었다. 여자는 발그스름하게 채색된 얼굴로 그를 은근히 바라보았다. 그때 주인이 빈 잔을 들고 들어왔다.

"언니 미안해요. 여기 술과 과일 좀 주시고……."

여자는 주인에게 주문하고서 치선의 잔을 채웠다.

"그러지 않아도 술을 한 잔 하려던 참이었는데……."

그는 혼자 기다린 여자 마음을 편안하게 해주려고 그렇게 말했다.

"차 몰 생각은 하지 마시고 마음껏 마시세요."

그녀도 치선의 얼굴에 찐득하게 깔려 있는 짙은 외로움을 보았다. 그 동안 여러 번 만났으나 이런 얼굴은 처음이었다.

"선생님께는 그래도 이 우진아밖에 없지요. 방송 진행자를 중도에 바꿔 놓고도 술 한 잔 하자는 사람 없잖아요?"

그녀는 치선의 잔에 제 잔을 소리 나게 부딪쳤다.

"우리들 이야기가 잡지 지가를 올린다던데요. 이 방에도 어데쯤 카메라가 숨어 있을지도 모르겠네요."

여자는 두툼한 입술을 크게 벌리면서 웃었다. 치선은 오늘밤이 여자한테서 묘한 친근감을 느꼈다. 두 사람에 대한 이야기들은 방송국이나 여성잡지에 파다하게 퍼졌다. 그러나 치선은 자세한 내용은 모른다. 그는 떠돌아다니는 소문에 대해서는 전혀 관심을 갖지 않았다.

"사모님과는 아직도 따로따로 방을 쓰세요."

그녀는 화제를 바꿨다.

"어떻게 그렇게 잘 알아요?"

"선생님 표정에 써 있어요."

치선은 피식 웃었다. 부인과의 관계가 이 여자에게까지 알려졌다는 사실은 유쾌하지 않았다.

"세상 사람들이 다 알고 있어요. 사실 그 정치호라는 작자가 흘리고 다녔거든요. 과거 자기 이력을 자랑하기 위해 아름답게 포장할 필요가 있었던 거지요. 거기에 사모님이 포장지 역할을 한 겁니다. 자신을 무척 사랑하던 한 후배 여자가, 이제는 말하면 다 알 만한 사람의 현숙한 부인이 되었지만 말야, 그녀가 날 얼마나 따랐는지 알아? 내게 서슴없이 몸까지 바쳤거든. 참 착한 여자였는데……. 이런 식으로 술자리에서 불고 다녔어요. 그러면 세상 여자들이 자기를 더 부러워하고 그래서 표를 더 찍어 주리라 착각하고 있지요. 그게 한국 정치가들 수준입니다. 이 문제를 빨리 수습하는 일은 백 선생님이 부인을 용서하든지 아니면, 아예 이혼하든지 양자 택일입니다."

우진아는 진지하게 말했다. 그녀는 이 저녁 치선을 마지막으로 공략할 작전을 치밀하게 세워놓고 있었다. 그것은 이 사내를 위해서일 뿐만 아니라, 구겨진 자신의 성적 자존심을 회복하기 위해서 필요했다. 이 사내의 자존심을 한 차례 짓밟아 놓고, 그 다음 극도의 허무의식이나 고독한 감정 속에 몰아놓은 다음에 몸으로 공격하기로 작정했다. 지난번처럼 품위를 세우지 말고 수단과 방법을 가리지 않고 목적을 이루려는 것이 오늘밤 전략이다. 이 사내는 여자에게 무너진 다음에야 스스로 다시 살아날 수 있다고 우진아는 생각했다.

"사모님 마음을 아프게 하지 마세요. 큰 죕니다. 차라리 이혼을 하세요. 그렇지 않고서 그런 대접을 한다는 것은 남성의 폭력이에요."

우진아의 목소리 톤이 높아졌다.

"우리는 피차 편해서 잠시 떨어져 있는 것뿐이요. 그건 어디까지나 내 개인의 문젠데, 왜 우진아 씨가 마음을 써요?"

우진아는 그의 변명이 서툴다고 생각되었다.

"선생님 약점이 뭣인 줄 아세요?"

"······."

여자는 양주병을 들고 그의 맥주잔을 채웠다.

"우리도 술 허세 좀 부려봅시다. 이 집 언니가 우리가 쓰러져도 잘 처리해 줄 겁니다. 뭐 폭탄주라든가. 그게 남자들의 전유물은 아니지 않습니까."

여자는 치선의 맥주 잔에 3분의 1쯤 양주를 부어 놓고서 다음에 맥주로 채웠다. 자기 잔도 그렇게 만들었다.

치선은 술잔에 대한 관심보다는 '결점'이라는 말에 정신이 말짱했다. 제일 싫어하는 말이다. 그러나 여자의 도전적인 입술에서 튀어나온 말이라 더욱 신경을 건드렸다.

"완벽을 추구하는 것은 욕심입니다. 인간은 불완전한 존재인데, 선생님은 그것에 도전하고 있어요. 그게 얼마나 무서운 욕심인지 아십니까. 완벽은 불가능해요. 제가 그것을 선생님께 증명해 드리고 싶은 겁니다."

여자는 손가락에 맥주 거품을 바르더니 탁자 위에, '가능하지도 않은 일을 한다는 것은 치졸한 위선이다'라고 썼다.

"그것도 없다면 사람인가?"

그는 우진아의 말을 반은 수긍했다. 그러나 표현이 치졸하다. 일부러 자존심을 긁어 놓으려고 저런 표현을 골랐을 것이다. 그러나 그는 사람들 생각처럼 그렇게 완벽을 추구해 본 적이 없다.

"부인을 용서하는 길을 가르쳐 드릴까요?"

여자는 눈동자를 천천히 굴렸다.

"선생님 자신도 부인처럼 상처를 입는 것입니다. 제가 선생님게 상처를 내어드리고 싶어요. 저는 정치호같이 야비하게 남의 상처에 소금을 뿌리지는 않겠어요. 선생님의 그 상처가 다른 사람의 흠을 용서하게 만들 겁니다."

"그래서 우진아 씨도 남성들에게 관대하지 못한가요?"

치선은 몇 주 전 일이 떠올랐다. 이상한 호기심이 동했다. 이 여자를 한번 거꾸러뜨리고 싶었다. 그는 당사자에게 들어서 이 여자의 과거를 알고 있다. 그러나 우진아는 결혼에 실패한 여자답지 않게 늘 남자 앞에서 당당했다.

결혼을 하고서도 남편 아닌 다른 남자와 가벼운 관계를 지속했고, 그것이 남편에게 알려지면서 결국은 헤어져야 했다. 그런데 그 헤어지는 과정이 유별났다. 남자는 여자가 스스로 뛰쳐나가도록 만들었다. 여자를 내쫓아버렸다는 부담을 덜기 위한 전술이었다.

우진아는 결혼 후에도 다른 남자와 가볍게 사귄 일을 계속했다. 특별한 사귐이 아니었기 때문이다. 그런데 남자는 그런 여자가 오만스럽게 보였다. 그래서 여자에게 복수하기 위하여 일부러 문란한 생활을 했다. 결국 우진아가 남편을 혐오하기에 이르렀고, 더 견디다 못하여 뛰쳐나와 버렸다. 여자는 혼자 살면서도 남편에 대한 혐오감을 일반 남성에게 확산시키면서 자신을 지탱해 왔다.

그런데 치선을 만나고부터 남성에 대한 그러한 생각이 변하기 시작했다. 여성에 대해 대단한 오만을 갖고 살아가는 남성을 만난 것이다. 싸울 만한 대상이었다. 그의 오만을 꺾어버릴 방법을 생각해 왔다.

"전 가톨릭인데요. 이따금 고해성사를 합니다. 선생님을 유혹하고 싶었다는 마음까지도 신부님께 고백하죠."

여자는 치선을 빤히 쳐다보면서 말했다.

"우진아 씨가 날 야유하고 있군."

치선은 자기를 들여다보는 여자의 속마음을 그대로 말해버렸다.

"사람과 사람과의 도덕이나 윤리 문제는 신과의 관계보다 먼저입니다. 눈에 보이는 사람과의 관계가 불완전하면, 눈에도 안 보이는 신과의 관계를 제대로 정립할 수 없기 때문이지요."

치선은 아내를 받아들이지 않은 자신을 야유하는 여자의 의도를 알고는 단정적으로 말했다.

"사람들은 피차 불완전하기 때문에 서로간에 제대로의 관계 정립이 어렵지요. 그래서 신을 찾게 되는 거 아니겠어요. 그리고 신은 눈에 안 보이지마는 눈보다 더 가까운 우리 심장 한 가운데 있으니까, 우리가 자신의 소리에 제대로 귀 기울인다면 그분은 항상 만날 수 있지요."

그 말에 우진아는 치선에게 정면으로 도전하고 싶었다.

"사실, 선생님의 그 도덕적 우월주의는 자신이 도덕적으로 타락할 수 있다는 사실을 잘 알고 있기에 미리 방어기재로 마련해 둔 것에 불과합니다. 선생님은 그 자신이 쌓아놓은 성이 무너질까 봐 두려워하고 있지요? 이제 그 미망에서 벗어나십시오. 사람은 완전주의자가 될 수 없어요."

여자는 표정을 흐트러놓지 않고 말했다. 농담이 아니었다.

"몹쓸 심술쟁이시군."

치선은 그녀의 패인 블라우스 사이로 드러난 하얀 가슴 살결을 좇아가던 눈길을 황급히 거두면서 말했다. 네가 내 앞에서 발가벗어 봐라. 요전 날처럼 쳐다보기라도 하나. 그러나 우진아는 그의 눈에서 억제하려는 강한 정욕을 놓치지 않았다.

"전 지금 몹쓸 계절병을 앓고 있어요."

여자는 알코올이 묻은 축축한 입술을 옴지락거리며 연기하듯이 말했다. 술을 마신 남자들은 여자 앞에서 거의 어린애가 되기를 원한다. 그 자리에서는 지성이라는 것은 봄날 낡은 외투처럼 거추장스러울 뿐이다. 우진아는 치선의 표정에서 어떤 변화를 눈여겨보았다.

"시집을 가면 될 텐데."

"이젠 제게 눈독 들이는 사내도 없어요. 자업자득이죠. 제가 남자들을 너무 경멸했으니까요. 그리고 전 이제 늙은 여자로 취급당해요. 사실은 그렇지도 않은데."

여자는 긴 손가락 새에서 타는 담배를 입으로 가져가면서 상체를 약간 그에게 기울였다. 그 바람에 그녀의 가슴이 출렁거렸다.

"선생님은 남자를 경멸하는 제 심사를 이해하죠. 선생님이나 저는 같은 병을 앓고 있는 동병상련 처지 아닙니까. 이 겨울에 우리는 피차 이 병을 치료받아야 합니다."

그는 여자의 말을 장난으로 흘려 버리려 했다. 그럴수록 자꾸 가슴이 은밀하게 흔들거리면서 목이 말랐다. 여자가 그의 곁으로 다가오더니 갑자기 목을 껴안았다. 그 다음에 입술을 덮쳤다. 여자의 입에서 니코틴과 알코올이 뒤섞인 야릇한 향내가 났다.

사내 입술에서도 힘이 솟기 시작했다. 여자가 몸부림을 쳤다.

　사방이 막힌 방안에서 여자는 남자의 하체를 공략하면서 흐느꼈다. 웬일인지 사내는 여자가 두렵지 않았다. 추운 늦가을 바람이 벽을 치는 소리가 가슴을 가르면서 지나갔고, 그 추운 밤에 혼자 산을 오르는 고독 속으로 빠져들었다. 그럴수록 여자의 힘은 더욱 맹위를 떨쳤다. 그는 긴장과 고독과 정욕이 뒤얽혀진 혼돈의 늪으로 가라앉았다.

　치선이는 정신이 들자 목이 말랐다. 물이라도 있는가 해서 상체를 일으키는데 방안이 전혀 낯설었다. 창으로 들어온 햇살이 침대 모서리를 지나 벽에 세로로 걸려 있다. 맞은편 거울 속에 어떤 여자의 옆모습이 비쳤다. 갈색 실크 가운을 걸치고 동편으로 향한 소파에 앉아 커피를 들면서 신문을 읽고 있었다. 왼쪽 어깨를 덮은 풀어진 긴 머리카락이 햇살을 받아 투명한 윤기를 내었다. 옆 얼굴이라 낯이 설었다. 그는 눈을 감고 엊저녁 일을 끌어내려는데, 아랫도리 하체 살갗에 닿는 푹신한 감촉이 먼저 왔다. 그제서야 발가벗은 것을 알았다. 얼굴이 화끈 달아올랐다. 그는 이불로 얼굴을 가렸다. 어렸을 때 이따금 겪던 일이 생각났다. 신나게 방뇨를 했는데, 깨고 보니 요가 축축했다. 어떻게 이 위기를 넘길까. 그때 앞으로 다가올 시간이 캄캄했다.

　여자가 담배를 물고 라이터를 켜는 모습이 거울에 비쳤다. 노란 불꽃이 손가락 사이에서 피어오르는데, 손톱을 장식한 진홍빛깔이 빛났다. 여자는 짐짓 그에게 관심을 멀리하고 있었다. 그는 어릴 때의 오줌싸개 공포에 시달리기 시작했다. 그런데 여자의 입술과 손가락 사이에 피어오르던 담배 연기는 너무나 한가로웠다.

여자는 담배를 재떨이에 비벼 끄고 상체를 펴면서 그의 침대를 슬쩍 쳐다보았다. 그는 짐짓 편안한 얼굴처럼 눈을 감고 있으면서 여자의 소리 없는 미소를 느꼈다. 잠시 후에 귀에 익은 선율이 흘러나왔다. 브람스인가. 그때였다. 살며시 뜬 그의 눈으로, 아파트 광장 건너편 길가에 늘어선 앙상한 가로수들이 떨고 있는 모습이 들어왔다. 무성한 플라타너스 잎이 바로 어제 같은데. 그는 고개를 약간 치들면서 떨고 있는 나목을 보려고 했다.

"깨셨군요."

여자는 커피와 담배와 알코올 찌꺼기가 혼합된 냄새를 풍기면서 그에게 다가왔다. 목소리는 우진아가 분명한데 얼굴은 전혀 딴 여자였다.

"엊저녁 일이랑 생각하지 마세요. 별일 없었어요."

오줌싸개는 예상외로 관대한 어머니 앞에 더 부끄러워서 오금을 못 폈다. 여자는 그의 옷들을 하나하나 침대 모서리에 걸쳐 놓고는 주방으로 나가버렸다.

"마음 푹 놓으십시오. 술 취해서 정신이 없을 때 저지른 일은 범죄가 성립되지 않아요. 선생님은 인사불성이었어요. 저도 같이 취했지요. 기억나세요. 우리가 어떻게 되었는지."

그가 옷을 입는데, 그녀의 장장거리는 목소리가 들려왔다. 그 순간이었다. 흐리멍덩하던 기억들이 선명하게 되살아나기 시작했다. 여자의 몸을 덮치고 헐떡이던 자신의 모습이 뚜렷해졌다.

"술은 참 좋은 건가 봐요. 누구든 과오를 잘 잊어버리게 만들거든요. 마치 오줌싸개가 방뇨한 구실을 반드시 꿈으로만 돌리듯이 말입니다."

그는 우진아의 종알거리는 소리를 들으면서 피곤이 몰려들었다. 푹 주무세요. 여기는 치외법권 지역입니다. 도피성이에요. 여기 있으면 육체와 마음이 안정됩니다. 치선의 귀에 여자의 목소리가 점점 멀어져 갔다.

백치선은 우진아와 세 번째 잠자리를 같이하고 12시 반에 집으로 들어왔을 때 경연이가 거실에서 혼자 훌쩍이고 있었다.

주 여사는 다시 기도원에 올라갔다고 했다.

4.

치선은 현관문 닫히는 소리를 듣고 자리에서 일어났다. 발뒤꿈치를 들고 소리나지 않게 거실을 거쳐 뒷 베란다로 나갔다. 왼편 귀퉁이에 있는 다용도실 문을 소리 나지 않게 열었다. 잠자는 경연이가 깰까 조심했다.

그는 오랫동안 쓰지 않았던 등산 장비들을 두 번에 나누어 서재로 가져왔다. 배낭과 취사도구·침낭·신발·우의·비닐조각·칼·나침반·지도……. 그것들을 하나하나 확인하며 배낭에 집어넣었다. 그는 대강 일을 처리하고는, 허리를 펴 서재 안을 휘 둘러보았다. 달리 또 필요한 물건이 없는가 살펴보았다. 가져갈 것이 없었다.

오를 산이 정해진 것도 아니다. 산을 타기 위해서 떠나는 것
도 아니다. 산에 오를지 강을 건널지 모른다. 우선 집을 나가보
자는 걸음인데, 필요한 물건을 생각한다는 것부터 우스웠다.

사방 벽을 가득 채운 책들과 그 동안 살아오면서 필요해 마련
해 둔 물건 가운데 갖고 갈 것이 아무 것도 생각나지 않았다.
책상 위에 비망록으로 쓰는 두꺼운 노트가 눈에 띄었다. 최근
얼마 동안 써보지도 뒤적여 보지도 않았다. 그것을 들어 먼지를
닦아내고 배낭에 넣었다. 그리고 책상 서랍에서 볼펜과 편지지
와 봉투를 꺼내어 배낭에 넣으려다가 고개를 흔들었다.

그는 방금 넣었던 것들을 모두 꺼내 버렸다. 비망록 노트와
볼펜, 편지지, 봉투, 그리고 배낭 깊숙이 넣어두었던 지도와 나
침반도 꺼내 버렸다. 산행을 갈 때마다 그는 준비를 빈틈없이
했다. 그런데 지금은 다 부질없는 짓 같았다.

그는 짐을 대강 꾸리고는 방을 한바퀴 빙 둘러보았다. 지금까
지 자신의 생활을 도와주고 규제해 왔던 모든 물건들이 침묵으
로 그를 대하고 있었다. 지난 늦은 여름 이후부터 이들은 내내
침묵만 지켰다. 어떤 빌미를 던져주기 위해 눈짓 한번 보내주지
않았다. 적어도 그가 글을 읽고 생각을 가다듬으며 사물에 대한
분별을 배우기 시작한 이후로, 하루에도 몇 번씩 그에게 많은
지식과 생각을 전해주었던 것들이다. 그런데 그가 허둥거릴 때,
이들은 공모라도 한 듯이 모두 입을 다물어버렸다. 그 대신 그
에게 소리치거나 소곤거리면서 다가온 것은 술과 여자였다.

그는 손목시계를 보다가 그것까지 풀어놓았다. 이제는 시간도

무의미하다.

"아빠, 어디 가세요?"

그가 등산화 끈을 매는데 경연이가 방에서 나왔다.

"오랜만에 산에나 갈란다."

"오래 머무르실 계획이세요?"

경연이는 큰짐을 보고는 아빠의 산행을 심상치 않게 보았다.

"언제 돌아오실 계획이세요?"

"응, 일을 마치면 돌아오지."

"몸조심하세요."

치선은 현관을 나서다가 떨리는 딸의 목소리에 뒤를 돌아봤다. 경연이가 얼른 몸을 돌려버렸다.

치선은 베란다에 잠시 섰다. 관악산 형체가 희미한 음영으로 다가왔다. 그는 계단 하나하나를 밟으면서 천천히 내려갔다. 7층이어서 이따금 걸어서 오를 때가 많았다. 한 계단 한 계단 오르는 맛이 유달랐다. 그런데 이렇게 내려가면서 세어본 경우는 없었다.

몇 달 사이에, 그가 지금까지 살아오면서 쌓아놓은 탑이 와르르 한꺼번에 무너져 버렸다. 지난 달부터 사실협 일도 내놓았다. 이제는 방송국에서도 나오라고 하지 않았다. 비단 그런 일만이 아니다. 그의 삶의 지주가 통째로 흔들리다가 쓰러져 버렸다. 하나씩 둘씩 차례로 무너지는 것이 아니었다. 논리와 순서에 의해서 차곡차곡 이루어낸 것인데, 파괴될 때는 한꺼번에 순서도 질서도 없이 와르르 무너져 뒤죽박죽이 되었다. 그렇게 무너지게 한 것은 무엇인가. 아내의 혼전 성경험. 그것만은 아니

다. 많은 여성들이 그 비슷한 경험을 갖고 있다. 아니, 남성은
어떨까. 결혼한 아내에게 동정을 바치는 사내가 얼마나 될까.
그보다 더 어려운 일도 그는 자신의 노력으로 해결했고 극복해
오면서 살아왔다.

술에 취해서, 우진아나 다른 여자의 성기에 정액을 배설하는
쾌감을 느끼는 순간, 그는 자신의 뼈들이 우드득우드득 소리내
며 부서지는 소리를 들었다. 그러면 즐거운 배설 뒤에, 폭풍처
럼 밀려오는 절망의 늪에 빠져 허우적거렸다. 그러다가도 그것
이 잠잠해지면 다시 복수처럼 정욕이 꿈틀거렸다. 그렇게 술과
여자의 뼈 부서지는 소리와 절망의 폭풍 속을 허우적거리면서
이 겨울을 맞이했다. 이 계절이 가기 전에 떠나야 한다. 엊저녁
우진아와 성합을 끝내고서 그 집에서 자지 않고 서둘러 집으로
돌아오면서 작정한 일이었다.

이 겨울에 내 몸을 지탱해 주는 뼈들이 다 꽁꽁 얼어서 그것
이 다시 부서져 가루가 되고, 살점들은 너덜너덜 흔들흔들 부패
하다가 결국 가벼운 바람에도 흔적 없이 날아가버릴 테지. 흔적
도 없이. 바람에 날리는 깃털보다 가벼운 내 혼.

그는 중얼거리면서 천천히 아파트 광장을 빠져나왔다.

5.

치선은 버스를 타고 설악으로 가는 길에 새로운 겨울산의 제
모습을 만났다. 산들은 예전 같지 않았다. 눈도 내려 쌓이지 않

은 산은 벌거숭이 그대로 온 모습을 발가벗어 내보이고 있었다.

낙엽수들은 이미 단풍이 다 진 후여서 춥고 쓸쓸하게 서 있었다. 이따금 드문드문 서 있는 소나무나 상록수들도 주변 낙엽수들이 벌거벗은 채 서 있으니, 그 주위가 다 드러나 보였다. 모두들 허연 수피를 드러낸 채 빈 손으로 서 있었다. 그런데 다시 생각해 보니, 이런 추운 산과 숲과 나무들은 환하게 들여다보는 것은 처음이었다. 눈으로 아름답게 덮여 있는 설악이나 녹음이 우거진 한 여름의 풍요한 산이나, 봄과 가을의 화려한 꽃과 단풍으로 단장한 산은 자주 보아 왔지만, 이렇게 가난하면서도 솔직하게 자기를 다 드러낸 산은 처음이었다. 아니 여러 번 제 모습을 다 드러낸 산 곁을 지나쳤지만, 이렇게 산이 친근하게 다가온 것도 처음이었다.

옥녀탕 휴게소에 이르렀을 때, 한철 그렇게 북적이던 사람들은 찾아볼 수 없었다. 쓸쓸할 정도로 주위가 조용했다. 겨울의 찬바람만이 가득차 있었다. 그런데 거기서부터 장수대를 거쳐 한계령에 이르는 동안, 겨울산의 새로운 모습을 만나면서 이상하게 가슴이 설레기 시작했다. 전혀 생각할 수 없었던 감흥이었다. 아마 사람들이 말하는 설악의 절경은, 산 그 자체의 아름다움이 아니었다는 것을 비로소 알게 되었기 때문인가. 모두들 치장한 산만을 좋아하고 사랑했다. 철따라 갈아입는 설악의 옷은 외양으로 아름답지마는 그 때문에 설악의 제 모습은 한번도 만날 수 없었다. 설악에 대한 사람들의 찬탄은 결국 산이 아니라, 산이 입은 그 화려한 옷이었음을 치선은 비로소 알았다.

지금 그가 만나는 산은 아무런 치장도 없는 산 그대로였다.

구태여 자랑하기 위해서 내보이지도 않았다. 구경하는 사람이 없어서인가.

벌거벗은 낙엽수 수피가 눈을 시리게 했다. 그 밑동을 따라 눈길을 내리면 바위와 구릉과 골짜기와 숲과 삭정이들과 시든 풀, 썩어가는 나무껍질이나 낙엽, 벌레먹은 나무 열매들, 눈으로 확인할 수 없는 그 많은 것들이 산속 곳곳에 적당하게 자리 잡아 놓여 있음을 알게 되었다. 그 많은 것들이 모여서 아름답다는 산을 이루어 놓았고, 그것들이 서로 모여 산을 지탱해 주고 있었다. 그리고 그렇게 화려한 나무도 산의 한 부분으로 설악을 만들고 있었다.

치선은 처음으로 설악산의 한 자락을 제대로 볼 수 있어서 반가웠다. 텅 빈 산에서 비로소 제 모습을 볼 수 있다니, 잔잔한 긴장이 그의 가슴으로 스며들었다. 이제 산에 오르면 지금 멀리서 눈에 띄는 것 하나하나를 확인할 수 있을 것이다. 썩은 나무 등걸의 표정도 보고, 무심하게 들어앉아 있는 너럭바위 얼굴도 손으로 쓰다듬어 보고, 큰나무 밑에 숨죽이며 기생하는 풀들도 볼 수 있을 것이다.

속초 터미널에 내리자 날이 저물었다. 치선은 배가 고팠다. 점심도 조반도 거른 것이 그제야 생각났다. 거리는 온통 바람뿐이었다. 바닷바람은 매서웠다. 길은 추위에 숨도 제대로 쉬지 못하고 얼어붙어 있었다. 어디서 굴러왔는지 흙 묻은 신문지가 달려들어 그의 발목을 자꾸 휘감았다. 걸음을 옮길 때마다 부스럭거리며 떨어지지 않았다. 그는 신문지를 털어내려고 허리를 굽혀서 그것을 집어들었다. 하도 추워서 우선 눈에 띄는 식당으로 들어갔다.

갈비탕을 시키고 우연히 손에 잡힌 신문을 펴들었다. 어제 날짜 스포츠 신문이었다. 익숙한 인물 사진들이 눈으로 들어왔다. 이미 구겨지고, 흙먼지에 반쯤 얼굴이 망가져 있는 사진이었다.

"음 으응."

그는 허리를 펴고서 신문 기사를 읽다가 신음을 토했다. ㅎ방송국 심야프로 진행자 교체 기사가 한 귀퉁이에 있었다. 시청자들의 요구에 의해서, 그 동안 인기리에 방영되던 〈심야정담〉과 FM 라디오 〈심야의 데이트〉 진행자를 교체했다는 철 지난 내용이었다. 그런데 그 이유는, 최근에 떠도는 모종의 스캔들과 무관하지 않으며, 그래서 교체가 불가피하게 되었다는 것이다. 그 당사자는 사실협 공동대표인 백치선 변호사와 연극배우 우진이었다.

백치선은 신문기사에서 눈을 떼지 못했다. 누가 주위에서 자기 모습을 노려보는 것 같아서였다. 그러다가 그는 고개를 들고 바람 부는 창밖을 내다봤다.

"백치선이 방송가 스캔들의 주인공이 되는구나."

그는 무심코 중얼거리는데, 몸이 붕 뜨면서 바람에 날아가버릴 것 같았다. 아무리 생각해도 그 기사 주인공이 자기와는 다른 사람 같았다. 그는 신문지를 펴고 여권용 크기의 컬러 사진을 다시 들여다보았다. 그런데, 그 위에 '철면피 같은 연놈들'이란 낙서가 볼펜으로 끄적여 있었다.

그는 그 기사가 있는 면을 찢어서 두 겹으로 접었다. 그리고 다시 네 겹, 여덟 겹으로 접고 또 접어서 바지 뒷주머니에 집어

넣었다. 갈비탕이 나왔다. 그는 갑자기 식욕이 일었다. 두 끼 굶었으니 밥맛이 유달랐다. 그는 고기를 질근질근 씹으면서 속으로 되뇌었다.

'철면피 같은 연놈들'

그 소리가 잇몸 사이에서 짓이겨지는 고깃덩이 틈으로 새어나왔다.

치선은 밥과 탕그릇을 말끔히 비우고 식당을 나왔다. 거리에는 바람이 소리를 내며 불고 있었다.

이 밤 어디에 가서 우선 쉬고 싶었다. 그리고 내일 새벽 일찍 설악산을 올라야지. 벌거벗은 채로 조금도 치장하지 않은 산을 만날 것을 생각하니 갑자기 즐거웠다.

4

벌거벗은 순례자

1.

　백치선은 그 새벽에 만난 목사가 일러준 대로 현훈 목사가 시무하는 팔복교회를 찾아나섰다.

　그는 광주 버스터미널에서 택시기사를 붙잡고 목사가 그려준 교회 약도를 보여주며 목사가 일러준 말을 전했다. 송정리를 향해 22번 국도를 따라 가다가 운천호수 못 미처 좌회전해서 들어가다 보면 중학교가 나오고, 거기에서 얼마를 더 가면 왼편 얕은 구릉을 끼고 교회가 보인다. 그 전에 팔복유치원과 팔복교회에 대한 안내판이 있을 것이다. 택시기사는 빙긋이 웃으면서 그 약도를 치선에게 돌려줬다. 그의 여유 있는 표정에 치선은 마음이 놓였다. 오늘은 새벽부터 만나는 사람마다 그를 좋은 곳으로 안내해 주는 것 같았다. 그 등 굽은 할머니를 만나기 시작해서, 늙은 목사, 그리고 이 택시 기사, 그 다음에는 현훈 목사이다.

"현 목사님을 잘 아십니까?"

기사는 번화가를 빠져나가자 속력을 내면서 뒷자리로 슬쩍 고개를 돌리더니 말을 걸었다.

"기사님도 그 분을 아십니까?"

치선은 이 사람이 혹시 자신을 알아보는가 해서 대답을 않고 되물었다.

"저야 뭐 그 분을 안다고 할 수는 없지마는, 제가 언젠가 그 분에 대해서 약간 들은 적이 있습니다. 아마 광주 사람들도 그 목사님에 대해서는 잘 모를 겁니다. 뭐, 고등법원 판사를 하시다가 그만두고 신학교를 하셨다는데, 그럴 정도라면 뭐 긴한 사연이 있지 않겠습니까."

"기사님도 교회에 다니십니까?"

치선은 힘이 실려진 기사의 목소리가 약간 꺼림칙하면서도 궁금했다.

"어디 저 같은 사람이 예수를 믿을 수 있습니까. 발로만 믿는다고, 말로만 믿는 다고 믿는 겁입니까? 그분처럼 믿어야 믿는 건데, 그럴 자신이 없으니 교회에 다니지 않습니다. 발로만 믿을 바에야 뭐하러 믿습니까. 공연히 예수님 마음만 아프게 해 드릴 텐데. 보아하니, 선생께서도 보통 분은 아니신 것 같은데, 혹시 그 목사님 친구분이 되십니까? 아니, 그럴 연배는 아니신 것 같고, 후배시죠. 제 차를 이용하는 손님들 떡 얼굴 한번 제가 보면 대강 그분 처지를 알아봅니다. 사실은 저도 제 차를 이용하신 손님 덕분에 예수님을 믿게 되었는데, 이렇게 살아가기가 힘드니, 제대로 믿지 못합니다. 그 대신 제가 매일 죄송한 마음을 주께 아뢰죠. 제 처지를 좀 봐 주십시오. 주일에도 일해야 먹고 살아가니, 하루 종일 거룩하게 주일을 지킬 수는 없어도 예배만은 드리겠습니다 하고, 기도를 드리죠."

치선은 가만히 듣기만 했다. 이 기사는 그런 사정을 누구에게라도 말하고 싶었을 것이다. 그런데 그럴 상대를 만나지 못했으니, 가슴에 묻어두고 얼마나 고민을 했을까. 치선은 당치않은 생각을 해보았다. 기사는 치선이가 반응을 보이지 않자 입을 다물어버렸다.

차는 시 외곽지를 빠져나와 한참 달리다가 호수 못 미쳐서 좌회전을 하였다. 치선은 약도를 꺼내 들여다 보았다.

"걱정 마십시오. 제가 다 압니다. 저기 안내판이 보이지요?"

기사는 뒤를 돌아보며 빙긋이 웃었다. 치선은 공연히 노파심을 가진 자신이 약간 우스워 보였다.

짙은 초록색 바탕에 하얀 글씨로 쓰여진 〈팔복교회. 팔복유치원 600M〉란 표지판이 보였다. 치선은 어린아이처럼 가슴이 울렁거렸다. 오랫동안 떠나 있던 고향집으로 돌아오는 심정이었다. 그러한 마음이 자신도 의아했다. 순간 지금까지 기사가 심심풀이로 지껄인 말들이 모두 사실이라고 생각되었다.

차는 그 표지판 못 미쳐서 속력을 줄이더니 좌회전했다.

왼편 지대에는 2,3층의 상가와 주택들이 들어서 있는데, 오른편은 얕은 산자락을 끼고 구릉처럼 밋밋하게 들이 펼쳐져 있었다. 그 구릉 중턱에 붉은 벽돌로 지은 건물이 팔복교회였다. 마치 고향 교회에 돌아온 것처럼 정겹게 보였다.

치선은 기사에게 5천 원을 더 얹어주고서 택시가 되돌아갈 때까지 서 있었다. 택시기사가 차를 돌리고 속력을 내면서 창 밖으로 손을 내놓아 흔들었다. 치선은 한 20여 분 동안 그가 운전하는 차를 탔다는 그 만남이 소중하게 생각되었다.

날씨가 쌀쌀한데도 교회 마당에는 어린이들로 떠들썩했다. 그제서야 팔복유치원 안내판이 생각났다. 유치원 선생인 듯한 30대 초반 여자가 치선의 행색을 유심히 살피더니,

"지금 예배 중이십니다. 한 30분 기다리시면 끝날 겁니다."

말을 안 했는데도 목사를 찾아 온 손님인 줄 알고는 앞장서 교회 뒷문으로 들어가 그를 한 방으로 안내했다. 신분도 묻지 않고 친절하게 안내해 주는 여자에게 정이 갔다. 난로가 없는 방은 썰렁했으나 치선은 마음이 편했다. 새벽부터 만났던 사람들로부터 받은 그 온기가 따스하게 가슴으로 전해왔다. 그는 유리창을 간지럽히는 햇살을 구경하고 싶어서 마당으로 나왔다.

교회 마당으로 나와 노는 아이들을 구경하고 있는데, 아까 들어갔던 그 뒷문으로 젊은 여자 서넛이 나왔다. 색안경을 쓴 그들은 주위를 경계하는 듯이 살피면서 황급히 교회 밖으로 나가버렸다.

여자들을 뒤따라 나오던 하얀 수염을 늘어뜨린 영감이 치선이를 눈여겨 보더니 주춤했다.

"아니, 백 판사 아니야!"

그는 놀라면서 치선이를 덥석 껴안았다. 치선에게는 낯선 얼굴이었다. 하얀 백발에 한 뼘쯤 되는 흰 수염은 마치 이야기에 나오는 산신령 그대로였다. 그런데 얼굴은 노인이 아니었다. 주

름기 없이 윤기 나는 양 뺨이며 날카로운 콧날과 짙은 눈썹에 투명한 눈빛은 무성한 수림처럼 정정하게 느껴졌다. 약간 껑충한 체구에 수염을 날리면서 교회 뜰에 서 있는 그는 어떤 위압감으로 치선을 사로잡았다. 그의 얼굴에서 현훈 판사의 원래 모습을 찾기까지 치선은 몽롱한 의식 속에 한참이나 헤매었다.

"나야, 현훈……."

치선은 그제서야 목소리를 통해 그를 알아볼 수 있었다. 외모는 달라졌으나, 목소리는 변하지 않았다. 치선은 반가우면서도 왜소해진 자신을 보는 것 같아 부끄러웠다.

"아니, 이거 어쩐 일이야. 아침에 설 목사님으로부터 전화를 받기는 했는데, 이렇게 곧바로 찾아오리라고는 생각 못했지."

그는 치선의 행색을 빠르게 살피면서 반가워했다.

"갑자기 나타나 놀라게 해서 죄송합니다."

치선은 그제서야 자기 행색을 살펴보았다. 집을 떠나 한 달 가까이 되었으니, 옷차림이 말이 아니었다.

"천하 명산을 주류한다던데, 어찌 이 시골 교회를 다 찾아오고……."

"그렇게 되었습니다."

치선은 산을 찾아다닌 이야기를 하며 월출산에 오르려다가 오늘 새벽에 우연히 어떤 교회에 들려서 그 늙은 목사에게 차를 대접받은 일이며, 그때 현 목사 생각이 떠올라 찾아오게 된 사정을 말했다.

"그랬었군. 주님이 우리를 만나게 주선해 주셨어. 우리가 이 교회에서 다시 만나리라고는 생각을 못했는데, 우리는 참 항상 의외로 만나게 되는군. 그때, 남산 지하실 계단에서 잠깐 스쳐 지나갔을 때만도 그랬는데……. 그때는 어찌나 반가웠던지, 난 그날 취조를 받으면서도 그저 즐겁기만 했다니까, 오늘도 그래."

그는 치선이를 방으로 안내하면서 계속 떠들며 말했다.

아까 치선이가 기다리던 방으로 들어갔다.

"이거 방이 누추해서……. 여기가 내 서재 겸 손님들을 만나는 곳이니까, 내겐 다시 없이 즐거운 방이지."

서너 평쯤 되는 방인데, 두 벽은 온통 책으로 채워져 있다. 방 한가운데 둥근 탁자와 그 주위에 의자들이 놓여 있을 뿐 별다른 가재도구도 없다.

"처음에 저는 선배님을 몰라 봤습니다."

치선은 유령에 이끌려 낯선 곳에 온 기분을 털어버리지 못하였다.

"수염 때문이지. 이거, 아이들에게 산타할아버지 모습을 보여 주려고 길렀지. 요즈음 어린아이들에겐 산타할아버지가 없거든. 부모들이 다 할아버지 선물을 대신 마련해 주니까."

현 목사는 어린아이처럼 소리내어 웃었다.

"아름다운 산에 오르려다가 헛길로 들어서 시골 노인을 찾아 왔는데, 내가 백 선생에게 산에 오르는 것에 값할 만한 것으로 대접해야겠는데……."

그는 직접 만든 것이라며 유자차가 들어 있는 하얀 유리병을 찬장에서 꺼내고는 소파 옆 탁자 위에 있는 커피포트를 콘센트 에 꽂았다.

“저도 한번 선배님을 뵙고 싶었던 차에, 이 근방을 지나다가 선배님 생각이 떠올라서 목사님께 여쭈었더니……”

치선은 이 만남이 자꾸 신비롭게 생각되었다.

“나도 며칠 전에 백 선생 생각을 했지. 오랜만에 한번 만났으면 했는데, 주님께서 우리 마음을 아시고 이렇게 서로 만나게 해 주셨군요.”

현 목사는 뭘 잠시 생각하는 표정이더니 치선을 쳐다보며 벙긋이 웃었다. 물 끓는 소리가 창을 흔드는 바람 소리 틈으로 스며들었다.

“참, 아까 예배 중이라고 하던데, 오늘이 월요일인데 무슨 예배를……”

치선은 제 사정을 털어놓고 싶은 생각을 달래려고 일부러 다른 이야기를 꺼냈다.

“아까 나갔던 여자들과 예배를 드렸지요.”

오늘은 주일도 아니고, 그리고 여자 서넛과 무슨 예배를 드린단 말인가. 이해가 안 되었다.

“이거 백 선생에게만 하는 이야긴데, 사실은 그 여자들은 환잡니다. 남의 눈을 피해서 평일인데도 교회에 나와서 예배를 드리지요.”

“환자라니요?”

“응, 하늘이 내려준 병…….”

“나환잔가요?”

현 목사는 고개를 내저었다.

“에이즈환자들이지요.”

하고 현 목사는 입안 말로 속삭였다. 에이즈 환자들을 상대로 평일에 예배를 드린다니, 치선으로서는 이해할 수 없었다.

"사람들은 그들을 기피하지만, 주님이야 그들을 버리시겠어요? 사실은 그들이 이 세상 사람 죄를 대신해서 그 고통을 당하고 있는 거 아니겠소. 따져 보면, 그들만이 불건전한 성생활을 한 것은 아니지 않소. 어쩌다가 감염되었으니까 환자가 되었지요. 그들 가운데는 성 문제와는 전혀 관계 없이 감염된 사람도 있고, 어떤 사람은 딱 한 번 외도를 했다가 감염되어 환자가 되었으니, 주님께서는 그 환자들을 통해서 에이즈의 그 무서움을 인간들에게 경고하고 있으므로, 그들이야 사실은 희생양일 수도 있지요. 사람들은 그런 사실도 모르고, 그들을 손가락질하고 기피하지만……"

그는 잠시 말을 쉬었다. 치선은 에이즈 환자들을 상대로 이런 사역을 한 내력이 궁금했다. 그리고 순간, 혹시 현 목사 자신이 그런 환자일지도 모른다. 혹시나 우진아와의 즐거운 성합의 결과가 자기에게 이 천형의 병을 안겨줄지도 모른다. 그녀뿐만이 아니다. 그 동안 치선은 몇몇 여자들과 성합을 나누었다. 그 가운데는 이름 있는 여자들도 있다. 아마 그가 우진아에게 빠졌다는 소문이 나면서, 평소 그의 도덕적 오만을 두려움으로 바라보면서 기회를 노리던 여자들이 그에게 다가왔다. 그들은 성을 무기로 그를 공략했고, 그는 아주 쉽게 무너졌다. 그들은 그가 무너지는 것을 확인한 후에 쓰라린 치욕만을 남기고 그에게서 떠났다. 그들 가운데 어떤 여자가 복수하듯이 에이즈를 감염시켰을 지도 모른다. 백치선이 에이즈에 걸렸다. 도덕적 완전주의자를 꿈꾸던 껍데기 지성인 백치선이 에이즈에 걸렸다. 이것은 기네스북감이다. 아름다운 언어로 아름다운 세상 만드는 방법을 입으로 내뱉었던 그가 알고 보니 에이즈환자였다. 도덕적 우월주의는 사치품이었다. 그는 껍데기뿐이었기에 그러한 사치품이 필요했던 것이다. 사람들은 그렇게 즐겁게 떠들 것이다.

치선은 끝없이 이어지는 생각에 입술이 마르고 가슴이 뛰면서 숨이 찼다.

"내가 보건소를 통해서 이 주변 지역 환자들을 은밀히 파악해서, 월요일에 모여 예배를 드리도록 했어요. 이곳에 모여서 주님께 예배하고 서로 교제도 나누는 동안 그들은 삶에 대한 의욕을 갖게 됩니다. 의식이 없는 식물인간도 살아 있는 생명인데, 하물며 이들이야, 죽는 날까지는 자기 삶을 소중하게 생각하고 가꾸며 살아가야 하지 않겠어요. 그런데 가족조차도 그들을 기피하니 얼마나 고통스럽겠어요. 그래서 생각하다가 같은 환자들끼리라도 친할 수 있는 기회가 필요할 것 같아서 시작했는데, 그들이 교회에 아주 잘 적응해서 많이들 모여요. 정말 기뻐할 일이지요."

치선은 그의 말을 들으면서 살아 있음과 죽음에 대해 새삼스럽게 다시 생각하게 되었다. 식물인간도 살아 있는 생명이기에 병원에서는 그에게 최선을 다해 모든 의학적 시술을 다한다. 생명, 그것은 생물학적인 의미 이상의 것이다. 한 생명이 살아 있음을 통해서 그와 관련된 모든 인간관계는 지속될 것이다. 그러나 그가 죽음으로 그를 중심으로 맺어져 있던 많은 인간관계 역시 끊어지게 될 것이다. 생명이란 결국 어떤 관계를 지탱해 주는 중요한 끈이다.

"처음에는 한 사람이 찾아와서 나와 단둘이서 예배를 드리고 난 뒤 잡담처럼 이야기를 나누면서 두어 시간을 보냈어요. 그는 크리스찬이었는데, 수혈을 잘못 받아서 그 병에 걸렸데요. 그는 자신의 성생활이 건전했기 때문에 부끄러워하지 않고 교회를 찾을 수 있었던 것이지요. 그러나 두 사람이 모이는 데는 시간이 걸렸어요. 그런데 그 환자가 용기를 내어서 환자 한 사람을 데려왔는데, 데려오는 과정에서 자기는 잘못 수혈받아 환자가 되었다는 점을 내세우지 않았어요. 어떤 경로로 환자가 되었는지는 불문하고 현재 환자라는 점에서 같은 처지이므로 친구가 될 수 있었어요. 그렇게 한 사람이 모이기 시작해서 석 달 후에 두 사람이 모였고, 그 후 다시 두 달 후에 네 사람이 모이더니, 이제는 한 이십여 명 모이지요. 그들은 일주일 가운데서 교회에 와서 같은 환자들을 만나는 날이 제일 즐겁다고 그럽니다."

현훈 목사는 에이즈 환자에 대한 목회 사정을 자세히 설명하였다.

치선은 현 목사의 설명을 들으면서 얼굴이 달아올랐다. 아름다운 사회를 만든다고 요란스럽게 떠들며 다녔던 지난 몇 년이 부끄러웠다. 화려한 구호와 깃발을 내걸고 설치고 다니던 그때에, 현 목사는 아무도 모르게 불치의 병으로 살아가는 아픈 사람들이 찾아오기를 눈이 아프게 기다렸다.

"목사님, 실은 제가 말입니다."

치선은 그의 말을 듣는 동안 참지 못해서 불쑥 나섰다. 지금 자신의 모습을 다 드러내 보이고 싶었다. 그런데 에이즈 환자를 돌보면서 그들의 친구가 된 현 목사가 자신의 파렴치한 행동을 용납하지 않을 것 같았다. 그래서 얼른 입이 열려지지 않았다.

"차를 한 잔 합시다."

현 목사는 치선이가 하려는 말을 일부러 막으려는 듯이 화제를 바꾸어 버렸다. 방안에 물 끓은 소리가 가득 찼다. 목사가 일어나 차를 준비했다. 유자차 향이 은근히 방안에 퍼졌다.

"차맛이 순하면 유자를 한 스푼 더 떠놓고, 유자까지 먹어도 괜찮아요."

현 목사는 유자차가 들어 있는 토기 그릇을 치선의 앞으로 밀었다.

"목사님, 바쁘시지 않으시면 제 말씀 좀 들어주시죠. 실은 누구에게라도 제 사정을 말하고 싶었는데, 부담없이 들어줄 만한 분을 찾지 못하던 차에, 문득 선배님 생각이 나서요."

그는 말문을 열었으나, 어디서부터 이야기를 꺼내야 할지 막막했다. 현 목사는 그의 복잡한 표정을 읽으면서 창 쪽으로 고개를 돌려버렸다.

"저도 주님을 알고 있습니다만, 그분은 너무 멀리 계신 것 같고, 설사 가까이 계신다고 해도, 제 이야기를 들으시지 않을 것 같기도 하고, 제 속사정을 털어놓고 말할 분이 없으니, 그렇게 외로워서 견디기 힘듭니다."

치선은 몇 달 동안 정말 외로움이라는 것을 가슴 저리게 겪었다. 그것을 떨쳐 버리려고 술과 여자에 빠져도 봤으나, 오히려 더 외롭고 공허하기만 했다.

"제가 지금껏 쌓아온 인생의 모든 것이 한꺼번에 무너져버렸습니다. 제 딴에는 인생을 치열하고 성실하게 살려고 노력했고, 그렇게 살아왔다고 자부하고 있었는데 말입니다……."

치선은 그 동안 겪었던 일들을 마구 털어내듯 거침없이 말했다.

치선은 그 동안에 벌어졌던 일들을 다 이야기했다. 사실협을 시작했던 과정과 부인의 일이며, 우진아를 비롯한 몇몇 여자와의 관계까지 실토해 버렸다. 현 목사는 전혀 표정을 바꾸지 않고 묵묵히 듣기만 했다.

"요즈음, 저는 제가 살아온 인생을 후회합니다. 남들처럼 평범하게 살아왔다면, 아마 이런 문제도 쉽게 해결했을 것입니다. 그런데 말입니다. 저도 사람들에게 옳게 사는 방법에 대해 많이 말했고, 남의 문제를 해결해 준다고 많은 도움도 주었는데, 왜 자신의 문제를 풀어나가기는 이렇게 어렵지요."

치선이가 괴로운 것이 바로 그 점이었다. 아내의 혼전정사 문제도 이성적으로는 충분히 용서하고 이해할 수 있는데도, 감정이 가로막았다. 현 목사는 묵묵히 듣고만 있다가,

"내가 이야기 하나 할까"
하고 불쑥 나섰다.

치선은 제 사정을 듣기만 하고 한마디도 말하지 않는 목사가 불안했다. 아무런 해답도 해줄 수 없다는 것인가. 그럴 수도 있겠지. 그도 나같이 세상을 평범하게 살아오지는 않았으니까. 부도덕과 속 좁은 것을 알고는 실망이 컸겠지. 그렇게 생각할수록 치선은 초조해졌다. 그런데 자신의 이야기를 하겠다니 더욱 이상했다.

"이거 몇 년만인가? 벌써 30년이 가까워 오는군. 이제 내 나이 이제 육십이 넘었으니, 과거의 허물을 부끄러워 할 처지도 아니지. 이미 주님께서 다 용서해 주셨으니……."

현 목사는 마치 지나간 자신의 과거가 아주 가깝게 전개되는 것처럼 은근히 치선을 넘겨다보면서 이야기를 시작했다. 치선은 현 목사의 허연 수염과 센 머리칼이 그의 생애 한복판을 흘러갔던 모든 아픔과 부끄러움을 삭여 낸 흔적이라고 문득 생각되었다.

"내가 판사직을 그만두고 신학교에 들어가자 세상에서는 말들이 많았지? 내게는 그럴 만한 이유가 있었는데도, 누구에게도 말하지 않았으니까. 사실과 달리 그럴 듯한 말들을 만들어낼 수밖에 없었겠지."

현 목사는 어색한 표정을 지으면서 쓸쓸하게 웃었다.

"그럴 만한 이유라니요?"

"놀라지 말게. 사실은 난 그때 불륜에 빠져 있었거든."

"불륜이라니요?"

치선은 그의 입에서 튀어나온 '불륜'이라는 말이 환청처럼 들렸다.

"어떤 아름다운 여인과 육체의 향연을 벌리고 있었다네."

현 목사는 치선의 눈길을 외면하면서 혼잣말처럼 중얼거렸다. 그때 겨울 바람에 창유리 문이 덜덜 소리내며 떨었다.

부장판사 현훈이 퇴근 준비를 하는데 전화가 걸려왔다. 대학 선배 동문인 민 변호사는 이 지역 유지로서 그와는 5, 6년 연상이다.

"퇴근 후에 특별한 약속이 없으면 나와 저녁이나 같이 하십시다."

민 변호사는 혼자서 객지 생활하는 후배를 생각해서 이따금 저녁을 샀다.

"부담 없는 자리니 안심해요. 홀애비 후배를 내가 모른 척할 수 있나요?"

그는 대전고법 판사를 끝으로 변호사를 개업하고 있는데, 이 지역 유지였다. 선친도 은퇴 변호사였고, 집안이 대대로 문벌이어서 지역 어른으로 행세했다. 훈은 흉허물없이 그를 선배로 모셨고, 이따금 공술을 얻어먹기도 했다. 그러나 오늘은 약속을 했으나 마음이 썩 내키지 않았다.

민 변호사는 죽림(竹林)이라는 한정식 집으로 그를 안내했다. 훈이 작년에 부장판사로 승진해서 부임했을 때에도 그가 이 집에서 환영회를 열어주었다. 그는 초임판사로 3년을 근무했던 터라 이곳이 낯설지 않았다.

죽림은 대전뿐만 아니라 서울에도 알려진 집이다. 말이 한정식 집이라 하지만, 사실은 품위 있는 술집이다. 이 지역에서는 특별히 마음 써서 대접할 사람이면 으레 이곳으로 안내한다.

대문 안으로 들어서니 옛 한옥 너른 마당에는 잘 다듬어진 국화 화분들이 즐비하게 늘어서 있었다. 단순한 국화 화분이 아니라, 돌과 고목에 접목해서 만들어낸 작품들이다. 마당 한편 연못에서는 붕어들이 물 튀기는 소리도 들렸다.

"어서 오십시오."

한복으로 차려 입은 아가씨들이 버선발로 나와서 민 변호사 일행을 맞았다.

"왜 이리 시끄럽냐? 이 어른하고 저녁만 간단히 먹고 갈 테다."

민 변호사는 달려드는 여자들을 뒷손질로 물리치고 마당을 가로질러 바깥채 뒤편으로 들어섰다. 너른 뒷울에는 감나무와 대추나무가 한 그루씩 있고, 그 밑에 돌방석처럼 너럭바위가 드러누워 있다. 한여름에는 술잔을 기울이는 곳이기도 했다. 언젠가도 둘이서 이 방에서 식사를 한 적이 있다. 맑은 구석진 방이지만, 사실은 그 반대이다. 아무나 드나드는 방이 아니다.

민 변호사는 자리를 잡자 어울리지 않게 시국 이야기를 꺼내었다. 은밀하게 나도는 개헌 이야기였다. 훈은 입을 다물고 듣기만 했다. 민 변호사가 정계로 진출하기 위하여 기회를 보고 있다는 것을 그는 알고 있었다.

수수하게 양장을 한 젊은 여자가 들어오더니 민 변호사 옆에 앉았다.

"사장님은 어디 가시고, 전무가 왔냐?"

민 변호사는 여자에게 반말을 했다.

"어머님이 몸살로 쉬시게 되어서 제가 나왔는데, 이거 서툴어서……"

"그렇지. 물장사를 아무나 하는 줄 알았냐? 어머님이시니까 이 일을 감당하시지. 정연이는 어머님 따라가려면 한참이다."

민 변호사는 조카에게 말하듯이 대했다. 그러나 훈으로서는 그들 대화에 관심이 없었다. 사장 딸쯤 되는 모양인 그 여자는 쾌나 세련되고 교양 있어 보였다.

"참, 현 판사, 우리 정연이를 모르나?"

민 변호사는 서먹한 표정으로 앉아 있는 그에게 여자를 소개했다.

"저야 잘 알지마는, 어르신께서 모른 척하시니 제가 감히……."

여자가 얼굴을 붉히면서 당돌하게 말했다. 훈은 그 말에 여자를 바로 쳐다보았다. 안면이 전혀 낯설지는 않았다.

"지난 번에 승진하시고 부임하셨을 때 제가 전화로 인사를 드렸습니다. 저 서정연입니다. 예전에 신세 많이 졌던……."

그제서야 생각이 났다.

부임해 온 이틀 후였던가. 막 퇴근하려는데, 난 화분이 배달되었다. 보낸 사람 이름도 없었다. '다시 대전으로 오셔서 반갑습니다. 승진을 축하드립니다'라는 말만 적은 빨간 리본 글씨뿐이었다. 그리고 뒷날 10시쯤에 낯선 여자로부터 전화가 걸려왔다.

"저는 예전에 부장판사님으로부터 큰 은혜를 입은 서정연이라는 여자입니다. 아마 잊으셨는지 모르실 겁니다만, 박성훈 씨 사건으로……."

여자는 기어드는 목소리로 과거 이야기를 꺼내면서 자기 신분을 밝혔다. 그제서야 훈은 기억이 되살아났다.

"예, 아주 오래 전 일이라 잊고 있었습니다. 화분 잘 받았습니다. 감사합니다."

그 정도로 통화를 끝내었다. 그런데 막상 통화를 끝내고 보니, 박성훈 씨와의 관계가 궁금했다.

그가 대전지법에 초임 발령을 받고 2년쯤 지난 후였다. 구속영장 신청이 들어왔는데, 간통사건이었다. 서류를 검토해 보니, 구속 사유가 되기에는 애매했다. 간통 현장이 목격된 것도 아니고, 부인이 바람을 피우는 남편과 그 옛 애인을 고발한 것이다. 그래서 기각했는데, 그 사건이 그에게 배당되었다. 서류를 검토해 보고 직접 피의자를 심문을 해보니 피소된 여자에게 동정이 갔다. 처녀 시절 한 남자를 사랑했는데, 남자 집안에서 여자 집안이 격에 맞지 않는다고 결혼을 반대해서 결국 헤어졌다. 남자는 다른 여자와 결혼을 했으나 부부관계가 원만하지 못했다. 아직도 미혼인 옛 여자를 못 잊어 하다가 둘은 다시 만나게 되었다. 여자는 남자를 기피했으나, 남자가 애정 없는 결혼생활로 불행하다는 것을 알고부터 거부할 수 없었다. 그러면서 애매한 만남을 계속했다. 그러다가 부인에게 알려져서 간통 혐의로 고소를 당하게 되었다.

훈은 피의자인 여자에게 동정이 갔다. 그녀는 남자로 인해서 일생이 망가진 피해자였다. 여자의 어머니가 한때 요정에서 일했고, 지금도 한정식 집을 경영한다는 이유로 남자 집안으로부터 배척받은 것도 억울한데, 그 남자를 거부할 수 없어서 관계를 계속하다가 고소까지 당했으니 너무나 가련했다.

현 판사는 고소인 변호사를 통해 사건을 원만히 해결할 수 있도록 고소인을 설득하도록 종용했다. 남편과 이혼하지 않고 가정을 유지하고 싶으면 고소를 취하하고 남자를 받아들이도록 권했다. 만약 고소를 취하하지 않으면 남편을 영원히 잃어버릴 것이라고 설득했다. 다행히 부인은 고소를 취하했다. 훈은 사건이 원만히 해결되어서 마음이 놓였다. 그리고 얼마 안 있어 서울로 전출되어 그 사건을 까마득히 잊고 있었다. 다시 부장판사로 부임했을 때, 그 여자로부터 축하 전화와 화분을 받은 것이다.

"이제는 생각이 나나? 이거 참 오랜만에 해후하는군. 그 동안 정연이가 우리 현 판사를 짝사랑한 건 아닌지 모르겠어, 허허허."

민 변호사가 호탕하게 웃는 바람에 훈은 개면쩍었다.

"현 판사, 정연이와 나는 한 가족처럼 지내는 사이니까, 현 판사가 이 애를 잘 보살펴 주라고. 죽림 사장님이 몇 번인가 그러더군. 현 판사 은혜를 잊지 않겠다고. 그때 거 본부인을 설득해서 사건이 잘 마무리되었으니 망정이지, 그렇지 않았으면, 어떻게 되었겠어. 두 사람이 감옥에 갔다 왔으면 악에 받쳐서라도 떨어질 수 없을 것이고. 그러면 우리 정연이가 한 세상 허송세월 보내는 거 간단했지, 허허허."

식사가 들어온 뒤에도 무슨 연유에서인지 민 변호사는 그 사건 이야기를 계속했다. 훈은 듣기가 거북했다.

"제가 언제 저녁을 대접하겠습니다. 단 둘이서만 말입니다. 제 인생을 제대로 자리잡게 해 주신 분에게 너무 소홀한 것 같아서 늘 가슴 한구석에 부담으로 남겨 두고 지냈습니다."

여자가 정색을 하고 또박또박 말했다.

"그래, 우리 정연인 수재고, 미인이고, 예의 바른 숙녀인데, 남에게 진 신세를 갚을 줄 알아야지. 현 판사님이 앞으로 여기

계실 동안 잘 돌봐 드려. 혼자 객지 생활 하시기에 어렵지 않도
록, 허허허. 이따금 이 방으로 모셔서 따뜻한 저녁도 대접해 드
리고, 이 집에 예쁜 꽃들을 좀 불러 위로해 드리고, 그렇다고,
우리 후배가 말이여, 이 죽림 재산 탐낼 위인도 아니고, 또 독
실한 크리스찬이니께, 정연이에게 흑심을 품지도 않을 거다. 그
러니 다시 뭐 간통사건에 휘말릴 염려는 없지, 허허허."
　민 변호사가 지껄이는 말에 훈은 듣기가 거북했다.
　"선배님 무슨 말씀을 그렇게 하십니까. 잘못하면 서 여사가 오
해하시겠습니다."
　"그럼 내가 너무 했나. 난 솔직한 게 탈이어, 어허허허."
　훈이 어색한 표정을 짓자 민 변호사는 허허 웃으면서 넘겨 버
렸다. 그날 저녁은 즐겁게 식사만 하고 헤어졌다.

3.

　두 주일 후에 정연이 다시 민 변호사와 훈을 저녁 초대했다.
죽림에서가 아니라, 유성 관광호텔 일식집에서였다. 훈은 민 변
호사가 동석했기에 부담을 갖지 않았다.
　술이 몇 잔 돌자 여자는 마치 준비해 둔 것처럼 자기가 살아
온 이야기를 털어놓기 시작했다. 박상훈과의 사랑은 아직도 청
산되지 않았다고 했다. 그 사내 때문에 혼기를 놓쳤고, 이제는
처녀 귀신이 될 수밖에 없다고 자조적으로 지껄였다.
　"무슨 소리여. 우리 정연이가 이제라도 마음 먹으면 그럴 듯한

총각 신랑을 택해서 시집갈 수 있지. 눈에 찬 사내가 없어서 그
렇지."

민 변호사는 여전히 여자를 치켜세웠다. 훈은 몽롱한 술기운
에 여자가 꽤 아름답다고 생각되었다. 저런 여자라면 얼마든지
혼처가 있지 않겠느냐고 생각했다. 미인이고 학벌 좋겠다, 거기
다가 돈 있겠다, 부족할 것 없는 여자였다. 어머니가 한정식집
사장이라고 흉이 되던 시대는 지났다. 그러나 다시 생각하니,
저런 여자는 정치가나 혁명가연하는 허풍쟁이 애인이 되기에 알
맞겠다고 생각되었다.

그렇게 생각하니 여자가 건네주는 술이 달기만 했다.

술을 꽤 마셨다. 그리고는 기억이 없다. 한밤중에 목이 말라
깨어 보니, 맨 몸으로 그 여자와 같이 자고 있었다. 몽롱한 정
신을 수습하였으나, 기억이 여러 곳에서 단절되어 회복할 수 없
었다. 주섬주섬 옷을 입다가 기분이 이상해서 침대쪽으로 뒤돌
아보았다. 여자가 발가벗은 상체를 일으키고 흐릿한 눈으로 그
의 등을 노려보고 있었다.

"가시겠어요?"

희미한 조명등 아래서 그는 처음으로 벗은 여자의 상반신을
보았다. 그것은 지금까지 전혀 생각할 수 없는 아름다운 여체였
다. 아내의 몸에서도 느끼지 못했던 것이었다. 머리맡에 놓여진
등불을 옆으로 받아 명암의 여자의 몸 부위를 다시 반으로 나눠
놓았는데, 가슴의 돌출 부위에서 곤혹스러운 정염을 뿜어내고 있
었다.

"가시게요?"

196

여자가 두번째 물었을 때까지 훈은 귀가 트이지 않았다.

"가시지 마세요."

여자가 맨 몸으로 벌떡 일어나 그에게 다가왔다. 방안이 여자의 움직임에 따라 출렁거렸다. 발가벗은 여자의 온 몸이 폭풍에 성난 물결이 되어 그에게 덮쳐왔다. 훈은 눈앞이 아득했다. 눈을 바로 떠서 그녀의 벗은 몸을 제대로 바라보다가는 눈이 멀어버릴 것만 같았다. 그는 되돌아서 버렸다. 그리고 심장이 정지되는 것 같아 심호흡을 몇 번이나 크게 했다. 그녀가 등 뒤에서 그를 껴안았다. 뱀이 몸을 칭칭 감는 것 같은 강렬한 자극에 몸을 으시시 떨었다. 차츰 그의 몸은 가루가 되어 여자의 품속으로 흩어졌다. 여자는 어린아이 다루듯이 그가 입은 내복을 벗기고 알몸으로 만들었다. 그러고 나서 그녀는 그 가루가 된 육체를 하나하나 다시 접목시켜 놓고 피를 돌게 했다. 사내의 몸에서 피가 요동치며 흐르기 시작했다. 훈은 뒤돌아서더니 여자를 와락 껴안았다.

훈은 오랜 여행에서 돌아온 기분으로 며칠을 보내었다. 마치 무인도에 표류되었다가 구조된 기분이었다. 그는 낮이 두려웠다. 법원 청사에서 만나는 얼굴들마다 자기를 향해 조소하는 것 같았다. 사람들만이 아니다. 건물이나 사무실 집기들까지도 그를 비웃었다. 그래서 그는 낮에는 숨도 제대로 쉬지 못했다. 사건 기록을 넘기는 종이 소리에도 놀라곤 했다. 판결문을 쓰면서는 자괴감 때문에 문장이 제대로 되지 않고 흐트러졌다. 그러다가 오후가 지나서 천천히 저녁이 다가오면 마치 깊은 잠의 수렁에서 빠져나온 것처럼 정신이 되돌아왔다. 여자에게서 약속이라

도 있는 날은 날개가 돋은 듯 신바람이 났다. 그러나 육체의 향
연에 취해 있으면서도 그는 추락하는 자기 몰골을 선명하게 직
시하고 있었다.

여자를 만나기 시작해서 두 달쯤 지나서였다.

하루는 정보기관 부책임자라는 사람으로부터 전화를 받았다.
그는 몇 번 스쳐 지나가기는 했으나 정식으로 인사 나눌 기회가
없었다면서 불가불 전화로라도 인사를 나눌 수밖에 없다고 엉뚱
한 말부터 했다. 훈은 불쾌했으나, 정보기관 부책임자라는 그의
입장을 생각해서 말없이 듣기만 했다.

"오늘 저녁이나 하실까요. 혹 들러보셨겠지만, 죽림에는 예쁜
아이들도 많고요."

퇴근 시간이 가까워 오는데, 불쑥 저녁 약속을 하자는 처사부
터가 틀려 먹었고, 얼굴 한번 맞대고 인사도 없었던 처지에, 술
집 분위기부터 말하는 그의 어투가 불쾌했다. 그런데 예감이 이
상했다. 부책임자라면, 이런 예의를 모를 위인은 아닐 것이다.
그렇다면 이것은 의도적인 전화이다. 그렇게 생각하노라니 가슴
이 뛰고 경황이 없었다.

"초대해 주셔서 감사합니다만, 제가 오늘 긴한 선약이 있어서
미안합니다. 다음에 초대해 주시면 감사하겠습니다."

훈은 초대를 받아들이지 못해서 미안하다는 말로 그의 청을
물리쳤다. 그의 초대는 받아들이고 싶지 않았으나, 의도적으로
초청한다면 거절할 수 없었다. 그러나 오늘은 그 여자와 약속이
있었다.

"요즈음 무척 바쁘시다는 소문이 사실이군요. 그럼 나중에 다

시 연락하리다."

상대방은 마치 친구에게 말하듯이 가볍게 튕기면서 통화를 끝
내었다. 그 어감에 훈은 치욕을 느꼈다.

퇴근 후에 즐겁지 못한 기분으로 여자를 만났다. 여자도 예전
과는 달리 좀 안정되지 못한 채 경황이 없는 듯했다. 그 동안
여자와의 데이트는 철저하게 비밀스럽게 진행되었다. 훈이 관사
로 쓰는 독신아파트로 퇴근한 후 옷을 갈아입고 있으면 여자로
부터 전화가 걸려왔다. 그리고는 외진 길가로 약속을 정하고는
그녀의 차를 이용해 시 외곽으로 나갔다. 민 변호사도 두어 번
자리를 같이한 뒤부터는 끼지 않았다. 이따금 우연하게 만나도
여자 이야기는 꺼내지도 않았다.

훈은 여자의 치밀한 성격과 흐트러짐 없는 처신에 다소 안심했
다. 여자는 만나서 즐길 때마다 부담을 갖지 말도록 안심시켰다.
"전 훌륭하신 선생님과 이런 시간을 갖는 것만으로도 행복해
요. 제가 이제 와서 새 시집을 가겠어요. 남들처럼 아들 딸 낳
고 가정을 꾸리면서 살기는 틀렸어요. 이처럼 멋진 사랑 놀음이
나 하면서 사는 것으로 만족해요. 그러나 판사님을 붙잡아 둘
생각은 없어요. 제가 싫으시면 언제든지 말씀하세요."

그녀는 육체의 향연이 끝나 서로가 약간 허탈한 기분에 잠겨
있을 때면 종종 이런 말을 했다. 훈은 들을 때는 의례적인 말이
라고 생각되었는데, 헤어지고 나면 그 말이 생각났고, 그래서
다시 만나고 싶어졌다. 그러면서도 훈은 항상 헤어질 때를 은밀
히 준비하고 있었다.

그날은 여자가 약간 유다른 모습이었다. 우울한 기색이 얼굴

에 그대로 나타나 있었다. 전에 없던 일이었다. 여자는 자신이 어떤 정황에 처해 있던지 그 앞에서는 항상 명랑하고 행복해 보이려고 마음 썼다.

"나오지 않을까 했었어요."

그가 약속한 장소에서 가보니 벌써 와서 기다리고 있었다. 그는 뒷좌석에 탔다. 여자는 간편한 캐주얼 차림에 굵은 뿔테 안경을 쓰고 있었다.

차가 공설운동장 옆 길을 거쳐 보문산쪽으로 달렸다. 전에 가지 않던 방향이었다.

"어머님의 별장이 있어요. 제가 낮에 들려서 다 준비해뒀어요. 오늘을 제가 특별히 그곳으로 모시겠어요."

훈은 '특별히'라는 말에 낮에 받은 정보기관 부책임자의 전화 생각이 났다.

"난 오늘 아주 귀한 손님으로부터 초대를 받았는데, 정연 씨와의 약속 때문에 물리쳤소. 그 값을 오늘 저녁 톡톡히 받을 생각인데……."

훈은 정보기관 부책이라면 혹 이 여자도 알고 있으려니 해서 말을 꺼내었다.

"어떤 분으로부터 초대를 받았는데요?"

"신경 안 써도 됩니다. 기분 나쁜 친구였어요."

훈은 사실대로 실토해 버렸다. 그런데 여자는 아무런 대꾸도 하지 않고 차만 몰았다.

큰 길에서 빠져나와 시멘트로 포장한 좁은 길을 한 5백 미터쯤 들어가자 배밭이 나왔고, 컹컹 개 짖는 소리가 들렸다. 과수원 출입구에 있는 낮은 슬레이트 집에서 한 노인이 나와서 문을 열었다. 보문산을 병풍 삼아 과수원 뒤쪽 끝에 이층집이 앉아 있었다. 너른 정원에는 수석과 정원수로 잘 가꾸어져 있었다.

"어머님은 원래 수석을 즐기셨고, 분재도 공부하셨어요. 술집 하는 여자치고는 약간 별나지요. 원래는 화가가 꿈이었답니다."

여자는 차에서 내려 주위를 둘러보며 훈에게 어머니를 속삭이 듯이 훈에게 어머니를 소개했다.

집안도 운치 있게 꾸며 놓았다. 단순히 돈으로 꾸민 것이 아니라 집을 꾸밀 줄 아는 사람이 공들인 마음이 나타나 있었다. 페치카에서 장작 타는 냄새가 방안에 가득 번져 있었다.

"커피를 한 잔 할까요?"

여자는 주방으로 들어가 커피를 만들어서 나왔다. 예전 같으면 미리 준비해 둔 술상 앞에 마주 앉았을 것이다. 훈은 약간 굳어 있는 듯한 여자의 표정이 궁금했다.

"선생님, 오늘 제가 중요한 고백을 하겠어요. 용서하고 들어주세요."

훈과 마주보며 앉아 있던 여자가 자리에서 일어나 훈의 옆으로 와서 섰다. 훈은 고개를 돌려서야 여자의 옆얼굴을 바라볼 수 있었다.

"용서하고 들어주세요. 아무래도 이 말을 해야 할 것 같아요. 그렇지 않고는 선생님을 영원히 속이고 있을 것만 같아서요."

여자는 약간 더듬거렸다.

"제가 선생님을 유혹했어요. 함정에 빠뜨리기 위해서였어요."

여자는 말을 하다가 말고 갑자기 훈 앞에 와서 무릎을 꿇더니 그의 두 무릎을 감싸안으면서 그 사이에 고개를 묻었다.

"무슨 말이요?"

"그렇게 하지 않을 수 없었어요. 제 어머님도 그네들과의 관계를 무시할 수 없는 처지에요. 그리고 저도 그들의 청을 거절하지 못할 약점을 갖고 있어요. 선생님을 함락시키라는 지령과 같은 무서운 청을 거절하지 못했지만, 선생님도 진상은 아셔야 할 것 같아서 이렇게 말씀 드리는 겁니다."

"무슨 말이요?"

훈은 버럭 성을 내면서 자리에서 벌떡 일어났다.

"낮에 선생님께 전화한 그 차장이 장본인입니다. 차장이 선생님을 함락시키도록 저에게 명령을 내렸어요. 민 변호사님도 아는 일이에요. 그분도 이제 정계로 진출하기 위해 그런 사람들과 줄을 놓는 것이 필요한가 봐요."

그제서야 훈은 사정을 알 것 같았다. 콧대 높은 법관을 쓰러뜨리는 방법으로 여자를 동원했다.

"그런데 이렇게 제가 사실을 말씀드리는 것은 선생님이 좋아졌기 때문입니다. 단순히 선생님을 정복했다는 쾌감으로 만족하다가 어느 때부터인가 좋아졌어요. 그것은 선생님이 절 좋아하는 일과는 상관없어요. 그래서 전 선생님을 보호하고 싶어요. 그래서 사실을 말씀드리는 겁니다. 용서해 주세요."

여자는 훈의 두 다리를 부여잡고 흐느꼈다.

4.

"······ 대전지역 중·고등학교 교사들로 구성된 독서 모임 신세대가 이적행위를 하다가 정보기관에 적발되어 조사를 받고 있다고 한다. 이들은 그 동안 한국전쟁에 대한 북한의 상투적인 주장을 중심 논조로 한 외국 진보학자들의 저술과 마르크스 레닌 주의에 대한 책들을 읽고 토의하면서, 북한의 통일전선정책에 동조하는 동시에 한국의 정치상황을 비판하여 왔다······."

점심 식사를 하려고 일어서던 현훈 판사는 들려오는 중앙방송 정오 뉴스에 다시 자리에 앉았다. 사건들이 터질 때가 되었구나. 며칠 전에도 서울에서 이와 유사한 사건으로 6명이 구속되었다. 대부분 대학원생들과 대학 휴학생들이었다.

점심을 거른 훈은 오후가 되면서 웬지 초조했다. 무슨 불길한 사건이 그를 기다리고 있는 듯했다. 그런 예측은 들어맞았다. 정오에 보도된 사건에 대한 정식 구속영장이 청구되었는데, 그에게 배당되었다. 이미 그들은 임의동행 형식으로 정보기관에 연행되어 2주 전부터 조사를 받고 있었다.

현 판사는 사건의 실체가 궁금했다. 정말 이들이 공산주의자들인가. 기록을 검토한 결과 대수로운 사건이 아니었다. 관심 있는 사람들이면 다 알고 있는 진보적인 외국학자들이 쓴, 소위 공안당국에서 분류한 불온서적을 돌려가며 읽고 토론했을 뿐이다. 그 과정에서 현 정부에 대한 비판적인 말이 오갔고, 앞으로 통일을 위해서는 일선 교육현장에서 어떻게 학생들을 지도해야 할 것인가 하는 문제를 논의한 정도였다. 그렇다고 학생들에게 김일성 사상이나 마르크스 레닌 사상을 교육한 것도 아니었다. 통일을 위해서는 외국의 힘에 의지하는 것보다 민족공동체 의식을 갖는 것이 중요하다는 말을 교실에서 한 정도였다.

이 사건이 용공으로 몰아붙여진 데는, 진보적인 책을 읽었다는 그 사건보다는 통일교육에 대한 문제 때문이었다. 민족의식이라는 것이 북한의 주체사상과 맥을 같이하며, 외국의 지원 없이 민족의 역량을 길러 통일을 이룩하자는 통일 방법 자체가 이북의 통일정책과 맥을 같이한다는 점이었다. 그러나 이 정도로 피의자들을 구속 수사한다는 것은 당치않은 일이었다. 피의자들이 현직교사들이고, 그들은 미래의 일꾼을 교육하는 입장에서 이러한 문제를 개방적으로 생각할 수도 있기에, 재판을 거쳐도 무죄 판결이 될 사건이었다. 그런데 단지 수사의 편의를 위하여, 아니면 국민들에게 용공에 대한 경직된 인식을 갖게 하기 위해서, 의도적으로 구속수사하는 데 문제가 있다고 생각했다. 현 판사는 서류를 검토하고 기각을 결심했다.

그때 손님이 찾아왔다. 법원 담당 기관원이었다.

"안녕하십니까? 제가 이곳을 드나든 지는 꽤 오래되었습니다. 법원장님은 자주 만나면서도 현 판사님을 만날 기회는 없었습니다. 오늘은 차장님께서 특별히 찾아뵙고 인사드리라고 해서 이렇게 왔습니다. 참 어제는 즐거우셨습니까? 선약이 있어서 저희 차장님과 약속을 미루셨다면서요. 오늘 저녁에는 시간이 되겠습니까?"

서른댓쯤 된 젊은 사내는 소파에 앉으면서 불손하게 혼자서 떠벌렸다. 그는 의도적으로 법원장과 차장을 내비쳤다. 현 판사는 부아가 치밀어 소리라도 지르려다가 참았다. 그런데 그 순간, 어제 저녁 여자가 한 말이 떠올랐다. 그제서야 젊은 기관원이 방에 들른 이유를 알았다.

"참 이번에 큼직한 사건을 하나 낚았던데요. 글 줄이나 읽었다는 접장 주제에 세상 물정도 모르고 건방을 떨었더군요."

그는 피의자인 교원들을 비난하면서 기관원의 표정을 살폈다.

"제가 오늘 큰 사건을 처리해야 하겠는데요. 이 일 끝나면 차장님과 술 한 잔 하겠습니다. 그렇게 전해 주십시오. 참 차장님도 홀애비 신세시지요. 같은 홀애비들끼리 좀 즐겁게 노는 방법을 찾아 봐야지요 허허허."

그는 그 자신도 놀랄 만큼 순발력을 발휘해서 불손한 사내가 원하는 대답을 먼저 해 버렸다. 그리고 즉시 영장을 처리했다.

자신도 모를 하나의 돌발적인 사태였다. 허탈하고 우울해서 견딜 수 없었다. 여자와의 관계가 이미 세상에 알려졌음을 알게 되니 갑자기 오기가 생겼다. 그래서 여자에게 전화를 걸어 만나기로 약속했다.

그는 직접 차를 몰아 그 과수원 별장을 찾아갔다. 이제는 좀 남들처럼 떳떳하게 여자와 상대하고 싶어서였다. 이미 두 사람의 관계는 세상 사람들이 다 알고 있는 일이었다. 민 변호사, 기관 차장, 법원장, 법원 출입 기관원, 판사실 서기, 타자수까지 모두 알고 있는 일이다. 그런데 궁색하게 남의 눈을 피하면서 만날 필요가 없었다.

여자는 직접 과수원 별장으로 오겠다는 연락을 받고 마지막이

라는 것을 각오했다. 그와의 게임이 오늘밤으로 끝난다고 예상
했다.

  여자는 마지막을 위해서 그럴 듯하게 프로그램을 마련했다.
오늘 저녁만은 공작 차원이 아닌, 한 남성과 여자의 만남으로 꾸
며보자고 생각했다. 그렇게 마음 먹고 보니, 가슴이 설레었다.

  현 판사가 별장에 도착해 보니, 이미 여자가 먼저 와서 기다
리고 있었다. 그녀는 밤색 긴 드레스 차림으로 장작 타는 페치
카 앞에서 혼자 양주를 마시다가 그를 맞았다. 방안의 조명은
약간 어두웠다.

  여자는 굳은 표정으로 들어오는 그를 보자 약간 무안했다. 그
런데 그 동안 몇 번 만나던 때와는 다른 기분이었다. 약간 긴장
되고 또 설레는 듯한 감정에 자신도 의아스러웠다.

  그는 여자와 마주 앉았다. 여자가 그의 잔에 술을 채웠다.

  "이곳에 오니 가을이 깊은 것을 실감하게 되는구려."

  그는 잔을 들면서 인사말처럼 한마디 했다. 여자는 그 한마디
에 가슴이 출렁거렸다. 이제 끝내자는 말이구나 생각했다.

  "그러나 이별의 노래를 부를 때는 아직 멀었어요."

  여자의 눈에는 어제까지 만났던 현훈이 아니었다.

  "그 동안 제가 많은 실례를 범했어요. 정연 씨께서 제게 사실
을 그대로 밝혀준 것을 고맙게 생각해요. 이 이야기를 하려고
오늘 저녁 만나자고 한 것인데 이제 모든 일은 잘 되었고 정연
씨 임무는 끝났으니까 안심하세요. 아마 차장이나 민 변호사도
만족해 할 겁니다. 그런데……"

  순간 여자는 그가 사표를 내었다는 뜻으로 받아들였다.

"죄송해요. 제가 철이 없었어요. 아마 그러한 제 행동 속에는 현 판사님을 좋아하는 마음도 좀 끼어들었을 겁니다. 이것은 제 진실입니다. 그렇기에 어제 그러한 극비사항을 말씀 드렸던 것입니다."

"전 그 점을 고맙게 생각합니다. 만약 그런 귀띔을 해주지 않았다면, 일이 좀 복잡하게 되었을 겁니다."

틀림없이 영장은 기각되었을 것이고, 그러면 기관에서 기승을 부리면서, 현 판사의 불륜을 공개했을지도 모른다. 소름끼치는 일이었다.

"서 양이 나를 상대한 것이 차장과 민 변호사의 합작품이었다면, 이제 일은 끝났어요. 오늘 나는 법관의 양심을 담보로, 아니 법관의 양심이 아니라, 서 양을 향한 내 정욕을 담보로 그들의 소원을 들어줬어요. 그러니까 이제부터는 우리가 주연이 되어 봅시다. 서정연 씨 대답 좀 해 봐요. 이제는 날 어떻게 할 작정이오. 그들의 요구대로 날 당신의 섹스의 함정에 빠뜨려 놓았으니, 이제는 나를 건져내어 구원해 줘야 옳지 않겠소.

현훈에게는 이상한 오기가 발동했다. 성을 무기로 자기를 몰락시켰던 여자를 굴복시키고 싶었다. 이 여자로부터 사랑한다는 말을 듣고 싶었다. 사업을 위해서 몸을 바친 이 여자한테 이제는 자기를 사랑하지 않으면 죽겠다는 고백을 받아내고 싶었다. 그것은 무모한 도박이었다. 이 여자에게 그러한 고백을 받아내어 어떻게 하겠다는 말인가. 대전에서 부장판사로 있을 동안 고정된 성적 상대자로 삼겠다는 것인가. 보아하니, 판사의 후처로 살아갈 여자는 아닌 것 같으니까, 피차 부담 없이 즐기겠다는 말인가. 그러나 전후 좌우 생각할 겨를도 없이 여자를 포획하고 싶었다. 그것이 여자에 대한, 아니면 민 변호사나 차장에 대한 복수의 길이라고 생각되었다.

"저도 현 판사님을 좋아해요. 우리 이대로 그냥 만나요. 그렇다고 어떤 대가도 바라지 않겠어요. 그냥 대전에 계신 동안만 저를 만나주세요. 애인이 아니라도 좋아요. 우리의 만남이 불순한 의도에서 시작되었지만, 이제는 그것을 아름다운 것으로 바꾸고 싶어요. 타인의 강요에 의해서 시작되었으나, 이제는 우리 것으로 만들고 싶어요. 우리는 이제 자유롭게 만날 수 있으니까요. 누구도 간섭하지 못할 겁니다. 제가 민 변호사와 차장으로부터 이 엄청한 음모를 획책하도록 제안을 받았을 때, 전 단서를 달았어요. 나중에 내가 상대를 진정으로 좋아한다고 해도 문제삼지 말아달라고 말입니다. 그들도 응락을 했어요."

여자는 진지하게 자신의 심사를 고백했다. 훈도 여자의 변화를 노렸을지도 모른다. 성을 매개로 해서 자신을 몰락시키려 했던 그들에게 복수를 하듯이 여자의 사랑을 받아들이기로 작정했다.

그날 저녁 그들은 다른 때보다 더 강렬하게 사랑의 정염을 불태웠다.

둘의 관계는 계속되었다. 여자 입장에서는 먼저 남자에게 당한 배신으로 인한 외로움과 기관의 공작으로 시작된 성적 유희에 대한 부담으로 그를 진정 사랑하고 싶었다. 현훈은 30대 중반에 들어선 노처녀의 정염을 불태우기에 아주 적절한 상대였다. 그는 성에 대한 유다른 욕망과 놀랄 만한 성적 에너지를 갖고 있었다. 그 점에 대해서는 훈 자신도 몰랐던 일이었다. 부인

과는 그렇지 않았다. 아마 그것은 현실에 대한 분노, 그녀를 올
가미로 만들어 자기를 파멸시키려 했던 그 음모에 대한 증오감
이 뒤섞여 욕망을 부채질했을 것이라고 생각했다. 어떻든 둘이
한몸이 될 때면 화산의 불길처럼 끝없이 타올랐다.

　날이 갈수록 둘의 만남은 차츰 분명해졌다. 서정연에게는 명
망 있는 부장판사를 애인으로 두고 있다는 것만으로도 만족했
다. 여자는 그에게 큰 욕심을 갖고 있지 않았다. 언제고 마음만
먹으면 쉽게 헤어질 수 있다고 서로 생각하고 있었기에 편했고
그러기에 쉽게 청산되지 못했다. 그런데 그러한 두 사람의 성적
유희는 현 판사에게 즐거움만으로 남지 않았다. 오히려 그 허무
가 구체적으로 그들 앞에 나타나기 시작했다.

　훈은 여자와 잠을 자고 방을 나올 때마다, 그보다 더 일찍,
그 격렬한 사랑 행위가 끝나는 순간부터 다시는 이 여자와 잠자
리를 하지 않겠다고 생각했다. 그것은 여자의 성이 너무나 강렬
해서 두려웠기 때문이기도 했다. 여자는 바람 만난 들불처럼 맹
렬한 힘으로 거침없이 그의 모든 것을 태워버렸다.

　둘은 일주일에 두 번 정도 그 과수원 별장에서 만났다. 과수
원지기는 그들의 만남에 대해서 전혀 무관심했고, 죽림 사장인
그 어머니도 알고 있으면서 묵인했다. 더구나 민 변호사와 기관
차장은 이들에 대해서 더 이상 관심을 갖지 않았다. 차장은 한
번 그 여자와 잔 적이 있었으나 이제는 전혀 그녀에게 마음을
둘 수 없었다. 오히려 여자는 그 두 사람에게 큰 빚을 준 것처
럼 행세했다.

5.

훈은 밤새 이상한 꿈에 시달렸다. 여자와 잠을 자는데 그 짓이 이루어지지 않았다. 땀을 뻘뻘 흘리면서 안간힘을 쓰는데도 허사였다. 그런데 배 밑에 깔려 있는 여자는 깔깔거리면서 좋아했다. 그 바람에 더욱 힘이 빠졌다. 여자는 남자가 애쓰는 모습이 너무 우습고 통쾌했다. 용용 죽겠지. 용용 죽겠지.

그런데 그 깔려 있는 여자가 부인으로 바뀌어졌고, 그 순간 그렇게 애쓰던 일이 성사되었다. 그가 힘을 쓰는데, 다시 여자는 재작년에 시집간 막내 여동생으로 바뀌었다. 동생이 까르르 웃었다.

"악!"

깨고 보니, 꿈이었다. 옆에서 벗은 여자는 담요를 걷어차 배꼽까지 내보이고서 사내를 두 팔로 감싸안고 자고 있었다. 그는 가만히 여자의 팔을 풀고서 상체를 일으켰다. 머리맡에 있는 시계를 눈으로 찾았다. 4시 50분이 조금 넘었다.

그는 일어나 옷을 입기 시작했다. 내의를 입고 와이셔츠를 입으려는데 뒤에서 부스럭거리는 기척이 들렸다. 뒤를 돌아보니, 여자가 자리에 누운 채 화장기가 지워진 얼굴로 그를 멍청하게 바라보고 있었다. 그녀는 훈과 눈이 마주치자 천천히 일어나 가운을 걸쳐 입고 그에게로 다가와 등 뒤에서 껴안았다. 그러고는 그의 귓바퀴에 뜨거운 입김으로 속삭였다.

"다시는 만나지 마세요. 제게 부담 갖지 마세요. 그렇다고 절

미워하시질랑은 마세요."

여자의 축축한 목소리가 '마세요'란 말을 세 번이나 되풀이하였다.

"미안해."

그는 뒤돌아서 여자를 가슴으로 껴안다가, 여자에 대한 마음을 속이고 있는 것을 알았다. 사실은 여자에 대해 별로 미안한 생각을 갖고 있지 않았다.

"전 당신을 만난 것이 여간 행복하지 않아요. 당신이 떠나시더라도 전 그 기억만을 안고 살아가도 행복할 겁니다. 그러니 부담 갖지 마시고 오시지도 마세요. 혹 제가 만나자고 연락을 하더라도 거절하세요. 아니 화를 내셔도 좋아요. 전 당신 말이라면 다 들어 줄 수 있어요. 욕심이 없어요."

여자는 쩔쩔 매는 그를 위로하면서 더 말을 하려는 그의 입을 칼날 같은 혀로 막아버렸다.

그는 여자를 한번 쳐다보고는 문을 나섰다. 뒤돌아보고 싶은 생각을 어렵게 참았다. 그는 뒷모습을 좇아서 창가에 서 있는 여자에 대해 가는 연민을 간직한 채 차에 올라 시동을 걸었다.

그러나 그날 새벽의 결심은 며칠 넘기지 못했다. 둘의 만남은 익숙해진 일상으로 되돌아와서 되풀이되었다. 이제 훈은 때가 오기만을 기다릴 수밖에 없었다. 자기 의지로서는 도저히 여자로부터 자유로울 수 없게 되었다. 그는 여자에게 새로운 남자가 나타나기를 바랐다. 여자를 만날 때마다 그런 말을 했다. 여자도 웃으면서,

"저도 그러기를 바래요. 그러면 당신이 홀가분하게 저에게로부터 떠날 수 있을 테니까요. 그러나 제게 다른 사람이 나타나지 않더라도 부담 갖지 마시고 떠나세요. 저를 의식하지 마세요. 혹시 제가 나중에 부장판사를 애인으로 두었다고 떠들까 두려우세요? 혹시 제가 한을 품고 판사님의 행복을 훼방 놓을까 두려우세요? 그러지 못할 겁니다. 안심하세요."

그녀는 그를 안심시켰다.

현훈은 그녀 앞에서는 아무 말도 할 수 없었다. 그저 전출될 날만 기다렸다. 헤어져 있으면 만나는 횟수도 줄어들 것이고, 그렇게 되면, 여자에게 다른 변화가 생길 수도 있다. 그러나 한 2년은 더 있어야 할 처지였다. 그는 아무런 대책도 없이 도둑놈의 심정으로 여자와의 관계를 유지하고 있었다.

그는 모태로부터 예수를 믿었으나, 신앙의 힘으로 여자의 성을 이길 수 없었다. 평탄하게 세상을 살아온 그로서는 신앙에 대한 강한 도전을 받아본 적이 없이 미지근하게 신앙생활을 해오고 있었다. 반면에 그의 부인은 달랐다. 그와 사귀기 시작해서 교회 생활을 한 늦깎기 신자였으나, 그보다 훨씬 적극적으로 신앙생활을 했고 믿음도 깊었다. 그는 그러한 부인이 더 두려웠다. 만약 이 사실이 알려진다면, 우선은 부인으로부터 용서받지 못한다는 것을 늘 부담으로 갖고 있었다.

그러다가 결국 그 자신이 탈출구를 찾아냈다. 사표를 제출하고 대전을 떠나기로 결심한 것이다.

그는 사표를 제출하던 날 밤에 그 여자를 찾아가 사실을 말했다.

"잘하셨어요. 여기 계시면 제가 당신에 대해 더 욕심을 갖게 될까 두려워요. 그것은 당신에게는 결코 좋은 일이 아니니까요. 제가 더 욕심을 갖기 전에 우리는 헤어져야 해요."

여자는 아주 담담하게 이미 예측했던 일처럼 말했다.

"할 말이 없어요. 어떡하면 이 죄값을 치를 수 있지요?"

그는 여자에게 전혀 죄값을 치를 자신이 없으면서도 그런 거 짓말을 아주 쉽게 했다.

"전혀 부담 갖지 마세요. 전 당신과 가깝게 지냈던 몇 달이 행복한 시간이었어요. 그것만으로도 만족해요. 오래오래 간직하고 살겠어요."

여자는 대전을 떠나기 전 마지막으로 만나자고 제안했다. 훈은 거절할 수 없었다.

그날 밤 둘은 지금까지 발산하지 못했던 정염을 불태웠다. 그러고서 뒷날 훈은 대전을 떠났다.

6.

훈이 사표를 낸 시기가 독서회 사건이 계류 중인 때여서 법원 청사 안에서는 말들이 많았다.

사표를 낸 현훈은 변호사를 개업할까 생각도 해 보았으나, 썩 마음이 내키지 않았다. 으레 법복을 벗으며 그 일로 나가는 것이 정해진 순서인데도 웬지 망설여졌다. 훈은 두어 달 쉬면서 자기 생활을 정리해 보았다. 가장 마음에 걸리는 문제는 그 여

자였다. 그녀가 아직도 그의 곁에 그림자로 남아 있는 한, 언젠
가는 그 그림자가 큰 바위가 되어 그를 짓누를지도 모른다는 두
려움이 은밀히 일어났다.

그는 기도원으로 들어가 여자와의 관계를 주님께 회개하고 용
서를 빌었다. 그러나 며칠 동안 기도생활을 하는 가운데에도 별
로 새로운 생각이 트이지도 않았고, 주님으로부터 어떤 계시도
받지 못했다. 일주일 예정한 기도원 생활을 마치고 집으로 돌아
오는데, 언젠가 그의 오판으로 형을 살고 출소에서 신학교에 입
학한 청년이 생각났다. 그리고 이제 그에게 닥친 제일 중요한
문제가 무엇인가를 구체적으로 점검해 보았다. 그것은 여자와의
관계를 완전히 청산하는 일이었다. 그러나 그 문제에 대해서는
자신이 없었다. 그 문제를 청산하기 위해서는 여자로 하여금 그
에게 접근하지 못하게 하는 길이 필요했다. 그는 신학을 공부해
서 목회자가 되는 길밖에 없다고 생각했다.

그렇게 결정을 하고 부인과 의논했다. 부인도 동의했다. 결정
을 하고 보니, 그 여자와의 관계가 결국 자신을 이 길로 인도하
기 위한 하나의 험난한 과정이었음을 깨닫게 되었다. 부인도 법
관 사표를 냈을 때부터, 그의 신상에 불가피한 어떤 문제가 생
겼다고 생각하던 참에 남편이 신학 공부를 하겠다는 것을 이해
할 수 있었다. 점점 어려워져 가는 정치 상황에서 정의롭게 행
사되지 못하는 법을 붙들고 있기보다는 종교적인 삶을 통해서
현실을 극복해 나갈 수 있다고 부부는 믿게 되었다.

훈은 사표를 제출하고서 3개월 후에 학사학위 소지자로서 3
년 간의 신학과정인 신학대학원에 합격했다. 막상 합격통지서를

받고 보니, 그 동안 소식을 전하지 못했던 대전 그 여자가 생각났다. 자신의 선택을 전하는 것이 그 여자에게도 필요할 것 같았고, 마지막으로 만나고 싶었다.

그가 대전에 내려왔을 때는 후배 백치선 판사가 독서회 사건 담당판사로서 피의자 전원에게 무죄를 선고한 며칠 후였다. 당시 신문에는 보도되지 않았으나, 그는 용공판사로 몰려 상당한 어려움을 당하고 있었다. 대전에 온 김에 그를 만나려고 전화를 했으나 통화가 되지 않았다. 후에 들은 바에 의하면, 그때 그는 기관으로 불려가 호된 신고를 당하고 있었던 때였다.

그는 유성에 있는 호텔 커피숍에서 여자와 만났다.

"영원히 저를 잊어버리셨는가 했어요."

여자는 의외로 표정 없이 덤덤하게 말하면서도 반가워했다. 언젠가 새벽에 여자와 함께 잤던 그 집에서 나올 때 그를 배웅하던 그 화장기가 지워진 얼굴 표정 그대로였다.

"사실은……"

그는 어렵게 신학 공부를 하게 되었다고 말했다.

"잘 하셨어요. 변호사 개업을 하셨으면, 저와의 관계를 청산할 수 없을 거예요. 제가 보고 싶어 서울로 올라가면 문전박대하실 수 없지 않겠어요? 현직에 있을 때보담 더 만나기가 자유로울 테니까요. 잘 선택하셨어요."

그녀는 마치 그의 속마음을 다 알고 있는 것처럼 말했다.

"내 애인이 변호사라고는 자랑할 수 있지만, 목사를 애인으로 두었다고는 말할 수 없지 않겠어요? 제게는 약간 아쉬운 일이지만, 그 대신 제가 돈 많이 벌어서 목사님을 도와 드릴게요.

정말 하나님께 바치는 마음으로 말입니다."

그녀는 감정이 섞이지 않은 침착한 어조로 차근차근 말하더니 하얀 치아를 살짝 보이며 웃었다.

"미안해요. 이러한 길을 가야만 정연 씨께 부담도 덜어드릴 수 있을 것 같고, 그 일이 피차에 좋을 것도 같아서……."

그는 궁색하게 말하면서도 속으로는 자신과 여자가 두려워서 마지막 도피처로 신학교를 찾은 주제에, 무슨 변명이 그리 장황하냐고 질책하고 있었다.

여자는 그의 말에 다시 입술을 달싹이며 소리 없이 웃었다.

"제게 부담 갖지 마세요. 제가 선생님을 좋아해서 그랬으니까요. 그것이 어찌 선생님 혼자 책임질 일입니까. 선생님이 제게 미혼이라고 거짓말해서 우리 관계가 시작된 것도 아닌데, 사실은 제가 너무 외롭고 선생님이 공연히 좋아서 유혹하고 싶은 마음도 있었던 것인데, 순진한 선생님이 제 덫에 걸린 셈이죠. 정말 부담을 갖지 마세요. 전 그 동안 선생님 같은 신사와 사랑놀음을 할 수 있었다는 것만으로도 즐겁고 아름다운 추억 하나를 소중하게 간직하게 되어서 다행이에요. 제게는 하나도 손해된 것 없어요. 그러니 안심하세요."

여자는 몇 번이나 '안심하세요'를 되풀이하면서 그를 안심시켰다. 그 말에 정말 그는 감동되었다. 마지막 헤어지면서까지, 남자에게 부담을 주지 않으려는 이 여자의 고운 마음씨가, 그를 초라하게 만들어버렸다. 자신은 여자로부터 도망칠 궁리만 해왔는데, 여자는 도망치는 남자에게 부담을 덜어 주려고 배려를 하고 있으니 말이다.

"그 대신 청이 하나 있어요. 오늘 우리 마지막 아니에요. 하룻 밤만은 비록 예비 신학생이시지만, 제게 시간을 좀 맡기세요. 마지막 아니에요?"

여자는 마치 오빠에게 떼쓰는 소녀처럼 당돌하게 청했다. 그가 잠시 머뭇거리자, 여자는 눈을 찡긋하면서 고개를 끄덕여 보였다.

훈도 고개를 끄덕여 버렸다. 어쩌면 이 밤에, 그녀와의 마지 막 육체의 향연을 그 자신도 원했는지 모른다. 여기까지 찾아온 것은 여자와의 마지막 밤을 장식하고픈 막연한 기대 때문이었을 것이다. 신학생이 되면 어디 남의 여자를 넘보기라도 할 수 있 으랴. 이 밤이 마지막이다.

여지기 먼저 일어났다.

"봄이 오는 과수원을 보고 싶지 않으세요?"

여자는 그를 차의 옆자리에 태우면서 소근거렸다.

3개월 만에 만난 그들은 밤새껏 육체의 향연은 벌였다.

"당신은 앞으로 제 몸을 탐내지 못할 테니, 오늘 저녁 10년 치를 한꺼번에 갖고 가세요. 이것은 제가 당신에게 드릴 수 있 는 마지막 선물이에요. 이것을 추하다고 생각하지 마세요. 이 밤의 모든 일은 제게 맡기세요. 제가 당신을 유혹했으니까, 하 나님도 저를 벌하시지 당신을 벌하시지 않을 겁니다."

여자는 얼토당토 않은 논리로 그를 안심시키면서 사정없이 그 의 육체를 공략했다.

"이 집을 떠나는 날부터 저를 완전히 잊어버리는 겁니다. 저도 사랑할 다른 사람을 열심히 찾겠습니다."

다음날 아침 여자는 이불 안에서 그를 끌어안고 귓볼에 입을 맞추더니 곧 놓아 주었다. 그는 그 무표정을 가장한 여자 얼굴을 한번 바로 쳐다보았다. 그는 그녀와 헤어지던 때에 느꼈던 그 야릇한 연민이 되살아났다. 그러나 억지로 그것을 죽이고, '이제는 마지막이다'라고 소리 없이 외치면서 과수원 별장을 나왔다. 그는 긴 여행길 마지막 정거장에 이른 것처럼 홀가분해하면서 집이 그리웠다.

7.

"그 만남이 정말 마지막이 되었습니까?"

현 목사가 말을 잠시 중단하고서 남아 있는 유자찻잔을 비우자, 지금까지 숨을 죽이고 듣던 치선이가 진지한 표정으로 물었다. 치선은 현 목사의 이야기에 완전히 빠져 있었다. 어쩌면 창작한 것을 말하는 것 같기도 했다. 더구나 그 부끄럽고 부도덕한 이야기를 담담하게 숨기지 않고 말하는 그 여유가 치선으로서는 의아스러웠고 부럽기도 했다. 그러기에 그는 현 목사의 이야기에 완전히 빠져들었으면서, 그 자신도 현 목사의 삶의 한복판에 끼어들어가 있음을 느꼈다.

그럴 만한 사연이 있다. 현 판사가 영장을 발부했던 그 독서회 사건은 백치선 판사에게 배당되어, 무죄가 선고되었다. 그 재판 사건은 당시로는 상당한 문제를 야기하였다. 통치권에 대한 사법부의 마지막 저항이요 양심이었다. 그러한 판결은 이제 겨우 법관 생활 3년인 백치선이었기에 가능했다. 그러나 그 판결 이후에 치선은 법복을 벗어야 했다.

"후배는 내가 져야 할 짐을 대신 졌더군. 그렇게 후배가 고통받을 때에 나는 여자의 치마폭에서 즐거운 고통을 감수하고 있었으니까, 이거 선배 체면이 말이 아닌데, 그래도 세상이 모르니까 나는 무사할 수 있었어요. 그러나 모든 것을 다 아시는 하나님만은 나를 용납하시지 않으셨지."

현 목사는 섹스의 더 깊은 수렁으로 빠질 수밖에 없었던 자신의 처지를 숨기고 싶지 않았다. 그래서 잠시 치선의 표정을 살피고는,

"마지막이 가능할 것 같소?"

목사가 되물었다.

"선배님이면……."

그는 아직도 자기를 신뢰하는 치선의 마음이 고맙고 부담스러웠다.

"사람은 누구도 성에는 장사가 없어요. 그렇게 신앙이 깊고 지혜로운 다윗왕이 순간적인 격정으로 부하 장군의 아내를 범한 그 사건이 이 점을 잘 말해주고 있어요. 나도 한때 그 다윗의 사건을 성서에서 읽으면서, 다윗을 호색가로 매도했지요. 권력을 누리는 자들의 공통된 욕망이라고 생각했지요. 그러나 이제 나는 그러한 욕망이 인간의 일상적인 본성이라고 깨달았어요. 그러므로 그것과 맞서 이기려고 하지 말고, 차라리 피하는 것이 훨씬 현명한 일이라는 것을 알게 되었지요. 그러나 나는 내 알량한 도덕성을 무기 삼아 그것과 맞서려고 했으니, 애초부터 승부는 뻔했지 않겠어요?"

　그 말에 치선은 가슴이 찔끔했다. 자기도 그랬다. 성을 무기로 자신에게 도전해 오는 우진아 앞에 그는 태연했고, 오히려 그녀를 멸시하고 코웃음을 쳤다. 내 앞에서 발가벗고 가랑이를 벌려 봐라. 내가 눈이나 깜짝하겠는가. 그러나 그는 그녀에게 굴복하고 말았다. 그 점에서는 현훈도 예외가 아니었다.

　현훈은 신학생이 되자, 아내의 도움을 받으면서 본격적인 경건생활을 시작했다. 그는 인생을 별 어려움 없이 살아왔다. 법관의 양식을 지키면서 살아가는 데 어려움이 없는 환경이었다. 판사직을 사임하게 되는 과정에서 빚어진 그 여자와의 불륜으로 인한 시련 말고는 별로 인생살이에서 역경을 거치지 않았다. 그래서 신앙도 평면적이었다. 그의 신앙은 그 자신에 의해서 선택한 것이 아니고, 할아버지 대부터 물려받은 것이었다. 그것은 몸에 배인 관습적인 것이어서 도전을 겪으면서 단련되지 못했다. 그 자신도 엄격한 가풍에서 성장했기 때문에 보수적인 성향이 짙어서 새로운 도전을 스스로 만들면서 살아오지 못했다.
　그는 신학대학원에서 열심으로 학교생활에 적응해 나갔다. 사십이 넘은 나이에 사회적으로 명문대학 출신이고 부장판사까지 지낸 사람이 신학을 공부하겠다고 나섰으니, 학교 안에서도 사람들의 주목을 받았다. 그러나 그는 처음부터 다른 학생과 똑같이 학교생활을 하겠다고 결심했고, 그 점을 교수들 앞에서도 약속했다. 다행히 신대원 과정에는 나이 든 학생이 몇몇 있어서 서로 벗이 될 수 있었다.
　그는 학교생활에 충실하여 주어진 모든 과정을 성실하게 감당해 나갔다. 특히 경건생활을 위해서 방학 때마다 개인적으로 기도원을 찾아가 훈련을 쌓았다.

2학기를 마친 겨울이었다. 우연히 학교 졸업식에 참여했다가 예전에 그가 오판으로 형을 살고 나와 신학교에 들어간 그 청년을 만나게 되었다. 그는 고교 출신자들이 입학하는 신학대학 졸업생이었다.

대학 교회 현관 앞에서 기념 촬영을 하려고 모여 있던 사람들 가운데 학사 가운을 입은 청년이 카메라 셔터를 누르려는 동료에게 소리를 지르고 중단시키더니, 그 옆을 지나치는 그에게 다가왔다.

"현 판사님!"

훈은 신학대학 교정에서 처음 듣는 '판사'라는 호칭에 어리둥절했다. 학사 가운을 입었기 때문에 청년의 모습이 얼른 생각나지 않았다.

"저를 모르시겠습니까. 대전지법에 계실 때, 판사님 방으로 인사드리러 간 적이 있습니다."

청년은 자신을 알아보게 하기 위해서 쓰고 있던 학사모를 벗으면서 자기를 소개했다. 그제서야 현훈은 그를 알아봤다.

"아니, 벌써 졸업인가?"

그는 묘한 심사를 누르면서 그의 손을 잡았다.

"현 판사님은 어쩐 일이십니까?"

그는 졸업식장에서 그를 만난 것을 예사롭지 않게 생각하였다.

"나도 자네를 따라 신학을 공부하고 있네. 신대원에서……"

훈은 사실대로 말했다. 그러면서 그가 신학을 공부하기로 결단을 내리게 된 이면에는 이 청년도 한몫을 했다는 것을 생각하고는 기분이 묘했다.

"정말 놀랍습니다. 이것은 정말 하나님의 섭립니다. 판사님께서 신학을 공부하시다니요?"

그가 큰 소리로 말하는 바람에 주위 사람들이 그들을 쳐다보았다.

"잘되었습니다. 이 교정에서 만나게 된 것도 기쁩니다. 할렐루야!."

그는 계속 들뜬 어조로 만남을 기뻐했다.

"저, 그렇지 않아도 대전에 내려가면 찾아뵈려고 했습니다. 제가 졸업을 했으니까, 대전에서 거리 청소년 교회를 개척하려고 기도하고 있습니다. 한때 저같이 방황했던 청소년들에게 복음을 전하는 일이 시급합니다. 그곳에 있는 과거 제 친구들에게도 양해를 얻었습니다. 다음 달 둘째 토요일에 개원예배를 대전역 광장에서 드릴 예정입니다. 꼭 나오셔야 합니다."

그는 현훈의 연락처를 받아 적으면서 만날 것을 약속했다.

현훈은 집으로 들어오면서 우연하게 신학대학 교정에서 그를 만난 것이 예삿일이 아니라고 생각되었다. 그때까지 마음 한 구석에 희미하게 남아 있던 그 청년의 모습이 차츰 뚜렷하게 드러나기 시작했다.

8.

3월 둘째 토요일 3시에, 대전역 광장 한편 모퉁이에 천막을 치고 거리 청소년 교회가 문을 열었다. 경찰과 교육위원회와 유관단체에서 협조했고, 과거에 그 청년과 생활하던 이른바 어깨들도 친구를 돕는다고 모여들었다.

청년은 2백여 명 모인 사람들 앞에서 자기 간증을 하면서, '거리의 교회'를 시작하게 된 사연을 말했다. 그러면서도 오판으로 억울하게 수형생활을 했다는 말은 하지 않았다. 그는 과거 생활을 청산하고 신학을 공부했고 이제 목회의 길로 들어서면서, 우선 이 지역 청소년들을 주님께로 인도하는 일부터 시작하게 되었다고 밝혔다. 그리고 현훈 이야기도 했다. 그가 자신의 신학공부를 정신적으로 도와주었고, 이제 그도 신학공부를 하고 있다는 말도 잊지 않았다.

맨뒤에서 집회를 처음부터 지켜보던 훈은 청년의 진지한 모습에 마음이 끌려서 끝까지 자리를 지켰다.

예배가 끝나자 어떻게 알아보았는지 현훈 주위로 사람들이 모여들었다. 대전에서는 한 6여 년 근무했기에 지방 유지들이 그를 알아보고 의아해했다. 그는 놀라워하는 사람들에게 이 거리 청소년 교회를 도와달라는 부탁을 했다.

훈은 하룻밤 머물고 가라는 친지들의 청을 물리치고 서울로 올라가기 위해 역 대합실로 들어섰다. 혹시나 그 여자에 대한 생각이 되살아나서 머뭇거려질 것이 두려웠다. 그래서 올 때부터 올라가는 기차표를 미리 예약했다.

훈은 역사로 들어가다가 잠시 걸음을 멈추고 역 광장과 그 넘어 시가지 거리를 내다보았다. 자신의 인생을 변화시킨 도시여서 감회가 서렸다. 그런데 예전에 보던 거리가 아니었다. 거리 청소년 교회를 통해서 새롭게 조성될 밝고 활기찬 거리를 생각하면서, 그 자신에게도 새로운 삶이 시작될 것 같은 예감을 느꼈다.

그가 친지들과 악수를 나누고 막 개찰구를 빠져 나가려는데 오른편 뺨에 이상한 기운이 섬뜩했다. 그러나 그대로 역 구내로 빠져 나가는데,

"현 판사님!"

나지막한 여자 목소리가 뒤에서 들렸다. 그러나 훈은 마음을 두지 않았다.

"현 선생님!"

이번에는 약간 크게 들렸고, 그 목소리가 어딘지 귀에 설지 않았다. 그는 걸음을 멈추고 뒤돌아섰다. 그 여자가 백치같이 하얗게 웃으면서 그에게 다가와서는 고개를 까닥했다. 훈은 허깨비에 홀린 것처럼 멍청했다. 사람들 시선이 그들에게 쏠리는 것 같았다. 여자는 그 곁으로 와서는 덥석 그의 오른손을 잡았다. 뜨거운 기운이 손을 통해서 그의 온몸으로 퍼졌다.

여자는 아무 말도 하지 않고 한참이나 그의 얼굴을 뚫어져라 쳐다보다가 불쑥 한 마디 했다.

"이대로 가시겠어요. 저녁이나 드시고 가세요. 안 만났으면 모르지만 이렇게 만났는데……"

훈은 가슴이 뛰어서 입을 열 수가 없었다. 입술이 마르면서 목이 텁텁했다. 그는 여자의 눈길을 바로 대할 수 없어서 고개를 돌려버렸다.

여자는 그의 손을 지그시 끌었다. 그러더니 손을 놓고서 뒤돌아서 왔던 개찰구를 다시 빠져 나갔다. 훈은 멍청히 서 있었다. 여자의 뒷모습이 다시 역사 밖으로 사라져 보이지 않았다. 그제서야 그는 정신을 차렸다. 이미 그는 그녀 뒤를 따라나섰다.

대합실 밖 역 광장에서 그녀는 잠시 걸음을 멈추고 그를 기다리다가 훈이 뒤따라오는 것을 확인하고 다시 앞만 보고 걸어갔다. 역 광장을 가로질러 오른편 모퉁이 주차장 앞에서 그녀는 다시 한번 걸음을 멈추고 뒤를 돌아보더니 대기해 있던 승용차에 탔다.

현훈이 뒤따라와서 기다리는 승용차의 뒷자리 여자 옆에 앉았다. 젊은 기사가 시동을 걸었다.

"왜, 올라가시지 않고 따라오셨어요?"

여자는 피식 웃으면서 훈의 손을 가만히 잡았다. 며칠 전에 이곳으로 내려온다는 소식을 듣고 기다렸다고 했다. 그리고는 그녀는 아무 말도 더하지 않았다. 훈은 왜 그녀를 뒤따라 나와서 이 차를 타게 되었는지 혼란스러웠다.

그는 여자를 바로 쳐다보았다. 몇 년 만인가? 겨우 1년을 조금 넘겼는데, 한 10년쯤 안 만난 것처럼 생각되었다. 여자는 조금도 변하지 않았다. 단지 승용차 기사를 두었다는 것만 달랐다.

"공부 재미있으세요?"

"어려워."

“조금도 변하지 않으셨어요.”

그는 여자의 그 말이 이상하게 들렸다. 변하지 않았다는 것은, 변하지 않기를 바라는 여자의 마음을 표현한 말이라고 생각되었다. 훈은 그 동안 변하려고 무척 노력했는데 변하지 않았다니 그 말이 엉뚱하게 들리면서 한편 자신이 두려웠다. 아무리 자신은 변했다고 생각하지만, 사람들이 변하지 않았다면 변하지 않은 것이다. 여자는 마치 그 변함을 확인하기 위해서 나타난 것처럼 생각되었다. 그는 매일 교회 새벽 기도회에 참석해서 주님께 기도를 드렸고, 매일 성경 읽고 묵상하며 자기 생활을 엄격하게 통제했고, 그것도 모자라서 틈만 나면 기도원에 올라가서 훈련을 받는 것처럼 생활했다. 어떤 때는 금식을 하면서 기도했다. 그렇게 1년을 넘게 생활했는데 변하지 않았다니 훈은 갑자기 기운이 쭉 빠졌다.

“정말 내가 안 변했어요?”

그는 따지듯이 여자에게 물었다. 여자는 소리 없이 웃기만 했다.

“제 생각이고 제 눈이고 제 마음이에요. 그런 말 이젠 그만하시고, 오랜만에 오셨는데, 제 집에서 저녁이나 드시고 올라가세요. 이 차로 모시겠습니다. 어머님이 몸이 편찮으셔서 제가 가게를 맡은 지 두어 달 되었어요. 부담 없이 식사하시고 쉬실 수 있습니다.”

여자 목소리는 물 흐르듯이 잔잔하고 거침이 없었다.

훈은 처음 민 변호사를 따라와 저녁 식사를 했던 그 별실에서 식사를 했다. 풍성한 저녁상이었다. 그가 처음 대하는 요리들도 있었다. 그녀는 마치 남편에게 하듯이 요리 하나하나를 설명하면서 권했다. 그는 여자와 같이 즐거운 식사를 하는 도중에 순간순간 제정신으로 돌아오곤 했다. 자신이 마치 지뢰밭을 걷는 위기감에 휩싸이면, 이 지뢰밭만 무사히 건너면 다시는 이곳으로 오지 않겠다는 생각을 하였다.

식사를 끝내고 9시가 넘어서 여자는 그를 데리고 그 집을 나왔다. 이번에는 기사를 놔두고 직접 차를 몰았다.

"이왕 늦었으니, 쉬셨다가 내일 아침 떠나세요. 제가 서울까지 모셔다 드릴게요. 그러잖아도 내일 서울로 올라갈 일이 있습니다."

여자는 마치 어린아이에게 하듯이 일방적으로 통고하듯 하고서 차를 몰았다. 그는 아무 말도 하지 않았다.

그날 밤에 그는 그 과수원 별장에서 여자의 성의 늪에 빠져 밤새 허우적거렸다.

한밤중에 먼저 깬 여자는 잠에 곯아떨어진 훈을 깨워 일으켰다. 새벽 3시였다. 그는 잠시 어제 역 개찰구를 빠져 나갔다가 되돌아온 이후부터의 시간을 생각해 보았다. 그가 누리지 않았던 시간처럼 생소했다. 지금 침대 위에 어정쩡하게 앉아 있는 자신의 몸을 훑어보았다. 낯선 잠옷을 입고 있었다. 그가 이 집에 들리던 밤마다 여자가 미리 준비해 두었다가 입히던 그 실크 잠옷이었다. 살갗에 닿는 부드러운 감촉이 여자의 살결처럼 느껴졌다.

그는 화장대 앞에 앉아 있는 여자의 뒷모습을 보면서 어젯밤에 그녀의 정염에 빠졌던 자신의 모습을 생각했다. 여자가 크리

넥스로 얼굴을 닦으면서 상체를 그에게 돌렸다.

"이제랑 정말 제게 부담 갖지 마세요. 전 어떤 남성과도 생각만 있으면 더불어 즐길 수 있고, 결혼할 수 있어요. 제 재력과 제 몸을 탐하는 사내들이 이곳에도 많아요. 그러니 제가 나이 찬 신학생에게 미련을 두지 않을 것이라고 믿어지지 않으세요? 이제는 저로부터 떠나 자유로우세요. 지난밤이 마지막이었어요. 그러한 제 뜻을 전하려고 일부러 그 역 광장에서 기다리고 있었던 겁니다."

여자는 차분하게 말하고는 옷을 갈아입기 시작했다.

"떠날 채비를 서두르세요. 제가 서울까지 모셔다 드리겠습니다. 그러잖아도 서울 갈 일이 있었던 참이었어요."

3시 30분 조금 전이었다.

"날이 밝으면 나대로 가겠어."

현훈은 그녀가 서울까지 따라온다는 것이 부담되었다.

"어서 떠나세요. 날이 밝으면 제 마음이 변할 수도 있어요. 제가 붙잡으면 도망칠 자신 있으세요?"

그 말에 현훈은 아무 대답도 못했다. 정말 이 여자가 마음만 먹으면 자신을 쉽게 가둬 놓을 것이라고 생각되었다.

현훈은 마치 어머니에게 끌려서 새벽기도회를 가는 중학생처럼 그녀가 운전하는 차에 탔다.

차는 고속도로로 진입하자 속력을 내었다. 게시판에 바늘이 120~130에서 출렁거릴 때마다 그는 가슴을 조렸다. 그녀는 화난 사람처럼 액셀을 밟은 다리에 힘을 주었다. 훈은 가슴이 좁아들어서 감히 말도 붙여보지 못했다.

5시가 조금 넘어서 서울 서초동에 도착했다. 여자는 시내로 빠져 들더니 교회 앞에 차를 세웠다.

"어서 가세요. 교회에 가셔서 저로부터 자유로울 수 있도록 기도하세요."

여자는 그 한마디를 남겨 놓고 차를 돌렸다. 훈은 차가 시야에서 사라지자, 그 여자 말대로 교회로 들어갔다.

그는 새벽기도회가 시작된 교회의 뒷자리에 앉아서 여자가 마지막 남긴 말을 생각했다. 여자로부터 자유스러울 수 있는 방법이 무엇인가? 기도회가 끝나자 혼자 남아서 기도하기 시작했다. 신학생이 되었다고 그 여자로부터 자유로울 수 없다는 것을 깨닫고는 그는 절망했다. 언제 어디에서 다시 그 여자가 그 밑바닥이 보이지 않는 깊은 수렁 같은 섹스를 가지고 나타난다면, 그는 아무 저항도 못해 보고서 그 늪에 빠질 수밖에 없다고 생각되었다. 주님, 제 죄를 용서해 주시옵소서. 제 몸 속에 뿌리 박혀 있는 음란한 마음을 불태워 주십시요. 어떻게 해야 그 여자로부터 자유로울 수 있겠습니까? 가르쳐 주십시오. 그 여자의 아름다운 얼굴을 볼 수 없도록 제 눈을 빼어버리면 되겠습니까? 그 여자의 향기를 맡을 수 없도록 제 후각의 기능을 마비시키면 되겠습니까? 주님 가르쳐 주십시오. 그 순간이었다. 한 생각이 번개처럼 스쳐지나갔다. 그 순간 기도문이 막히면서 가슴이 울렁거렸다. 여자로부터 영원히 자유로울 수 있으려면 그 길밖에 없다.

그날 새벽의 정황을 설명하던 훈은 잠시 말을 중단하고 치선이를 쳐다보았다.

"그 방법을 찾으셨나요?"

치선의 물음에 현 목사는 다시 고개를 좌우로 흔들었다.

그는 하나의 방법이 떠올랐다. 그것은 자신의 남성을 제거하는 일이었다. 그러나 그것은 감히 생각하기조차 두려웠다. 그런데도 그 생각은 지워지지 않았다. 더구나 이러한 정황에서 그 생각이 떠올랐다는 것부터가 이상했다. 그 새벽에 교회를 나와서 집으로 돌아오면서도 그 생각은 떠나지 않았다. 그는 고민하기 시작했다. 이 생각은 주님께서 그를 깨닫도록 내려 주신 것이라는 데에 이르자 고민이 더해졌다. 제 눈을 빼어버려야 하겠습니까 하고 기도하기는 했으나, 막상 그 문제를 앞에 놓고 보니 감당하기 어려웠다.

그러나 날이 밝고 일상으로 돌아오자 그 문제는 잠시 잊혀졌다. 그러한 각오로 임하면, 설사 남성을 제거하지 않아도 그 여자를 이길 수 있을 것이라는 믿음이 생겼다. 그런데 며칠을 지내고 나서 다시 그 여자가 무서워지기 시작했다. 전에는 이따금 생각이 나고, 그래서 정도 가고, 애처롭기도 하고, 그 아름다운 몸과 불 붙는 정염에 대한 욕심도 생기곤 했는데, 이제는 그러한 모든 것보다 앞서 그 여자가 무서워지기 시작했다. 여자는 나를 희롱하고 있는지도 모른다. 아니, 모든 남성을 희롱하고 있을 것이다. 내가 그 첫 대상이다. 그가 한 말이 생각났다. 난 재력과 미모로 어떤 사내도 마음만 먹으면 결혼할 수 있습니다. 그 말은 마음만 먹으면 어떤 사내도 파멸시킬 수 있다는 말로 들렸다. 사실 그 여자 말대로 그녀는 이제 내게 미련 가질 아무 이유도 없다. 예전 같으면 부장판사를 애인으로 두었다고 자랑하는 맛이라도 있겠지만, 지금에야 마음만 먹으면 많은 남자를 애인으로 둘 수 있는 처지인데. 하찮은 신학생에 관심을 둘 까닭이 없었다. 그렇다면, 그녀가 나를 놓지 않은 것은 남성에 대한 복수 때문이다. 자기를 피하려고 사표를 내고, 더하여, 신학을 공부해서 목사가 되려는 내 의도를 환히 알고 있으면서도 나를 떠나보내지 않는 것은 다른 의도가 있다. 생각을 할수록 여자가 무서워졌다.

여자에 대한 두려움이 더할수록 여자로부터 벗어나는 길은 그 마지막 선택밖에 없다는 것을 절감하게 되었다. 만약 내가 목회자가 되있을 때 그녀가 나타난나면 그녀로부터 자유로울 자신이 없었다. 그렇게 생각하니 덫에 걸린 사슴처럼 절망적이었다. 하나님과의 관계 전에, 그는 많은 사람들로부터, 교회로부터, 세상으로부터 고문을 당하게 될 것을 생각하니 견딜 수 없었다. 그녀와의 관계를 청산하는 일이 시급한데, 그 방법은 단 하나뿐이라고 결론을 내렸다. 여자는 그를 놓아주었다고 말했지만, 그 말을 믿을 수 없었다. 그 동안의 여러 정황을 통해서, 그 여자와의 관계는 인간의 의지나 노력이나 결단으로 청산할 수 없다는 사실을 확인하게 되었다.

현 목사는 잠시 말을 쉬었다.
"그 방법은 무엇입니까?"
아직도 현 목사는 치선에게 그 방법을 말하지 않았다. 그런데 막상 입으로 그 말을 하기가 쑥스러웠다. 지금까지 후배인 치선에게 너무 많은 이야기를 했다는 것을 새삼스럽게 알았다. 그런데 그 이야기만은 하기가 좀 망설여졌다. 그것은 가장 나약한 사람들의 최후 방책이다. 그것은 절망적인 상황에서 헤어나지 못해서 그 해결 방법으로 목숨을 끊는 일이나 한가지다. 그러한 목사의 마음을 치선이 어느 정도 감지했다.

"내 스스로 남성을 포기할 수밖에 없었어요."

현 목사는 치선의 시선을 외면하면서 중얼거렸다.

"남성을 포기하다니요?"

치선은 그 말의 진의가 얼른 이해되지 않았다.

"그 방법밖에 없었으니까. 그것은 자기 죄를 죽음으로 청산하려는 자살처럼 비겁한 최후 처방이기도 해요. 그러나 어쩔 수 없었어요. 학교를 졸업하고 목사 안수를 받으려면 어차피 아내에게 그 사실을 고백해야 하는데, 목회자로서 새로운 인생을 살아가야 할 처지에 구습을 벗어버리기 위해서 벌써 하나님께는 고백한 죄이지만, 아내에게도 고백해야 된다고 생각하고 있었으니까요. 그럴 경우에, 내가 단순히 고백할 것이 아니라, 아내에게 그 여자와의 관계를 청산했다는 어떤 증거를 보여줘야 하는데, 증거로 나는 그 일을 결심하였던 것이지요. 그리고 그 여자에게도 내가 여자로부터 자유롭기 위해 남성을 포기했다는 사실을 알림으로, 그 여자에게도 용서를 받을 수 있다고 계산했던 것이지요. 뿐만 아니라 자신도 그 여자로부터 자유로워지려면, 내 성적 욕망에서 자유롭지 않고는 불가능하다는 것을 알았기 때문에, 나는 결국 그 길을 택할 수밖에 없었어요."

현훈 목사는 어눌하게 말을 이어가면서 중간에 몇 번이나 헛

기침을 했다.

9.

　훈은 며칠 동안 생각을 되풀이해도 별 다른 묘책이 떠오르지 않았다. 방법을 얻기 위해서 주님께 기도를 했다.
　학교에 나가도 하루하루가 초조하고 두려웠다. 아내가 모든 사실을 알고 있으면서 그의 고백을 기다리는 것 같았다. 그 여자가 신학대학 정문에서 차를 대기시켜 놓고 있다가 그를 납치해서 그 과수원 별장으로 끌고 갈지도 모른다. 강의실에 앉아서도 생각은 아내와 그 여자와 그 죽림의 음식 맛, 신선놀음하듯이 밤을 즐겼던 그 과수원 산장과 무르익은 여자의 살맛이 떠올라 정신을 수습하기 어려웠다.
　3월 셋째 주 목요일 저녁이었다. 오랜만에 고교 동창 모임에 나갔는데, 비뇨기과를 개업하는 고교시절 단짝 친구를 만났다. 10여 년 만이었다. 공식 행사를 마치고 끼리끼리 모여 2차를 가게 되었는데, 훈은 그 친구를 붙잡고 호텔 커피숍으로 갔다.
　"현 판사 어떻게 된 거야. 법복을 벗었으면 변호사를 개업하는 것이 정코스인데 목사가 되겠다니 참 궁금하군. 거 누구더라? 무죄한 사람에게 사형을 선고해서 그 자책감 때문에 일생 동안 고통스러워했던 법조인이 있었지. 자네도 그런가?"
　친구는 신학을 공부한다는 훈의 처지가 의아했다.
　"법관보다는 목사가 훨씬 내 체질에 맞아. 한 10여 년 넘게 재판을 했으니, 이제는 재판이라는 것이 두려워졌어. 이제는 남의 죄를 정죄하는 일보다는 지은 죄를 하나님께 용서받도록 일종의 사죄의 거간꾼 노릇을 좀 해 볼까 해서 이 길로 들어섰네. 따지고 보면 나도 남의 눈에 드러나지 않아서 그렇지 얼마나 죄를 많이 짓고 사는데……."

"아니, 현 판사도 죄를 짓나?"

친구는 훈을 너무나 잘 알았다. 법 없이도 살 사람이라고 생각하고 있었다.

"현훈이라고 인간 아닌가? 죄를 지을 기회가 없거나, 혹 용기가 없어서 죄를 못 짓지, 인간은 다 범죄의 욕망을 갖고 살아가는 거야."

"이 사람 이상한 소리 다 하는군. 허허허."

이야기가 사람의 죄와 허물에 이르자 피차의 흉금을 털어놓게 되면서 이야기판이 무르익게 되었다.

"그런데 말일세, 나 자네에게 의논할 일이 있어."

훈은 망설이다가 결국 죽림 그 여자와의 일을 말해 버렸다.

"내가 이제 그 섹스의 올가미에서, 이것은 내 스스로 만든 올가미이긴 하지만, 거기에서 벗어나려면 아무래도 내 그것을 제거하는 수밖에 없을 것 같아. 자네가 좀 도와주게."

친구는 어처구니없는 표정을 짓더니 아무 말도 하지 않았다.

"내 아들이 둘이고, 딸이 하나야. 이제는 별로 그것이 필요없게 되었어. 이제 그것 때문에 내가 파멸될 지경에 이르렀으니, 다소 무리가 따르더라도 어쩔 수 없네."

훈은 친구의 두 손을 꽉 잡으면서 호소했다.

"내가 비뇨기과 전문의로서 그런 시술을 할 수 있겠어? 그것
은 의사의 양식의 문제이다. 그리고 자네가 그것을 거세할 만한
용기를 가졌다면, 그런 방법이 아니더라고 그 문제를 이길 수
있을 거야. 흔히 자살하는 사람들을 보고는 그렇게 말하지 않
나. 자살할 만한 용기가 있다면, 충분히 그 어려움을 이겨 나갈
수 있지 않겠느냐고. 마음 단단히 먹어봐. 자네가 너무 도덕적
이어서 그래. 비뇨기과 의사는 그것을 보호해야 할 책임이 있는
데 어떻게 자네 청을 들어줄 수 있겠어?"

친구는 완곡하게 훈의 제안을 물리치면서 훈 스스로가 그 문
제를 이겨 나가도록 권유했다.

"자네는 정신과 법을 다루는 처지니까 단순 기술자인 의사보
다는 훨씬 그 문제에 대해서 생각이 깊을 거야. 성은 단순히 종
족보존의 수단으로만 필요한 것이 아닐 거야. 인간에게는 그것
이 있음으로만, 그리고 성에 대한 강렬한 욕망을 갖도록 되어
있는 그 성의 구조 자체도 부정적으로만 생각할 것이 아니야.
우리가 모르는 더 소중하고 아름다운 요소를 지니고 있을 거야.
그 아름답고 소중한 것은 아마 그것을 잃고 난 후에야 비로소
깨닫게 되겠으니 소중하게 간직해 둬라. 인간의 죽음과 삶의 문
제를 살아 있는 사람의 인식 수준으로는 다 이해할 수 없듯이
아마 섹스도 그럴 거야. 그러니까 살아 있어서 쓸모 없다고 생
각하는 사람도, 죽는 것보다는 살아 있는 것이 훨씬 의미 있지
않겠어? 그래서 식물인간도 심장이 멎을 때까지는 살아 있는
생명으로 그 존재성을 소중하게 다루는 거야."

친구는 오히려 훈의 청을 들어주기는커녕 설득하려 했다. 친

구에게 거절당하고 나서 훈은 자신이 더욱 초라하게 생각되었
다. 성에 대해 저주스런 생각은 더해 갔다.

그날 밤 친구와 헤어져서 집으로 돌아온 훈은 거의 뜬눈으로
밤을 밝혔다. 친구에게 어렵게 사정을 했는데도 거절당하고 보
니 무안하기 그지없었다. 자신을 주체하지 못해서 엄청난 파격
을 시도하는 자신의 처지가 마귀의 장난에 놀아나는 것처럼 생
각되기도 했다.

그날부터 그는 예리한 면도칼을 준비해서 윗도리 안호주머니
에 넣고 다녔다. 어떠한 경우에 그것으로 자신의 남성을 절단하
려고 했다. 이렇게 칼을 품고 다니면, 그 칼의 힘을 빌어 정욕
의 욕망을 이길 수 있을 것이라는 기대도 작용했다. 그럴수록
그는 자신이 점점 다르게 변해 가는 것이 두려웠다.

그는 아무런 결단도 내리지 못한 채 전전긍긍하며 하루하루를
고통스럽게 지내고 있었다. 품고 다니던 칼이 정욕의 굴레에서
그를 벗어나게 하기는커녕, 어쩌다가 안호주머니를 뒤질 때마다
손끝에 닿는 칼집의 그 감촉이 도리어 잊어버렸던 정욕을 도발
시켰다. 칼을 통해서 그 어려운 결단을 연상하게 되고, 이어서
죽림의 그 여인과 가진 환락의 밤으로 자연스럽게 상상력이 뻗
어갔다. 그러나 그는 칼을 버릴 수도 없었고, 여자를 잊을 수도
없었고, 남성에 대한 혐오감을 떨쳐버리지 못했다.

여름방학이 시작되자, 그는 4주를 기약하고 기도원으로 들어
갔다. 이 여름에 결판을 내려고 단단히 마음을 먹고 준비 기도
도 많이 했다. 더구나 부인이 뒤에서 기도로 많이 도와주었다.
기도원에 들어가면서 그는 이번이 마지막 기회로 생각했다. 만

약 이 여름에 이 문제를 해결하지 못한다면, 신학공부를 그만두기로 작정했다. 그는 자신의 인생을 내걸고 결판을 내기로 독하게 마음을 먹었다. 인격과 학식과 신앙을 담보로 자기와의 싸움을 시도했다.

서울에서 멀리 벗어난 기도원을 택했다. 강원도 태백시에서 더 산속으로 들어가서 자리잡은 '하늘나라 기도원'은 동네에서 내려 산길로 한 1시간 남짓 걸어야 하는 암자 같은 기도원이었다. 그는 두 평짜리 방에서 하루 두 끼를 금식하면서 기도와 묵상생활을 시작했다. 자신이 그 동안 범한 죄를 주님께 낱낱이 회개하고, 아직도 부인에게 고백하지 못한 그 잘못에 대해 용서를 빌었다. 언제 부인에게도 마음을 터놓고 고백할 수 있는 용기를 허락해 달라고 기도했다. 그러면서 자신의 정욕을 성령의 불로 소멸시켜 주기를 간구했다. 새롭게 신학을 공부하고 목회자의 길로 들어서는 자신의 인생을 모두 맡긴다고 고백했다.

또 성경을 정독하며 그 말씀을 묵상하였다. 4주 동안에 성경을 통독하기로 작정했다. 성경 한 구절 한 구절을 머리와 가슴으로 읽고 묵상하기로 작정했다.

아침 4시에 일어나 세수하고 산보를 겸한 가벼운 운동을 30분 정도 하고 약수 두 그릇을 마심으로 아침을 대신한다. 그리고 방에 들어와 무릎을 꿇고 성경을 읽기 시작한다. 한 시간 읽은 후에 기도원 뒤뜰 울창한 숲으로 나와서 신선한 공기를 마시면서 10분간 명상한다. 그리고 나서 떠오른 해를 바라보면서 약 30분간 숲 속을 거닐면서 묵상하고 다시 방에 들어오면, 피로와 허기로 몸을 가눌 수 없게 된다. 그때부터 정신을 집중하고 주님과 대결하는 심정으로 12시까지 기도한다.

　12시에 점심을 겸한 하루 동안에 있는 유일한 식사를 한다. 식후에 30분 동안 숲을 거닐면서 묵상 겸 운동을 하고, 오전처럼 다시 성경을 읽고 기도를 두 번 반복한다. 저녁은 역시 생수로 채운다. 그러한 생활로 어렵게 일주일을 넘기니 생활의 균형이 잡히면서 체력도 유지되었다. 오히려 이상한 생기가 온몸에 쫙 퍼져 있어서 성경을 읽을 때나 기도할 때에도 힘이 솟았다. 더구나 성서의 내용이 아주 선명하게 머리에 박혔고, 숲을 거닐 때면 전혀 생각치 못했던 상념들이 떠올랐다. 그렇게 생활하는 동안 그는 준비하고 간 예리한 면도칼에 대해서는 잊어버렸다.

　예정한 4주를 무사히 마쳤다. 점심을 먹은 후에 하산하기 위해서 행장을 챙겼다. 산길을 도보로 1시간쯤 걸어야 버스가 다니는 마을에 이를 수 있었다. 그는 행장들이 들어 있는 배낭을 짊어지고 산을 내려오기 시작했다. 가슴이 넓어지고 다리에 힘이 솟았다. 내리막길이라서 날아갈 듯이 몸이 가뿐했다. 그러면 그렇지, 현훈이 누구냐? 그는 모든 일에 자신이 생겼다. 죽림 그 여자가 앞에 나타나도 두렵지 않을 것 같았다. 부인에게 모든 것을 고백할 자신도 생겼다. 그 일 때문에 4주 동안 기도원에 들어가 경건생활을 했다는 것으로 아내도 여자와의 모든 일을 용서해 줄 것이다. 기도원에 올라오기 전까지 매사에 자신이 없던 왜소한 자기 모습이 타인처럼 생각되었다. 이 모든 결과가 자신의 노력에 의해서 얻어졌다는 데서 더 즐겁고 흐뭇했다. 8월 중순 더운 날씨인데도 콧노래를 부르면서 산을 내려왔다.

　산을 거의 내려온 그는 마침 소변이 마려워서 오솔길에서 빠져나와 더 산속으로 들어갔다. 일을 다 보고 나서 목이 말랐다. 구릉 건너편에서 개울물 소리가 들렸다. 뻐꾹 뻐꾹. 뻐꾸기 소리에 산은 적막 속으로 가라앉는 듯했다. 그는 낙엽송에 기대어 하늘로 고개를 쳐들었다. 뭉게구름이 무심히 조을 듯이 펼쳐져 있었다. 하늘을 향해 고개를 쳐든 숲이 곤한 낮잠에 취해 있었다. 산과 하늘과 땅은 한여름의 권태에 눌려 조용했다. 그는 물 소리가 나는 개울을 찾아 더 안으로 들어갔다. 물이 분 개울물이 눈앞에 나타났다. 그는 개천가에 이르러서 쪼그려 앉았다. 두 손으로 물을 움켜서 두어 번 마셨다. 그리고는 윗도리를 벗어 던지고 물을 안아다가 가슴으로 끼얹었다. 그때였다. 저 편에서 인기척이 들렸다. 그는 무심결에 고개를 들었다.

개울 윗편에서 사람의 뒷머리가 보이는 것 같았다. 그는 상체를 일으켰다. 사람을 만나본 지 하도 오래여서 반가웠다. 기도원에서는 사람도 별로 없었으나 혹 만나도 이야기를 나누지 못하도록 관례가 되어 있었다.

"에그머니이이이!"

그때였다. 놀란 여자의 비명이 들렸다. 처음에는 죽림 그 여자 목소리로 들렸다. 그는 다시 눈을 씻어 보았다. 허연 여자의 뒷 어깨부분이 그의 눈을 막았다. 여자는 두 손으로 얼굴을 가리고 그에게 등을 보이면서 허리쯤 오는 물에서 움직이지 않고 그대로 앉아 있었다. 그것은 죽림의 그 여자가 벗은 모습이었다. 발가벗고 욕조에 앉아서 그를 부르던 그대로였다. 그가 욕실로 들어가 물 속에 잠겨 있는, 삶아서 벗겨 놓은 달걀과 같은 우윳빛 여자의 상체를 뒤에서 안으면, 여자는 기다렸다는 듯이 그의 가슴으로 젖은 몸을 맡겼다. 물에 젖은 여자의 몸을 안는 그 황홀한 맛은 곧 전신에 퍼지면서 곧 하체로 뻗어내렸다.

그는 앞뒤 가릴 여유가 없었다. 텀벙 물 속으로 들어가서 과수원 산장에서 하듯이 여자를 뒤에서 안았다. 여자는 두 손으로 얼굴을 가린 채 비명을 지르더니 그의 가슴으로 쓰러졌다. 그는 두 손으로 여자의 젖은 젖가슴을 지긋이 눌렀다. 과수원 산장 그 이탈리아제 대리석 욕조 안에서 하던 그 방식대로 여자를 다루었다. 처음에 외마디 비명을 질렀던 여자의 호흡이 차츰 가빠지기 시작했다.

그제서야 훈은 제정신으로 돌아왔다. 뒤에서 껴안고 있던 여자의 상체를 획 돌려 보았다. 전혀 낯선 얼굴이 아니었다. 기도원 식당에서 몇 번 만났던 여자였다. 여자는 고개를 숙인 채 훈의 너른 가슴에 얼굴을 파묻은 채 몸부림을 쳤다.

여자를 밀치고서 뭍으로 나온 그는 서둘러 옷을 입다가 윗 호주머니에 들어 있는 면도칼집의 무딘 감촉이 손끝에 와 닿았다. 순간 가슴에 격렬한 진동이 스쳐 지나갔다. 그는 서둘러 면도칼을 꺼내더니 바지를 내렸다.

"으흐흐흐!"

짐승의 오열을 터뜨리더니 그는 갑자기 데굴데굴 개울가에서 굴렀다. 물에 젖은 몸에 황급히 옷을 입던 여자가 비명소리에 놀라서 그에게 다가갔다. 뱀에 물렸는가 생각했다. 그런데 그의 오른손에서 피묻은 면도칼과 사타구니를 부여잡고 있는 그의 얼굴을 보았다.

"미안하지만, 날 여기로 데려다 주세요."

　그는 면도칼을 여자에게 내밀면서 신음을 토했다. 그 칼집에
는 비뇨기과 친구의 병원 이름과 전화번호가 적혀 있었다.
　현훈은 친구의 병원으로 옮겨 응급 봉합 수술을 받았으나, 너
무 시간이 지체되어 성기능은 회복되지 않았다. 성기의 상단부
에서 약 3센티 정도가 거의 절단되어 버렸다.

　치선은 그가 4주 예정 기도를 마치고 내려오다가 그 일을 저
질렀고, 다시 그렇게 애쓰면서 단행하려 했던 일을 결국 실행하
게 된 내력이 생각할수록 이상했다. 도저히 믿을 수 없는 일이
었다. 치선은 훈이 성에 대해서 비정상적인 태도를 지니고 있는
사람이라고 생각되었다. 호모? 성도착증 환자? 그러나 그 행동
만으로 그에게 어떤 병역을 떠넘긴다는 것은 위험한 일이다.
　"일이 이렇게 되자 우선 친구가 놀라더군요. 기도원에 갔다는
소식을 들었는데, 그러한 몸으로 나타났으니, 놀라지 않을 수
없었겠지."
　현훈은 그날 그러한 일을 결행하게 된 점에 대해서는 이해할
수 없었다. 기도원에서 짐을 싸들고 산을 내려올 때만 해도 얼
마나 홀가분했던가. 성 문제로 인한 고민은 이미 물 건너 간 것
으로 생각했다. 그런데 그렇게 생각하고 불과 몇 분 후에 그는
바로 자신했던 그 문제 앞에서 여지없이 무너져 버렸다. 이해할
수 없는 일이었다.
　"목사님, 그것을 거세해 버리는 것도 죄 아닙니까? 아름다운
신체의 한 부분이기에 하나님께서 만들어주셨는데, 인간이 필요
에 의해서 마음대로 처치해 버린다면……."

치선이는 현 목사의 내력이 소설처럼 믿기지 않았다. 정말 그가 거세했을까. 허연 수염과 머리카락에 비해서 그 윤기 나는 혈색과 정정한 목소리는 예전 대전지법에 근무할 때와 다르지 않다는 것을 알고는, 그 건강의 비결이 남성 거세 때문이 아닌가 생각해 보았다. 그러나 치선으로서는 남성 포기의 동기가 전혀 현훈 목사답지 않을 뿐 아니라 이해할 수도 없었다.

성에 대한 치선의 입장은 그런 대로 분명했다. 그것을 거세하는 것은 남성으로서의 자살이나 다름이 없다. 하나님이 창조해주신 인체 가운데서 가장 소중하고 아름다운 것이 성이라고 생각하고 있다. 그것은 인간에게 쾌락을 줄 뿐만 아니라, 이성에 대한 사랑의 욕망을 갖게 함으로 결국 사랑의 원천이 되며, 그러기에 새 생명을 낳게 하는 창조의 원천이기도 하다. 아마 하나님은 인간을 창조하실 때에 생명 다음으로 그것을 소중하게 만드셨을 것이다. 성을 소중히 생각하라는 것은, 그것이 단순한 이데올로기적 차원이 아니라, 성 자체가 인간에게는 생명 다음으로 소중하기 때문이다. 그런데 그것을 포기했다니 그것은 자살과 같이 범죄이다. 인간은 죄를 지으면서 살아야 하는 나약하고 추한 존재이지만, 그렇다고 목숨을 스스로 포기할 수 없는 것과 같지 않을까?

"그런데 말이요……."

현 목사는 치선의 속마음을 알아차렸는지 상대를 은근히 쳐다보면서 미처 못 다한 말을 하려고 했다. 치선은 그 진지한 표정에 궁금증이 더했다. 그러나 그것을 거세한 다음에 나타난 문제에 대해서 차마 이 자리에서 물을 수 없었다.

"그러나 그 일을 결행하고 나서 문제가 더 복잡했어요. 그제서야 남성을 포기하는 일이 주님께서 원하시는 일이 아니라는 것을 깨달았지요. 내 자의에 의해, 내 필요에 의해, 주님 뜻과는 전혀 관계없이 그 일을 단행했음을 알게 된 것은 시간이 얼마쯤 지나서였지요. 저는 그제서야 그 일이 큰 죄임을 비로소 깨달았지요."

훈 목사는 치선이가 궁금해하는 문제를 다 알고 있었다.

"깨닫게 되셨다고요?"

치선은 그 말에 긴장했다. 문제를 깨달았다는 것은 그가 거세를 함으로 원래 의도하던 일이 빗나갔음을 의미한다.

"그것이 비록 내 육체의 한 부분이지만은, 사실은 내 것만이 아니라는 것을 미처 몰랐던 것이지요. 하나님의 오묘한 섭리를 깨닫지 못했기에 내 필요에 따라 처치해 버리는 우둔함을 범하게 되었던 것이지요. 나는 그것을 거세함으로써 얻어지는 문제만을 생각했지, 진정 하나님께서 왜 그렇게 복잡하고 문제성을 가진 성을 인간에게 허락해 주셨는지를 헤아리지 못했어요. 그 성적 욕망으로부터 벗어나기 위해서 노력도 덜 했고, 또한 노력만으로 될 수 없는 그 사실 뒤에 숨어 있는 하나님의 뜻도 깨닫지도 못했지요. 그래서 나는 돌이킬 수 없는 큰 죄를 다시 범하게 되었고, 그 값을 톡톡히 받았습니다."

신대원을 졸업한 훈은 목사 고시에 합격한 직후였다. 앞으로 한 반 년쯤 지나면 목사 안수를 받게 되었다. 그때 부인이 이혼을 제기해 왔다. 전혀 예상하지 못한 일이었다. 첫째 이혼 사유는, 남성을 거세한 남편과는 결혼생활이 조화롭지 못하기 때문이고, 그 다음은 그러한 중대사를 혼자 처리한 독선적인 남편과 남은 인생을 같이 살 수 없다는 것이었다. 남녀가 결혼한 이상, 그 성은 혼자 것이 아니라, 부부 공동의 것이란 점을 훈은 생각하지 못했던 것이다. 그러한 남편의 독선은 부인을 무시한 처사이면서 또한 하나님의 뜻에도 배치되는 것이었다. 그것을 거세한 후부터 이미 훈은 가장으로서의 역할과 의무를 포기한 상태이므로 가장의 자격을 상실했다고 그 부인은 판단한 것이다.

훈은 부인의 주장이 모두 옳다고 생각하고는 이혼을 결정했다. 그 대신 자녀의 양육은 부인이 맡기로 했다.

"전 지금도 아내에게는 미안해요. 사실은 그 남성은 내 것만이 아니라, 아내의 것이고, 하나님의 것인데도 나는 내 것으로만 착각했지요. 또 하나 내가 저지른 큰 잘못은 성의 욕망을 내 의지에 의해 이겨보려고 했던 그 점이었소. 내가 극히 약한 존재라는 것을 미처 깨닫지 못했던 때문이지요. 주님께서 나를 이기도록 능력을 주실 때에만 정욕과 싸워 이길 수 있는데 내 힘만 믿고 그 성적 욕망과 대결했으니, 이미 성의 노예가 되어 있는 내가 어떻게 그 상전과 상대가 되겠어요? 그래서 결국 자기를 파괴시킴으로 그 불가능을 가능케 하려고 했는데……. 그 대가로 아내가 내게서 떠났지만 주님은 그러한 어려움 가운데서 나를 내버려두시지 않으시고 다른 길을 열어 주셨어요."

잠시 말을 중단하고 치선을 물끄러미 쳐다보던 현 목사는 바람이 부는 창밖을 내다보면서 혼잣말처럼 이야기를 계속했다.

"아내가 가정을 떠난 후에, 나는 다른 일을 찾아 나섰어요. 나만이 해야 할 일이 뭔가 따로 있을 것 같았어요. 남성을 거세한 남자 목회자로서 할 수 있는 일을 찾았지요. 그러는 중에 차츰 뭔가 새로운 것이 잡혀오기 시작했어요. 우선 하나님의 섭리에 대해 더 진지하게 생각해 보았어요. 세상 사람들이 다 죄인인데, 그 죄가 밖으로 드러나지 않아서 그렇지, 만약 다 드러난다면 세상은 더 혼란스러워지고, 그러면 땅에는 대혼란이 일어날 것임을 알게 되었고, 하나님은 그 죄를 다 아시면서 세상 사람들에게 다 드러나지 않게 하고, 때를 기다리신다는 것을 알았지요. 내가 법관으로서 한 일은 그 세상에서 저지른 범죄의 실상을 밝혀 모두 드러내는 것이었는데, 그렇게 함으로 사회가 밝아지고 인간은 행복하게 될 것이라고 생각했지요. 그 일을 더 철저하게 실천하는 것이 법관의 몫처럼 생각했으니까요. 물론 그 일도 필요하겠지만, 인간의 힘으로 인간 죄의 실체를 완전하게 판단하고 드러낼 수 없다는 것을 깨달으면서, 왜 전지전능하신 하나님은 그것을 드러내게 하는 데 인색한가를 의심하기도 했었지요. 그러는 가운데 하나님의 섭리를 깨닫게 되었어요. 모르지요. 이러한 깨달음이 진정 하나님의 참 섭리인지는……. 그러나 나는 쉬지 않고 그 분의 그 심오한 뜻을 찾아가고 싶어요. 백 변호사, 생각해 보세요. 세상 사람들이 저지른 죄가 다 세상에 밝혀진다면 사회가 어떻게 되겠어요. 그래서 저는 법복을 벗은 것을 잘했다고 생각해요. 죄를 벌하고 정죄하는 자리에서, 이제는 그 죄와 죄 지은 사람을 이해하는 벗이 되는 자리로 옮겨 앉았지요. 그러는 가운데 저는 에이즈 환자들과 친구가 되기로 결심했어요. 내가 에이즈 환자가 될 것을 그들이 대신 그 병을 짊어졌다는 사실을 알게 되었기 때문이지요. 저만큼 무절제하게 성에 탐닉한 사람이 어디 있어요? 그런데도 전 에이즈에 걸리지 않았고, 내 대신 그들이 그 병을 짊어지고 살아가고 있지요."

치선은 그의 말에 어느 정도 수긍이 갔다. 정말 인간들이 저지른 죄상이 모두 드러난다면, 이 세상은 어떻게 될까. 사회에서는 밖으로 드러난 죄만 법으로서 정죄하지만, 그 정죄 자체가 불완전할 수밖에 없다. 그런데도 그것을 신앙처럼 믿고 살아온 법관의 삶이 하찮게 생각되었다. 그래도 나머지 부분은 하나님께서 아시고 처리하시니까, 인류의 역사는 유지되고 있지 않을까? 힘의 역사만이 유일하게 존재했다면, 벌써 인류는 파멸되고 말았을 것이다.

치선의 생각이 여기까지 미치면서 생각이 차츰 정돈되기 시작했다. 아내의 과오나 자신의 과오를 인간의 사유나 도덕의식으로 판단하려는 것이 어리석었다고 생각되었다.

"백 선생, 너무 상심하지 마시오. 사실은 저도 백 선생보다 더 음탕하고 야비하고, 독선적이고, 그런 사람이었소. 어쩌겠소. 인간이 다 그런데……."

현 목사는 말을 하다가 벽시계를 보았다. 그때 밖에서 인기척이 나더니 문이 열리고, 좀 전에 치선이를 안내했던 그 여자가 얼굴만 내밀었다.

"목사님 몇 분 오셨는데요."

"알았어요. 그 방으로 모셔요."

현 목사는 자리에서 일어났다.

"백 선생, 잠시 쉬고 계셔요. 예배가 한 시간쯤 걸릴 것이니, 나중에 점심이나 같이 하십시다."

그는 일어서는 치선의 어깨를 두 손으로 가볍게 누르면서 권했다.

"저 이만 가봐야겠습니다."

치선은 어쩐 일인지 서둘러졌다. 여기에 이대로 앉아 있을 수 없었다.

"어디로요? 무등산을 오르시겠어요."

"아니, 서울 집으로 가렵니다."

"집으로요? 그럼 가보시죠."

그는 치선이를 잠시 바라보다가 고개를 끄덕였다.

"잘 가시구려. 언제 다시 만납시다."

현 목사는 치선의 손을 잡고서 교회 마당까지 따라나와 배웅했다.

"할아버지!"

미끄럼틀에서 놀던 아이들이 현 목사에게 달려들더니 다리와 팔과 어깨를 잡고 늘어졌다. 그 가운데 한 놈이 목사의 허연 수염을 잡아당겼다.

"우리 산타할아버지다."

그놈은 치선에게 왜 당신은 수염이 없느냐는 듯이 눈을 또리또리 굴리면서도 목사의 수염을 놓지 않았다.

에필로그
•
광야 인생

열차가 서대전역에 도착했을 때, 치선은 문득 고향 선산에 들리고 싶은 생각이 났다. 아버님과 두 어머님이 합장한 묘소를 찾아가서 성묘나 하고 올라가고 싶었다. 작년 한식 때 와 보고 그 동안 다녀가지 못했다. 올해 한식에는 부인과 경연이만 다녀갔다.

고향으로 향하는 버스에 앉고 보니 마음이 편했다. 비록 예전과 달리 초라한 행색이었으나 마음은 한가로웠다. 어차피 인생은 광야를 지나는 나그네이다. 최근에 집을 떠나 산을 오르면서 자꾸 그런 생각을 하게 되었다. 그런데 현훈 목사의 처지를 듣고 보니 그 생각이 더욱 절실하게 다가왔다. 오히려 그는 홀로 있는 지금이 더 여유 있고 편안하다고 했다. 법복을 입고 국법을 빌어 죄인을 정죄할 때보다, 아름다운 여자의 몸과 맛 좋은 음식에 싸여 지낼 때보다, 버림받은 에이즈 환자들과 교회에서 보내는 한 시간이 그렇게 편안할 수가 없다고 했다. 더구나 환자들은 아무런 욕심도 없이 순수한 마음으로 서로 대하고, 그러기에 그들은 매일 교회에 올 때마다 하나님을 만나게 된다고 했다. 낡은 버스에 앉아서 차창으로 스쳐 지나가는 텅 빈 시골 논과 밭들을 바라보노라니, 욕심을 버릴 때만 하나님을 만날 수 있다는 현훈 목사 말이 새삼스럽게 다가왔다. 욕심을 버린다는 것은 이 겨울 들처럼 아무 것도 소유하지 않음을 의미하는가. 한 여름과 가을에 풍성한 것으로 많이 생산해 내고 그것을 다 남에게 내어주어 버리고는, 이제는 빈 손으로 앉아서 돌아오는 봄을 기다리는 밭들은 도대체 어떤 심성을 지니고 있을까? 어린아이처럼 부질없는 생각이 떠올랐다. 텅 비어서 조용한 밭과 들이 결코 황량하게는 느껴지지 않았다.

그가 고향을 찾을 때는 언제나 당당했다. 고향 친척들도 그렇게 그를 맞았다. 이렇게 버스로 온 적은 딱 한 번 있었다. 해직되었을 때였다. 그러고 보니 오늘도 해직된 처지나 다름이 없다.

치선은 버스로 고향 마을까지 와서는 곧 바로 택시를 타서 선산으로 향했다. 누구도 만나고 싶지 않았다.

그는 논밭 건너 산자락 가족 묘지가 보이는 농로에서 내렸다. 논두렁길을 걸어가니 자꾸 눈물이 나왔다. 새삼스럽게 아버지와 두 어머니의 일생이 생각나서 감정이 복받쳤다.

치선은 한 남자를 사랑한 대가를 톡톡히 치르면서도 한 점 흐트러짐 없이 살려고 애썼던 어머니를 생각하노라니, 아버지에 대한 어머니의 애증이 되살아났다. 어머니만큼 치열하게 인생을 살아오신 분도 드물 것이다. 언젠가 어머니는 자신의 회한스러운 삶을 단 하나 혈육인 치선에게 말한 적이 있다.

아버지가 돌아가고 일주기를 넘긴 며칠 후였다.

"치선아, 이 에미가 아버지를 사랑했다고 하면서도 따져보면 제대로 사랑하지 못했다. 왜 아버지가 이 세상을 떠나서야 이 에미가 그런 생각을 하게 되는지 모르겠다. 넌 말이다. 네 아내를 제대로 사랑하여라. 감정이나 정으로 사랑하지 말고, 큰어머님이 아버지를 사랑한 것처럼, 모든 것을 이해하고, 용서하고, 대신 채워줘야 그게 곧 참 사랑이다. 남과 남 사이에는 어렵지만, 부부지간에는 가능하지 않겠니. 모두 발가벗고 한 이불 속에서 살을 비비며 같이 잠을 잤으니, 피차 부끄러워하거나 가릴 것이 뭐 있겠니. 연애 시절에 서로 사랑하는 것은 누구나 할 수 있다. 서로 사랑함으로 피차 즐겁고 행복감을 느끼니까, 누구나 사랑할 수 있지 않겠니. 술집에서 성적 노리갯감으로 여자를 대할 때도 즐겁고, 돈을 주고 창녀와 잠잘 때도 즐겁지 않겠느냐. 젊은 남녀가 서로 좋아해서 사귀면서 즐거울 때만 사랑한다면, 그것은 사랑이 아니고 매춘이다. 생각해 봐라. 이 에미가 부인 있는 아버지를 사랑하고 주위 반대와 조롱에도 불구하고 결혼하지 않았니. 그렇다면 죽을 때까지, 아버지에게 어떤 약점이 나타나고, 어떤 불행이 닥쳐와도 사랑해야 되지 않겠니. 그러나 난 그렇지 못했다. 사실은 남자는 다른 여자와 잠자고 왔어도, 제 부인을 사랑한다면 다 털어놓고 싶겠지. 살인을 했어도 부인에게만은 고백하고 싶은 것이 남자의 마음이다. 여자도 마찬가지겠지. 그런데 피차가 서로의 허물을 받아주지 못하니까, 서로 말할 수 없겠지. 사실 아버지가 그 일식집 여주인과의 관계는 그렇고 그런 정도였어. 나중에 안 사실이다만. 아버지가 이 에미를 버리고 그 여자를 사랑하지 않은 이상, 설사 순간적으로, 그 여자에게 성적 욕망을 가졌다 하더라도, 그것이 지속적인 사건이 아니면 아무 것도 아닌데 말이다. 난 내 자신이 깨끗하다는 그것을 무기로 아버지의 허물을 용납하지 못하고 오히려 공격했으니, 아버지는 얼마나 외로웠겠니."

어머니는 진정으로 아버지를 사랑하지 못한 자신을 숨김없이 자식인 치선에게 털어놓았다. 그 말을 들을 때는, 단지 아버지를 잃은 어머니의 슬픔을 그런 식으로 말하는 것으로만 알았다. 그런데 그렇지 않았다. 어머니는 한 달에 한 번쯤 큰어머니를 만나러 시골로 내려갔다. 겉으로는, 어머니 다니는 교회에서 그 시골 교회를 돕는 일 때문이었지만, 사실은 그렇지 않았다. 아버지가 돌아가시고 나서, 큰어머니에 대한 어머니의 태도도 달라졌다. 큰어머니의 진실을 비로소 알게 되었고, 그래서 그 큰어머니를 통해서, 어머니는 먼저 죽은 아버지에 대한 사랑을 늦게나마 회복하고 있었다. 그러다가 결국 아버지 2주기를 넘기고서 두 주일 만에 어머니도 세상을 떠났다.

어머니는 평소에 잔병도 없던 분이었다. 그런데 한국의 전통 제례 양식대로 대상(大祥) 형식의 2주기 추도예배를 마치고 나더니 몸져누웠다. 그리고서 병원에서 별 치료도 받지 못하고 운명하였다.

"아버지와 합장을 해 달라. 그리고 너희들은 큰어머니를 잘 모시고, 서로 사랑하며 살아야 한다."

어머니는 아주 편안한 얼굴로 그 말을 남기고 땅 위에서의 삶을 마감했다.

부고를 듣고 올라오신 큰어머니는 염도 하지 않은 어머니 주검 앞에서 한동안 섧게 울었다. 그리고 자청해서 시앗의 염을 혼자 다 하고서, 당신이 입기로 마련해 두었던 수의를 입혔다.

모여 있는 사람들은 아무 말도 못하고 칠십이 넘은 노인의 그 거동 하나하나를 숙연하게 지켜보기만 했다. 그러한 큰어머니 앞에서 경근 부부는 치선 부부의 손을 붙잡고 흐느꼈다.

"저희가 작은할머니를 미워했습니다. 용서해 주십시오."

처음에 치선은 그 말을 이해하지 못했다. 윤선 형이 먼저 술병으로 세상을 떠났다. 그의 술은 어머니를 버린 아버지에 대한 원망의 한 발산이었다. 그러한 아버지 곁에서 살아온 그 아들 경근의 내외는 아무리 신앙으로 그 갈등을 이기려 해도 사람의 정으로는 작은어머니에 대한 감정을 이길 수 없었다고 고백했다.

치선은 어머니 죽음이 그 한 육신의 죽음으로 끝나지 않고 더 많은 새로운 것을 이루어 내었다는 사실을 비로소 알게 되었다. 결국 어머니 죽음으로 큰집과의 관계가 개선되었고, 치선이 혼자서 남 몰래 간직하고 있었던 작은집 아들로서의 자의식도 해소될 수 있었다.

그런데 어머니의 2주기를 넘기고 석 달 후에 시골 큰어머니도 세상을 떠났다.

"너희들, 서로 사랑하라. 그리고 나를 아버지와 동생과 함께 묻어달라."

큰어머니는 그 한마디를 유언으로 남겼다.

논두렁길을 벗어나자 밭이 나왔고, 그 건너 산자락에 가족 묘지가 눈에 들어왔다. 겨울 한낮 햇살이 묘지 잔디 위에 부서지고 있었다.

치선이가 밭 건너에 있는 묘지 구역 안으로 들어가려 하는데, 좀처럼 발길이 떨어지지 않았다. 아버지는 그렇다치고 두 어머니 앞에 도저히 설 수가 없었다. 네가 뭔데, 아내를 정죄하느냐? 그 분풀이로 네 자신도 그 꼴이 되었느냐. 이 미련한 놈아. 서울 어머니의 그 회초리가 사정없이 아랫도리를 내려치는 바람에 그는 울면서 그대로 서 있었다.

한참 그렇게 서 있던 치선은 그저 멀리서 세 분 육신이 묻혀 있는 묘소나 바라보고 뒤돌아서려고 세 분 합장묘가 잘 보이는 곳으로 옮겨 섰다. 그 묘는 왼편으로 두 번째였다. 그의 눈에 다른 봉분보다 큰 합장묘가 들어왔다. 치선은 목이 콱 막혀 고개를 돌리려 했다.

그때였다. 모녀인 듯한 두 여자가 그 묘소 앞에 배례하고 있었다. 딸이 허리를 펴고 일어났다. 부인은 묘소 앞에서 얼른 일어나지 않았다. 치선은 그제서야 모녀를 알아봤다.

"경연아!"

그렇게 부르려는데 목이 막혀 입이 열려지지 않았다. 치선은 천천히 묘역 안으로 들어갔다.

주 여사는 흙이 삐죽삐죽 나온 상석 앞에 꿇어 엎디어 오래도록 일어나지 않았다. 경연이가 어머니 어깨를 부축하여 겨우 일으켰다.

치선은 잠시 머뭇거리다가 그들에게 다가갔다. 딸에게 의지해서 비틀거리며 일어서는 아내 얼굴은 하얗게 바래져 있었다. 경연이도 핏기 잃은 얼굴이며 불룩한 배가 예전 모습이 아니었다.

"아버지!"

경연은 눈물이 얼룩진 얼굴로 치선이를 쳐다보다가 몸을 모로 돌렸다. 몰라보게 변한 아버지 모습에 연민이 울컥 일어났다. 언젠가는 세상에서 가장 지적이고 멋있는 남성으로 군림하듯 살아가는 아버지가 못마땅했다. 그러나 지금은 험한 광야를 거쳐 온 길손처럼 처지고 흐트러져 있었다.

치선은 모녀의 손을 양손에 잡았다. 아내가 치선의 품으로 쓰러지듯이 안겼다.

"아버지, 제가 영규 아이를 가졌어요. 용서해 주실 거죠. 돌아오는 봄에는 결혼하기로 약속했어요. 축하해 주세요."

치선은 경연의 말소리가 제대로 들리지 않았다. 따스한 겨울 햇살이 모녀의 등 위로 잔잔하게 부서졌다. 어디서 동면하는 개구리 울음소리가 들리는 것 같았다.